U0437464

沉默的巡游

〔日〕东野圭吾 著
边大玉 译

沈黙のパレード

南海出版公司

新经典文化股份有限公司
www.readinglife.com
出 品

沉默的巡游

1

抬眼望向墙上的时钟，还有二十分钟就要到晚上十点了。并木祐太郎一边在后厨暗自想着今天差不多也该打烊了，一边隔着柜台朝店里望去。此时，店里只剩下两位结伴前来的中年女客。她们刚一进店，其中一位便流露出了许久没有来的怀念之情，想来应该是曾经光顾过的客人。并木悄悄地打量着她们，二人看起来确实有几分眼熟，但也很可能只是他的错觉。总之，她们并非熟客。

不久，其中一位女客招呼着店家结账，正在并木旁边洗碗碟的真智子应声走了出去。

"多谢款待，菜很不错。"女客说道。

"谢谢，欢迎您再来。"真智子答道。

"一定会再来。其实我很久之前来过的，大概是五六年前吧。"

"啊，是吗？"

"那时候店里还有个很可爱的服务员，问了才知道是店主的女儿，当时好像还在念高中。她现在挺好的吧？"

正收拾菜刀的并木一下子停住了手上的活儿。尽管很是心酸，他还是竖起了耳朵，想听听妻子会如何回答如此直白的问题。

"嗯，还行吧，马马虎虎。"真智子语气平淡，听起来内心没有一丝波动。

"那就好。她还会回店里来吗？"

"不回了，她已经离开家了。"

"哦，这样啊。她是个懂事的孩子，可不像我家那几个，不知道要和父母撒娇到什么时候，想想都让人头疼。"

"那不也挺好的吗？"

"是啊，都说有人在跟前撒娇也是种福气。"

"是啊。"

真智子与两位女客朝门口走了过去。哗啦一声，推拉门被打开，随即传来了真智子"谢谢光临"的送客声。

并木放下菜刀，转身来到了柜台外面。

真智子摘下门帘准备进屋，二人四目相对，她微微侧头道："怎么了？"

"没什么，就是听见你和客人说的话了。"并木挠着后脑勺说道，"你表现得挺平静的。不，我的意思是，你心里当然没有这么平静。"

真智子的脸上浮现出了淡淡的笑容。"啊，这不算什么，毕竟我干这行也几十年了。"

"话是这么说……"

真智子将门帘靠着墙放好，转身再一次望向丈夫道："你还没有习惯吗？"真智子身材娇小，面庞也同样小巧精致，但一双眼睛自年轻时起就颇具威慑力，凛凛目光甚至能逼得人倒退三分。

"习惯什么？"

"佐织已经不在了这件事。我倒是早就习惯了。你一直在厨房忙活可能不知道，刚才那样的对话已经发生过许多次了。估计夏美也一样,不过那孩子不爱抱怨,她也应该早就习惯了。"

夏美是并木夫妇的二女儿,开学就要读大二了,没事时会来店里帮忙。

并木沉默不语。

真智子向并木道歉:"对不起。说你没有习惯,并不是要责怪你的意思,只是不想让你太过担心。"

"嗯,我知道。"

"那你能帮忙收拾一下厨房吗?我上去办点事。"真智子伸出食指,指了指天花板——楼上是并木家的起居室。

"嗯,好。"

"那我先上去了。"真智子沿着店内一角的楼梯走了上去。

并木用力地摇了摇头。他没有心情马上收拾,于是拉开身旁的一把椅子坐了下来。他的后背不自觉地蜷成了弓形。女人果然很坚强啊——他曾经无数次产生的想法再一次出现在脑海之中。

佐织是并木夫妇的第一个孩子。还在襁褓中时,她的模样便如粉雕玉琢一般,一双大眼睛机灵可爱。夫妻俩本想着第一个孩子最好是个男孩,但自从生下了佐织,这个想法便被抛到了九霄云外。他们将佐织捧在手心视若明珠,甘愿为了她献出一切。

对"并木食堂"来说,无论是掌勺还是待客,真智子都可谓是一把好手。在她生下佐织重返餐馆之后,店里店外便成了她照顾孩子的地方。真智子对其中的艰难早有准备,却没有料到竟会有人向她伸出援手——在她忙得抽不开身的时候,熟客们便会抱着孩子逗笑玩耍。多亏这样,夫妻二人才会在佐织迎来一岁生日时,有了再添一个孩子的打算。

在众人的精心呵护下,佐织健康平安地长大了。她还在读幼儿园时,就会在上学的路上遇到许多人与她打招呼。"能听见佐织大声地问好，感觉很开心。"每每听到有人这样说时，并木都会感到十分自豪。

不管是在小学还是初中，佐织都是学校里的红人。班主任在家访时曾经对真智子提到："这孩子的优点是待人亲切开朗，乐观向上。"

佐织的学习成绩不算太好，但并木和真智子并不怎么在意分数，觉得只要她不学坏就很知足。夫妻二人都对自己的教育方式深信不疑。佐织生性率真，几乎从未顶撞过父母，还将小她三岁的妹妹照顾得很好，堪称一个好姐姐。

虽然学业不出众，但佐织有一个闪光点——唱歌。佐织从小就喜欢唱歌，但直到小学四五年级，她的才华才开始显露。不管多难的歌曲，她只要听一遍就能记得八九不离十，音程也从未弄错过。并木在这个时候第一次知道了"绝对音感"这个词，而佐织具有的，正是这样的能力。

秋季祭典的到来使佐织闪耀的才华终于有了大放异彩的机会。虽说祭典的重头戏是规模宏大的变装巡游，但让众人一展歌喉的金曲大赛是本地人更为期待的内容之一，佐织在小学四年级的时候初次登上了金曲大赛的舞台，一首《泰坦尼克号》的主题曲《我心永恒》唱得人如痴如醉，震惊四座。并木当时也在现场，他第一次看到女儿如此倾情演唱的样子。

自此，每年秋季祭典的金曲大赛都会邀请佐织参加。渐渐地，佐织在本地变得有了名气，慕名前来听她唱歌的人也越来越多。

升入高中以后，佐织会在暑假去店里帮忙。曾有几位熟客说话很难听，劝她"与其在这个没生意的小餐馆里帮忙，不如去东京的夜总会赚个盆满钵满"。其实站在父母的角度，并木夫妇也同样觉得养出了一个如花似玉的女儿。只要佐织来了，店里的气氛便会一下子活跃起来，仿佛鲜花绽放一般沁人心脾。自然而然地，客人越来越多，佐织成了并木食堂的金字招牌。

就在佐织升上高二的那年，一个姓新仓的男人敲开了并木家的大门。他是本地有名的富豪，据说年轻时曾经搞过音乐创作，和音乐圈的人至今仍有来往。他告诉并木夫妇，他在东京有几处录音棚，经常发掘一些具有创新才能的音乐新人，还列举了几个这些年来他挖掘的歌手的名字。

"您女儿肯定能一炮而红，成为专业歌手，就让她跟着我吧！"新仓对并木夫妇说道。

并木知道女儿一直喜欢唱歌，但从来没有想过让她走演艺圈的道路。面对突如其来的盛情邀请，并木一脸茫然，真智子也同样不知所措。

新仓离开之后，夫妇二人商量了一下。尽管他们都觉得让佐织做个普通人就好，但还是决定先问问她自己的意思。

佐织在听完父母的描述之后，当即表示"想去试试"。原来，她的歌手梦由来已久，之前因为担心遭到父母反对，才一直憋在心里。她确实想考大学，但也承认其实并没有特别想学的专业，也没有特别想进的院系。

既然孩子有志于此，做父母的也就没有什么好反对的了。"有喜欢的事就该让她去挑战挑战。"并木和真智子这样说着，将佐织托付给了新仓。即便真的当不了歌手也没关系，大不了到时候再想办法。并木料想着事情恐怕不会太顺利，但就算遇到了挫折，只要这段经历能成为佐织未来人生的一笔财富，那也就够了。

二女儿夏美知道消息后喜出望外。虽然佐织还没有正式出道，但夏美已经开始激动地想象着姐姐站在偌大舞台上的样子了。

从那以后，佐织便一边在高中念书，一边在新仓的指导下开始学习音乐课程。难得的是，辅导费用新仓竟然分文不收。

"等她出道成名之后，制作费我可不会少收的，这点您不用担心。"每每提到辅导费用时，新仓总会这样回答。为了向偶像约翰·列侬致敬，新仓留着一头长发，戴着标志性的圆框眼镜。他并没有因为自己是富豪而高傲自大，反倒是个敦厚儒雅的温和之人。

然而，他在课上却极为严格。佐织总是抱怨"自己明明努力用功，却得不到新仓老师的一句表扬"，还说新仓经常干涉她的生活方式，比如曾经数次告诫她"没有必要使用智能手机，用了只会妨碍练歌"等等。听了佐织的话，并木很庆幸将女儿托付给了新仓——毕竟他想对女儿进行的管教，新仓全都代劳了。

没多久，佐织高中毕业了。

"该找个认识的制作人来听听了。"新年伊始，新仓便来到店里，欢欣鼓舞地对并木夫妇说道。那一年，佐织刚满十九岁。

但就在两周之后，傍晚出门的佐织迟迟没有回家。并木夫妇担心不已，佐织的手机却怎么也打不通。

夫妇俩把新仓家和其他能想到的地方都挨个问了个遍，依然没有打听到佐织的下落。最后他们只能报警，而此时已经是第二天的凌晨了。

警察第二天上午便展开了行动，在出动警力对附近区域搜索的同时，还调取了各处监控摄像头拍下的视频进行了比对。

在比对过程中，警方在附近一家便利店门口的监控视频里发现了佐织走过的身影。视频中，佐织将手机举在耳边独自走着，应该正在和什么人通着电话。

警方向手机运营商查询了佐织手机的通话记录，发现当时那通电话并不是佐织主动拨出的，而类似这样的来电，手机运营商也无法提供详细信息。

考虑到此事可能发展成刑事案件，警方展开了更大规模的搜索，甚至将附近的河流也纳入了搜索范围之中。

但佐织依旧下落不明，仿佛凭空消失了一般。

并木、真智子和夏美四处分发着寻人启事，附近商店的店主和一些熟客也加入了他们的行列。可即便如此，他们还是没能得到任何有用的线索。

心神劳累之下，真智子卧病不起，夏美也每天以泪洗面，经常向学校请假。并木食堂临时停业的次数越来越多，得知内情的熟客对此并没有说什么。

不久后，警方要求佐织的家人提供一些可用来确认佐织DNA的物品。并木一家明白，这意味着警方在将来遇到身份不明的尸体时，可以依靠这些物品来进行鉴定。并木一家仿佛坠入了深不见底的阴暗洞穴。

奇怪的是，自那之后警方便再也没了消息。并木猜想可能是因为警方没有发现疑似佐织的尸体，他不知道该不该为此感到高兴，他甚至开始觉得，既然女儿已经不在这个世界上了，倒不如赶紧找到尸体厚葬了她，也算是入土为安。

到两个月前，佐织失踪已经整整三年。尽管知道努力也是徒劳，并木一家还是像往年一样四处分发着寻人启事，希望能够找到些许线索。虽然最终还是如预期一般一无所获，大家的心里却并不似往年那般失落，这也许早就变成了一种仪式。

并木抬头看了看钟，已经十点半多了——原来自己竟恍然间呆坐了这么久。他站起身来，用手拍了两下右脸提了提神。确实，他也应该习惯了。如果每次一想到佐织就停滞不前，以后的日子就真的过不下去了。

就在并木刚刚转身要回到厨房时，店里的电话响了起来。这么晚了，会是谁呢？并木一家都有手机，要是找人应该直接打手机才对。

并木迟疑间还是举起了听筒，一如往常营业时说道："您好，并木食堂。"

"您好，请问是并木祐太郎家吗？"一个低沉的男声传来。

"是的，您是哪位？"

并木的疑问等来了一个出人意料的答案。

"这边是静冈县警。"对方答道。

2

他深深地吸了一口气,抬手敲响了会议室的大门。只听见一个粗犷的声音道:"哪位?"

"是我,草薙。"

"进来。"

"打扰了。"说着,草薙打开了房门,微微鞠了一躬。坐在会议桌对面的是管理官[①]间宫,他已经脱下了外套,白色衬衫的袖口被高高挽起。桌上放着一沓资料。

让草薙大为紧张的并不是这个曾经的组长,而是那名站在窗边背对着他的白发男子。仅从对方一丝不苟的背头造型,就能认出他是谁。

间宫朝草薙的身后望去,嘴角浮现出一抹笑容:"还带个女秘书来,你可真是当家做主了啊。"

"其他人都腾不出手,所以就带她过来了。"草薙苦笑着回过头,他的下属内海薰站在身后,神情隐隐有些不悦。

[①]日本警视厅下属各科内的三号人物,位列科长和理事官之后。

"板桥那起抢劫凶杀案好不容易才有些眉目,我知道你们现在正忙。这个节骨眼上突然把你叫来,不好意思了啊。"间宫伸出手,示意他们坐到对面的位子上,"来,请坐吧。"

"好。"草薙嘴上虽然应着,却并没有拉开椅子的意思,只是望着窗边的男子。

"理事官,"间宫招呼了一声,"草薙他们到了。"

白发男子转过身来,一言不发地在旁边的椅子上坐了下来。他就是曾任管理官、现任搜查一科二把手的多多良。

间宫使了个眼色,催促他们赶快坐下。草薙拉开了椅子,但内海薰仍没有要坐的意思。"内海,你也坐吧。"多多良终于开口道。他的声音颇为低沉,底气十足。

"没事的,我站着就行……"

"此事说来话长,"间宫说道,"你站在那儿我也静不下心来,还是请坐吧。"

"是。"内海薰在草薙的旁边坐了下来。

"言归正传。"间宫目不转睛地望着对面的草薙说道,"我知道你们正为别的案子忙得不可开交,这次特意请你这个组长出马,确实也是事出有因。现在有个案子,无论如何都想请你们组来解决。"

草薙难掩诧异,正了正身子道:"我们组?"事情恐怕没有那么简单,他暗暗想道。一般发生了什么案子,都会交给厅里待命的小组负责。哪怕是案情已经告一段落,也不会让那些还在搜查本部[1]忙活的小组出面处理。

"具体的原因稍后再谈,先听我说。"说完这句开场白,间宫拿起手边的资料向他们讲了起来。

---

[1] 发生重大案件时,由日本警视厅、道、府、县警察本部或案发地辖区警察局临时组成的侦查组织。

两周前,静冈县的一处小镇发生了火灾,一栋出了名的囤满垃圾的民宅被毁,起火原因不明。有人猜测是附近不堪其扰的居民蓄意纵火,然而这场火灾之所以会轰动一时,理由并不在此。

火被扑灭后,警察与消防员对现场进行了调查,发现两具疑似人体的遗骸,而且这两具遗骸极有可能在火灾发生之前就已经化成了白骨。

警方立刻对死者的身份进行了调查,其中一名死者为独居于此的老年女性,而另外一名死者的身份却令人一筹莫展,没了头绪。

从现场遗留下来的首饰和死者身高等信息来看,静冈县警推断这是一名年轻女子的骸骨。在向各地警方发出比对请求后不久,他们收到了一些相关的线索,其中就包括三年前在东京菊野市失踪的一名年轻女子。鉴于该女子失踪时佩戴的十字架吊坠与现场发现的首饰极为相似,警方决定进行 DNA 鉴定,结果确认死者正是失踪女子无误。然而,死者与起火的房屋之间并无任何关联,据其家属称,死者生前甚至应该都没到过静冈。

间宫将附着照片的资料放到草薙面前。资料上记录着死者的姓名、住址和出生年月等相关信息。"死者名叫 NAMIKI SAORI,失踪时十九岁。"

草薙将资料拿了起来。死者的名字用汉字写作"并木佐织"。照片中,一个穿着 T 恤的年轻女孩正比着胜利的手势,面带甜美的微笑。女孩眉眼分明,下巴尖翘,嘴唇略厚。不难想象,拥有这样的容貌一定很受男性的欢迎。

"长得挺可爱的。"坐在一旁的内海薰探过头去,看着资料小声说道,"像个明星。"

"你的评价很中肯。"间宫带着认真的神情看着内海薰,"据说高中毕业之后，她就希望成为一名歌手。"

草薙不禁"咦"了一声。若在平时，这个话题倒是能让他打趣一番，如今他却没有心情。听了间宫的描述，草薙只觉得棘手——这种案子怎么又找到自己头上来了……

"另一名死者已经确定是房子里的住户了吗？"草薙问道。

"比对了从火灾现场的衣物上提取到的DNA，基本可以确定情况属实。附近居民表示，大约六年以前就再也没有见过这个邻居了，但由于平日里大家素无往来，谁也没有太放在心上。从户籍信息来看，这个人在六年前就已经年过八旬。静冈县警认为将其死因归结为自然死亡应该没有什么问题，也就是通常所说的独居老人孤独离世。"

"既然是六年前，"草薙指着照片上的年轻女孩说道，"也就说明老太太与想当歌手的女孩死亡一事并无关联。"

"嗯，应该是这样的。"

"并木佐织的死因查清楚了吗？"

间宫深深地吸了一口气。"在对火灾中残存的骸骨进行了调查以后发现，她的颅骨存在凹陷性骨折。但是，"间宫缓缓环抱双臂，继续说着，"是不是致命伤现在还不清楚，只知道应该不是这次火灾造成的。"

"也就是说，"草薙盯着上司说道，"目前还没有证据表明她是被害身亡的。"

"目前是这样的。"说完之后，间宫瞥了一眼身旁的多多良。

"你是觉得又摊上一个没头没尾的麻烦案子了吧。"多多良敏锐的目光在金边眼镜后闪烁着。他乍看之下颇似一位五官精致的翩翩绅士，但活跃于一线之时，更是一员脾气出了名火爆的猛将。

"没有，不是这样的……"

"别糊弄我了,都写在脸上了。"多多良露出诡异的笑容,"如果是他杀,因为案子发生已经不止三年了,想找到目击证人和相关物证几乎是不可能的,何况藏尸地点还被一场大火烧了个精光。这样一来,该查什么、如何去查,我们一无所知。负责此案的人一定会郁闷不已,想不通怎么会抽到这样一支下下签吧。"

草薙没有说话,只是将视线落回了桌上。多多良的话确实精准地道出了他现在的心声。

"不过——"这位理事官继续说道,"看着我,草薙。"

草薙抬头注视着多多良金边眼镜后的眼睛。"是。"

"这个案子我无论如何都想让你们二位——间宫管理官和草薙组长来负责。"

"为什么这样说?"

多多良看着间宫,轻轻地点了点头。

间宫向前探了探身子,开口说道:"住在垃圾囤积房的老太太并不是一个亲人都没有的。事实上,她有一个儿子。如果老太太离世之后还有人进过她家,那么可能性最大的便是这个人。"

"这个人的住址查到了吗?"

"两年前他更新过一次驾照,住址是江户川区,现在仍然住在那边。不过在此之前,他住在菊野市南菊野镇的一处公寓里,与受害者住处的直线距离大约只有两公里。突然有一天,他辞掉了废品回收公司的工作,从公寓里搬了出去——就在并木佐织失踪后不久。"

草薙松了口气——终于能见到些许光明了。

间宫又拿出一份资料,放到草薙面前。"就是这个男人,你仔细看看。"

这是一张放大了的驾照复印件。看着复印件上男子的照片,草薙不由得大吃一惊。他曾经在什么地方看到过，不，是遇到过这个人。就在看到男子姓名的一瞬间，草薙的心剧烈地跳动起来，他甚至觉得体温也陡然间升高了许多。

驾照的姓名栏中，赫然写着"莲沼宽一"四个字。

草薙睁大双眼，来回望着两位上司。"是……那个莲沼吗？"

"是的，就是他，"间宫语气沉重地说道，"优奈那个案子的被告。"

诸多思绪涌上心头，竟让草薙一下子说不出话来。他的双颊微微抽搐起来。

草薙重新凝视着照片。上面的男子比他之前见到的时候苍老了一些，但冷酷的表情与当年别无二致。

"还有一件要紧事想让你回忆一下。"间宫拿出一张照片，"这就是火灾中被烧毁的垃圾囤积房。几年以前，政府的人还去拍过照片。怎么样，你有印象吗？"

草薙接过照片，只见满地的垃圾堆积得如同小山一般，不过仔细分辨，还是能认出屋顶的位置和一处看起来应该是扇小门的地方。

草薙搜寻着脑海深处的记忆，突然想到了什么。"地点是在静冈县，对吧？难道是……我们扣押了冰箱的那户人家？"

"正是。"间宫指着草薙的鼻子说道，"就是你和我十九年前一起去过的那家，不过当时的垃圾还没有堆到这种程度。"

"就是……那家啊。"

"所以你该明白了吧，草薙，"多多良说道，"为什么我想把这个案子交给你们。刑事部长和搜查一科科长那边我已经打过招呼了。难道你觉得把这个案子交给别的小组更好？"

"不，"草薙放在桌上的双手早已握成了拳头，"我懂了。就交给我们组来办吧。"

多多良满意地点了点头。

"不好意思,"内海薰在一旁插嘴道,"优奈那个案子是指……"

"一会儿我再告诉你。"草薙说道。

见多多良起身离开了座位,草薙他们也赶忙站了起来。

多多良大步流星地走出了会议室,紧随其后的间宫突然停下脚步,转过身来。"已经准备和静冈县警在菊野警察局成立联合搜查本部了。板桥那个案子的收尾工作就交给案发地辖区的警察局吧。你们做好准备,抓紧时间加入到这个案子的调查工作中来。"

"是!"草薙斗志满满地答道。

只听哐当一声,办公室的门被关上了。草薙转过身来对内海薰说道:"通知组内全体成员,立刻到厅里集合。"

"是!"内海薰从西装内侧的口袋里掏出了手机。

3

距今二十三年前的那个五月，与父母一同生活在东京足立区的本桥优奈下落不明。那一年，她十二岁。事发当天傍晚，优奈说要去附近的公园见个朋友，随后便离开了家。公园就在她家的旁边，而且她每天上学的时候都会路过，所以她的母亲完全没有担心。到了晚饭时分，优奈依然没有回来，母亲便去公园接她，但找不到她的身影。母亲赶去优奈的朋友那里，一问之下才知道优奈早就离开了。

优奈的母亲这才慌了神，急忙叫来了丈夫。夫妻俩找遍了他们能想到的地方后，向警方报了案。

警方认为优奈的失踪极有可能是一起恶性事件。他们展开了大规模的搜索，但还是没找到能表明优奈去向的任何线索。

在那个年代，监控摄像头远不像今天这样普及，有用的目击信息也很不容易获取，警方唯一的线索是一名主妇的目击证词。据说她看到很像优奈的女孩和一个穿着浅蓝色工作服的男子走在一起。由于只看到了背影，男子样貌不详，但据称此人身高适中，不胖不瘦。至于优奈当时的情况，证人表示已经记不清了。

提到浅蓝色工作服,所有人都想到了同一件事——在优奈的父亲本桥诚二经营的配件厂里,员工工作服恰好就是浅蓝色的。目击证人看过之后,表示二者确实极为相似。

这家工厂约有三十名员工,侦查员对他们一一进行了走访,在提出希望能进屋看看时,他们大多都答应了,即便有人谢绝,也都给出了颇具说服力的理由——经过相关侦查员的判断,其中并无可疑之处。

莲沼宽一正是这些员工中的一名。彼时他三十岁,独居。调查记录显示,侦查员在优奈失踪三天之后对他进行了走访,也确认了他房间内的情况,给出的判断是"并无异常"。

然而,优奈终究没有被找到。尽管所谓的"持续调查"仍在继续,结果依然是一无所获。就在优奈失踪一个月后,优奈的母亲从离家不远的高楼上一跃而下,自杀身亡。她的遗书中写满了对丈夫和孩子的愧疚与自责,她悲观地认为女儿已经离开了人世,甚至觉得就是因为她那么晚了还让孩子出门,才导致了悲剧的发生。

事情的转机出现在四年之后。一名在奥多摩徒步登山的男子报警称,他在土里发现了疑似人骨的残骸。当地警方赶赴现场挖掘,发现了已被肢解的骸骨。在经过一番详细的调查之后,警方认定此骸骨确实是人骨,而且从大小和长短来看,属于未成年人。

鉴于颅骨保存完好,科学搜查研究所[①]在此基础上绘制了十种不同的头像复原画像。将这些画像分发给各地警方后不久,他们便收到了疑似本桥优奈的相关反馈。经过 DNA 鉴定,很快结果出来了,死者正是优奈。

负责此案的搜查本部设在足立分局,而从警视厅赶赴分局进

[①]日本警视厅刑事部和各道、府、县警察本部的刑事部所辖的研究机构,主要从事科学调查研究和鉴定,简称"科搜研"。

行支援的，正是由多多良率领、间宫任副组长的小组。作为一颗肩负着诸多期待的警界新星，当时的草薙刚调入搜查一科不久。

尽管此案的线索较少，这具骸骨却有一个特别之处——凶手并没有将它简单地肢解掩埋，骸骨有被焚烧过的痕迹。

警方以死者最后被目击到的位置为中心，对能够焚烧尸体的地点展开了排查。由于空地点火烧尸的情况较难发生，警方推测凶手使用焚化炉的可能性较大，于是对周边的焚化炉展开了逐一排查，同时也对配件厂员工身边的焚化炉情况进行了重新摸底。

在调查过程中，莲沼宽一引起了草薙的注意。彼时莲沼已经从本桥的公司离职，但他的简历留了下来。根据上面的记录，莲沼曾在一家承接企业废弃物处理的外包公司工作，那里自然少不了大大小小的焚化炉。

草薙赶到那家公司，见到了莲沼曾经的上司，一问之下，才从他口中得知了一桩令人震惊的往事。原来，大约四年前莲沼联系过他，说有东西想要处理，问能不能在公司不用焚化炉的时候借来用一用。上司问他想要烧什么，莲沼称有朋友交给他几只死掉的宠物，想要火化一下。上司以为他是想做些宠物丧葬的事情赚赚外快——在他们公司，将小猫小狗的尸体与垃圾一起焚烧的事并不少见——便点头同意了，只是告诉他用完之后要好好打扫干净。

在确认了准确的日期之后，草薙发现，莲沼借用焚化炉的时间与优奈失踪的时间一致。至此，莲沼宽一成了该案嫌疑最大的人。

草薙立刻对莲沼的相关情况进行了调查，发现他的身上有很多谜团，只能查到他是静冈县人，接连更换过许多不同的工作。

间宫提出想要见见莲沼，草薙决定与他一同前往。当时莲沼虽然辞去了配件厂的工作，但并没有搬家。于是，二人直接来到他的住处，见到了他。

莲沼眼睛细长，脸上没有什么表情，说话的时候，瘦削的脸颊几乎纹丝不动。

间宫先问了他被火化的宠物的饲主姓名。要是能打听出来，就能立刻判断出莲沼的话是否属实。

然而莲沼却答道："我不能说。"他还说答应了饲主们要对此保密。

间宫又就宠物的品种、具体数量、火化收取的费用提问，但莲沼一言不发，最后甚至还反问间宫："不回答也有罪吗？"草薙听到莲沼的声音低沉又冰冷。

拒不合作的态度让莲沼显得更为可疑，而且他身材适中，与目击证词十分吻合。

然而，警方迟迟无法展开下一步的行动。在询问过优奈的父亲本桥诚二和相关人员后，警方发现莲沼与优奈之间似乎就只有工厂员工与厂长女儿这一层关系而已。此外，莲沼与配件厂之间也没有出现过什么矛盾。

就在这时，一张照片引起了草薙的注意。四年前，侦查员在走访莲沼住处时曾拍摄了一张房间内景的照片，正是这张照片让草薙有了新的发现。

之前在与间宫一起来到莲沼住处的时候，草薙一边听着二人的对话，一边不动声色地打量着周围的情况——间宫提前就和他打了招呼，让他留意一下房间里是否有可以藏尸的地方。毕竟在借到焚化炉之前，凶手要将尸体先藏在某处。

莲沼的公寓是简单的两室户型。房间里没有大的衣柜，如果要藏尸，应该只能藏在壁柜或者天花板里。

忽然，一台冰箱引起了草薙的注意，那是酒店房间常用的迷你款冰箱。再小的孩子也不可能藏得进去吧，草薙暗自想道。

然而，四年前的照片上显示的是一台较大的冰箱。虽然尺寸并没有普通家用冰箱那么大，但高度似乎也到了成年人的腰部。如果将尸体肢解，装进一个孩子应该没有什么问题。

莲沼在这四年内更换了一台冰箱，他这样做的理由是什么？草薙开始了自己的推理。

就算最后要在焚化炉里毁尸灭迹，在此之前也只能先将尸体保存在家里。为了防止尸体腐烂，放在冰箱里应该最为稳妥。等进山埋好尸骨之后，再将冰箱处理掉。不管怎么说，那台冰箱都不可能再继续用下去了。

如果推理正确，那台冰箱里很可能还残留有尸体的痕迹。

草薙将照片拿给间宫和多多良，向他们阐述了自己的想法。二人对这名年轻刑警的推理表示了赞同，认为他的判断"很有可能"，不过并没有露出喜悦的表情。毕竟如何找到那台冰箱才是问题所在，更何况那已经是四年前的事了，冰箱可能已经不复存在了。

如果莲沼就是凶手，他会如何处理那台冰箱呢？众人研究后认为，他一定会尽量偷偷行动，以免引起警方的注意。就是说，他不可能通过正规渠道解决此事。

但要把冰箱运到某个地方，凭借一己之力应该很难办到，他只能找人帮忙。

与莲沼关系密切的人并不多。一番调查之后，一个男性麻将牌友的名字很快出现，而且这个人还有一辆小型卡车。

警方找来男子询问，对方痛快地承认了四年前的事。他确实帮莲沼运过冰箱，运送的地址是莲沼的老家。莲沼告诉男子，他的母亲独自生活在静冈，这台旧冰箱就是要送过去给她的。

草薙与间宫即刻动身赶往莲沼的老家。莲沼的母亲名叫芳惠，个头很矮，还有些驼背，看起来要比实际年龄老上许多。得知面前突然到访的陌生男子是刑警时，老人显得极为害怕，嘴里念咒一般不住地絮叨着"我什么坏事都没有做过"。

间宫表示只是想问问冰箱的事，莲沼芳惠愣得张大了嘴巴，似乎并不明白他在说什么。他们解释道，问的是四年前她儿子搬来的那台冰箱，老人这才一副恍然大悟的样子，眉间的皱纹却显得更深了。

"那冰箱我没用过。他把东西随便一放就跑了，简直太碍事了。"

被问起冰箱现在在哪里时，老人说就放在里面的和室，然后带着他们往里走。草薙跟过去一看，不禁愕然。房间里东西胡乱堆了一地，更像是个储藏间。

他们果真在这堆东西中找到了一台冰箱，而且它与照片上的相差无几。

扣押物品的手续立刻办了下来。莲沼芳惠这才回过神来，开始询问到底发生了什么。当然，详细情况是无法告知她的，间宫二人只是表示此事可能与某个案子有关。

冰箱被送往科搜研做了彻底的检查，结果在其中发现了微量的血迹和疑似肉屑的组织。经过DNA鉴定，确认血迹和肉屑都属于本桥优奈。结果公布时，搜查本部响起了一片欢呼声。

所有人都认为案子已经破了。想到自己刚调进搜查一科就立了功，草薙也不由得有些得意。

然而，事情的发展超出了他们的意料——莲沼宽一全盘否认了罪行。

对于为什么会在冰箱里发现本桥优奈的残留组织，莲沼的回答是"我不知道"。而说起换冰箱的理由，他也只是表示"因为冰箱旧了"。

尽管如此，多多良等一众调查负责人还是决定逮捕莲沼宽一。他们认为只要先控制住他，再加以严格审讯，总有一天可以拿到口供。

原本警方打算先以遗弃尸体罪或毁坏尸体罪逮捕莲沼，却未能如愿。这两项罪名都已经超过了三年的追诉时效，如今只能以杀人罪的罪名将其逮捕归案了。

莲沼并不服软，审讯进行到一半，他便铁了心似的彻底沉默了，即使受到警告也毫不动摇。

"无论如何都要给我找齐证据！"侦查会议上，多多良几乎怒吼着下达了命令。部下们也都给出了强有力的回应。

通过草薙等人的不懈努力，警方又找到了几条能够证明莲沼罪行的线索。例如，在借用焚化炉的第二天，莲沼就租了一辆车，该车的行驶距离与从莲沼家到埋尸地点的往返距离几乎相等。此外，侦查员们在搜查莲沼住处时还发现了一把用报纸包着的旧铁锹。经过分析，铁锹上的泥土与埋尸地点的土壤成分十分相近。

警方还有一些新发现，但都只是些间接性的证据，很难将其用作证明莲沼犯罪事实的决定性证据。

有人提出了折中方案，建议不再让这个保持沉默的凶手承认杀人的罪名，而是让他改为承认伤人致死或罪名更轻的过失杀人。由于优奈死因不明，这个方案也说得通。

听了这话，多多良大发雷霆。"和凶手谈条件简直荒唐！他之所以一直不肯张嘴，就是因为心里很清楚自己犯了重罪。无论如何，我们都必须告他杀人！"

最终，警方在没有得到任何杀人物证的情况下，将案子移交到了检察厅。接下来，就要看检察厅的决定了。

检方选择了起诉。按理说搜集了这么多间接证据，上了法庭肯定会让真相大白。

然而，审判并没有按照检方的计划进行。

在首次公审中，莲沼否认了起诉的内容。那是他第一次，也是最后一次有价值的实质性发言。自那之后，莲沼便拒绝做任何回答。无论检方提出什么问题，他都只是重复着同样的答案："无可奉告。"

随着审判的进行，一些"恐怕形势不妙""可能无罪释放"的流言传到了草薙等人的耳朵里。

不会吧，草薙暗暗想道，虽说都是间接证据，但那么多材料仍无法用来裁决吗？

审判的焦点有两个：一是本桥优奈是否为人所杀；二是在不能确定杀人动机及杀人手法的情况下，能否借助间接证据来认定杀人罪名的成立。

焚尸之后进行掩埋，怎么想都会觉得人必然是莲沼杀的，然而，司法审判不会这样轻易地得出结论。只要存在一丝没有杀人的可能性，杀人的罪名就不能成立。

一审判决公布的那天，天气一早便很寒冷。从莲沼被捕那天算起，已经过去了将近一千个日日夜夜。草薙当时在另一个搜查本部得知了判决结果——被告无罪。

4

望着被烧焦的废墟，草薙轻轻地摇了摇头。"难以想象，这里曾经也是一户人家。"

"我也想象不到。"站在一旁的内海薰说道。

这里与其说是房屋烧毁后的废墟，不如说是一片垃圾焚烧场。数不清的木材、塑料和金属制品全都烧成了一团，已然无法分辨开来。一想到伴着浓重的黑烟产生的还有大量有毒气体，草薙不免对赶来灭火的消防员们有些同情。

在进入联合搜查本部之前，草薙与内海薰二人先与静冈县警碰了个头，顺便来到了火灾现场查看情况。

"这附近我曾路过很多次，可现在不走近看，根本认不出这里曾经有户人家。"说话的是一名当地刑警，姓上野。此次也是他带着草薙二人来的现场。上野三十出头，体格颇为强健，看起来活力十足。

"烧得这么严重啊？"

面对草薙的疑问，年轻的刑警点了点头。

"坏了的电器、家具、被褥和垃圾把这里堆得满满当当的。还有很多捆扎起来的报纸和书，估计都是从某个垃圾回收站里搬过来的。"

"怎么会变成这样呢？"内海薰问道。

"谁知道呢。"上野歪着脖子答道，"根据周围的邻居反映，大概十年前就是这个样子了。听说这个老太太不爱与人来往，就算有人抱怨臭气熏天她也充耳不闻。政府的人也来过很多次，他们告诉老太太，要是不好处理，政府可以帮忙解决，结果每次都被她赶跑了。她还说，这些东西是她的个人财产，绝对不会扔，让他们别管。"

听着上野的描述，草薙不禁回想起十九年前见到莲沼芳惠时的情景。当时他就觉得老太太有些奇怪，看来之后是越发怪异了，也许与儿子被捕有关吧。"据说大概六年以前就没有人再见过莲沼芳惠了，难道大家都没有起疑吗？"草薙问道。

"多少还是有些议论的，像是最近没怎么见到之类的话。但不会多说，可能是不想跟她扯上什么关系吧。"

"那水电费之类的公共费用怎么办呢？"

"那些都按时交了。老太太的银行账户还在，水电费都是直接从里面扣的。她家的水电其实没有人用，所以只要交一个基本费用就行。正因如此，自来水公司和电力公司的人也都没有上门找过她。"

那倒也是，草薙暗暗想道。"退休金呢？有吗？"

"应该是有的。因为就算水电费扣了钱，银行账户里的存款也没有见底。"

"还有其他的存取款情况吗？"

"现在还在确认。"上野答道。

草薙双手叉腰，再次望向那片废墟。"从调查报告来看，两具尸体不是同时发现的啊。"

"是的。当时是先在一楼和室一堆被烧毁的被褥中发现了一具尸骨，随后警方和消防员又搜查了其他地方，这才在之前应该是地板下方的位置发现了第二具尸体。"

"第二具尸体就是并木佐织？"

"正是。"

从上野的描述来看，将第一具尸体——莲沼芳惠的死因归结为六年前的自然死亡，应该是没有什么问题的。此后又过了大约三年，死去的并木佐织才被藏在了地板下面。

"莲沼芳惠的人际关系查到什么程度了？"

面对草薙的问题，上野显得有些为难。

"说实话，现在还没有查清。她有几个远房亲戚，但似乎都已经没了来往。莲沼芳惠的丈夫在二十五年前已经过世，如您所知，她家里就只剩下了莲沼宽一这一个儿子。不过准确来说，这个儿子也不是她亲生的，而是死去的丈夫带过来的孩子，所以她其实是莲沼宽一的继母。"

草薙对此也早有耳闻。"这里其实不是莲沼宽一的老家吧。"

"没错，"上野掏出一个小小的记事本，"莲沼夫妇以前住在滨松，三十五年前搬了过来。那个时候，莲沼宽一已经离开了家。"

草薙不禁咂了咂嘴。"这样啊……"

静冈县警已经审讯过莲沼宽一。从讯问笔录来看，莲沼与继母已经多年未见，二人之间并无联系。他说对垃圾囤积房的存在全然不知，那个家也与他没有任何关系，对于房内的尸体，他自然也说毫不知情。虽然与十九年前的彻底沉默相比，他能够配合审讯，已经算稍有进步，但在不配合调查这一点上，他并没有任何变化。

请上野将他们送到静冈站之后，草薙与内海薰便搭乘新干线准备返回东京。在新干线的自由席上，两人并排而坐，喝着罐装咖啡。

"将并木佐织的尸体藏在垃圾囤积房的人应该就是莲沼吧？"内海薰问道。

"很有可能。莲沼芳惠在六年前已经死亡，尸体就在被子里，将并木佐织藏在那里的人，必然对这一点心知肚明。人死了三年都没被发现，用那个地方来藏尸再好不过。只是他明知莲沼芳惠已经死了，为什么没有报警呢？"

内海薰微微倾着头。"如果没有死……可能假装人还活着对他更有利吧。"

"是的。那这样做的理由呢？你觉得会是什么？"

女刑警皱了皱眉，小声嘟囔道："是因为……退休金？"

草薙点了点头，心想这个年轻人果然聪明。

"我也这样认为。假装人还活着，就可以继续领取退休金了。能想出这种主意的人只有一个。这个人既要拿到芳惠的银行账户，又要知道账户的密码，想来也只能是莲沼宽一了。"

"也就是在冒领退休金啊。"

"而且他还意外地发现，那栋房子居然还可以用来藏尸。事情应该就是这样。虽然在静冈县警查清楚芳惠的银行账户之前，一切都没有定论，但我觉得这个思路应该不会错。"

内海薰眨了眨眼睛，用力地点了点头。"您的推理非常有说服力。那么我们必须先证明藏匿尸体的事是莲沼所为。"

"对，首先要证明这一点。"

当然，这并不是最终目标，而是调查的起点。不能再重蹈十九年前的覆辙了，必须查清并木佐织之死与莲沼究竟有何关联。

草薙喝了一口罐装咖啡,将目光投向窗外,看到了很久之前的回忆,当时那强烈的挫败感到现在都没有减轻分毫。

对于这名刚刚调进搜查一科的年轻刑警来说,眼前的事情只让他觉得天旋地转,猝不及防。

判决结果是被告无罪,草薙怎么也无法接受这样的现实。他一遍遍地翻看着判决书。从上面的内容来看,尽管法官判定莲沼极有可能与本桥优奈之死有关,但在众多的间接证据中,没有任何证据能够表明被告蓄意杀人。检方提出莲沼意图性侵,在遭到对方的反抗之后痛下杀手,但最终也被法院驳回,理由是除了在被告房间发现的大量成人录像带之外,再无其他相应的证据,该主张缺乏说服力。

判决结果出来后,本桥优奈的父亲本桥诚二召开了记者招待会。当时的情景,草薙同样记忆犹新。在摄像机前,本桥诚二努力保持镇静,但他的身体和嗓音还是因为愤怒颤抖不已。"我万万没有想到他会被判无罪。难道无论做了什么,只要保持缄默就能被无罪释放了吗?对此我无法接受。我会继续战斗下去,也希望检方和警方无论如何都要彻底查明真相。"

如他所言,检方果然提起了抗诉。十个月之后,他们等来的却依旧是一份让受害者家属心灰意冷的结果。

法官认为"被告致使本桥优奈死亡的嫌疑极大"。尽管该说法加强了一审判决中的表述,但法院仍旧认为检方提交的新证据不足以表明被告蓄意杀人,由此驳回上诉,维持了原判。

检方对此会采取何种行动引发了外界的广泛关注,最终,检方决定不再向最高法院提起抗诉。在仔细分析了判决理由后,他们认为按照宪法的规定和此前的案例,他们缺乏再次抗诉的材料。

事到如今,草薙依然清楚地记得在参加记者招待会时,副检察官脸上流露出的懊恼之情。

"当时觉得有弃尸的证据作武器，盘问之下莲沼肯定会招。这是我们十九年前最大的失误。"草薙望着窗外说道，"不过这也不能怪当时负责调查的人。我们确实在冰箱里发现了尸体的痕迹，按理说凶手肯定抵赖不了。"

"您说得没错。"

"没想到，他居然会用那种方式抵赖。"

"沉默不语？"

草薙点了点头，将咖啡一饮而尽。他右手狠狠捏扁了空罐，紧咬着嘴唇。"当时沉默权还不太为人所知，所以嫌疑人通常都会觉得，面对警方提问时必须回答。但莲沼一直沉默不语，他不说过去的事，甚至连闲话也不聊。在整个庭审过程中，他一直都是这种态度。虽然这种说法不太妥当，他的意志力确实令我很惊讶。"

"这次他也会使出同样的招数吗？"

"要真是他干的，那肯定……"

"失陪一下。"内海薰掏出手机，站起身来，沿着过道走了出去。似乎是来电话了。

草薙将喝完的咖啡罐塞进前排座椅的网兜，回头确认过身后的座椅没人，便将椅背稍稍放倒，轻轻地闭上了眼睛。恶战在即，必须要抓紧时间休息才行。

然而，满脑子案情的他压根没有入睡的迹象。

目前面临着一个与十九年前相同的问题——这次依然很难以弃尸罪将莲沼宽一逮捕归案。并木佐织失踪的确切时间是三年两个月以前，弃尸罪的时效已经过了。

如果以杀人的罪名将其逮捕，需要找到哪些证据呢？警方发现的那具骸骨的颅骨存在凹陷性骨折，所以凶手是用凶器猛击受害者致死的吗？要是能在搜查莲沼房间的时候找到凶器，那就再好不过了。

"组长，"内海薰的声音突然传来，"您在休息吗？"

草薙睁开了眼睛。"谁打来的电话？"

"是岸谷副组长，说是菊野警察局的副局长想确认一下今后的调查方向。"

副组长岸谷等人已经赶赴联合搜查本部去了解案情了。

"我知道了。你告诉他，一到东京我就直接赶去搜查本部。"

"我猜到您会这么说，已经答复对方了。"内海薰语气干脆地说着，坐到了草薙旁边的座位上。

"菊野市虽在东京，但我基本上，不，应该是完全没去过，真是一点印象都没有啊。"

草薙只知道菊野市位于东京西部，他曾经坐车路过，但从来没有在那儿逛过。

"如果没记错，那个巡游还挺有名的。"

"巡游？"

内海薰迅速地在手机上操作了一番。"有了,就是这个——'菊野·物语·巡游'。"她将手机上的照片转向草薙，照片中有人打扮成桃太郎，有人穿着鬼怪的服装。

"这是什么啊？变装巡游？"

"这个嘛，"内海薰又操作了一番手机，"据说本来是叫'菊野商业街秋季祭典巡游'，以前是请全国各地想要参与的人聚集于此，边走边展示自己的装扮，后来考虑到光这样恐怕没什么意思，就办成了比赛的形式。"

"所以是要决出全日本最厉害的装扮吗？"

"您说的那种比赛有太多类似的了，为了能体现特色，他们办的是团体赛。"

"团体赛?"

"就是大家一起换上装扮,重现故事中的某个经典画面。比如扮成浦岛太郎和龙宫公主的两人品尝着山珍海味,周围有一群穿着鲷鱼或比目鱼服装的人翩翩起舞。"

"这种样子的巡游啊?听起来挺难的。"

"肯定要花很多心思,听说还有用花车的呢。使用大型机关道具时需要遵守的事项,也都有着详细的规定。"

"你刚才说全国各地的人都会参加?这个活动真能招来这么多人吗?"

"报名的团队太多,还要进行预选呢。据说是要先把自己拍的视频发给活动执行委员会,再从中选拔。这上面写着,委员会去年收到了近百条视频,而且每条视频都十分出彩,挑选起来很费劲。"

"听你这么一说,这个活动的规模相当大啊。"

"我朋友每年都会去看,据说一年比一年办得大,很值得一去。"

"活动是什么时候?"

"十月份。"

"哦。"草薙放下心来。还有半年多的时间,应该没什么问题。到那个时候,调查估计也告一段落了。

"啊,说起来,"内海薰将手机收起,大声说道,"他现在不也在菊野吗?"

"他?"

"就是汤川老师啊,帝都大学的汤川学老师。去年年底我还收到了他的邮件。"

草薙很久没有听到这个名字了。汤川是他大学时代的朋友,是一名物理学家，却擅长推理断案，协助调查也不是一两次了。不过，他们已经很多年没有见面了。

"那家伙自从去了美国后就一直联系不上他。"

"他应该是去年回的日本，那时他发邮件告诉了我。我以为他也给您发了。"

"没发。怎么回事啊他，太不像话了。"

"可能是猜到我会转告给您，所以觉得没必要发吧。毕竟他是个理性主义者。"

"我看他就是懒。对了，他现在跑到菊野干什么？"

"邮件里说，菊野市建了一个新的研究所，他要在那边做研究，但没有写具体做什么。"

可能是觉得写了我们也看不懂吧，草薙不禁回想起汤川用指尖推眼镜的习惯性动作。

"他在菊野啊……"

这次的案子告一段落之后就联系他，草薙想道。喝着威士忌苏打水听他讲讲在美国的生活倒也不错，问题在于，这个棘手的案子能否顺利解决。

5

就在菊野警察局成立联合搜查本部的第二天，草薙与内海薰一同去了并木食堂进行走访。由于警方留有三年前并木佐织失踪一案的相关记录，草薙对案情有大概的了解。但是，作为实际意义上的调查指挥官，他还是希望能够直接听听受害者家属的说法。为了避免将过多的信息泄露给家属，草薙尚未让侦查员与他们接触。

并木食堂正对着巡游必经的菊野大街，餐馆入口是一扇日式的格子推拉门，整体感觉淳朴亲切。店内共有四张六人桌和两张四人桌，草薙二人在正中间的一张六人桌旁坐了下来，并木夫妇和二女儿夏美则坐在对面。

并木祐太郎生得一副宽额弯眉，显得十分面善。他的身形有些消瘦，但坐得笔直挺拔，看上去颇具威严。他的妻子真智子容貌秀丽，一双杏眼炯炯有神。草薙想起了并木佐织的照片，她长得和母亲真像啊。妹妹夏美的五官同样很清秀，只是与姐姐和母亲的感觉不太相同，略带些日本传统美的味道。

"我完全不知道是怎么回事。到底发生了什么？"并木接过草薙的名片，还未放下便开口问道，"静冈县警突然联系我，说是找到了疑似我女儿的尸体，想要做 DNA 鉴定。我同意后没过几天，他们就告诉我 DNA 鉴定一致，让我到静冈去认领尸体。我赶了过去，但警方提到的那个地名我从来都没有听说过，完全不清楚状况。我想问问，为什么你们会在静冈发现佐织的尸体？"

草薙缓缓地点了点头。"您的心情我非常理解。就像您刚刚说的，这个案子有很多疑点。我们也在考虑为什么尸体会出现在那个地方，打算从这一点入手来展开调查。"

"佐织……"真智子开口问道，"真的是被人杀害的吗？"她尖细的嗓音微微有些颤抖。

"有这种可能。"草薙回答得很谨慎，"一切还要通过后续的调查才能确认。"

真智子的眉毛不由得抽动了一下。"如果不是被杀的，那到底是怎么回事？难不成你是要告诉我她跑到静冈，进了个陌生人家，生了场大病死了吗？"真智子很激动，说得唾沫直飞。

"喂！"并木喝止道，"你冷静点。"

真智子瞪了丈夫一眼，默默地低下了头。她大口喘着粗气，双肩不停抖动着。

"您太太说得很对。"草薙尽量让自己的语气温和下来，"从目前的情况来看，此事极有可能是一起刑事案件。所以我也想请问二位，在您女儿失踪之前，是否遇到过什么异常的情况？比如接到了奇怪的电话，或者看见了可疑的人？"

夫妇二人互相看了一眼。

并木转向草薙，摇了摇头。"那个时候警方也问了我们同样的问题，不过确实没发现有什么异常。我们从没和恶人打过交道，日子过得也非常平淡……"

"当时正在交往的异性呢？"

真智子想起了什么似的，转头看向旁边的夏美。夏美见状略有些迟疑，吞吞吐吐地开口道："姐姐不让我说的，她那时正和店里的客人交往。"

据夏美说，那个人姓高垣，比佐织年长五岁，是一名公司职员。佐织觉得父亲肯定不喜欢她和店里的客人走得太近，所以这件事情只告诉了夏美一人。

"我们是在佐织失踪之后，才听夏美说起这件事的。"真智子说道。

"那个人现在还经常来店里吗？"

"这一年应该是没来了。佐织失踪之后，他还是经常过来的。"真智子的语气似乎表明，他们对高垣不再光顾并木食堂的原因也不太清楚。

"您有他的联系方式吗？"

真智子又一次看向夏美。

"我知道他上班的地方。"夏美答道。高垣就在距离并木食堂四站地的一家印刷公司工作。

"还有其他和佐织关系密切的人吗？男性女性都可以。"

"还有几个……比如念书时的同学。"真智子答道，"应该有通讯录，我去拿过来吧。"说着，真智子站起身来。

"不急。我这边有个东西，想先请几位看一下。"草薙朝着一旁的内海薰使了个眼色。

内海薰从包里拿出一张照片放到桌上。准确来说，那是一张驾照照片的彩色复印件。并木三人一起探出了身子。

真智子最先"啊"了一声，睁大了眼睛。

"对这个人有什么印象吗？"草薙问道。

真智子拿起照片，再次审视了一番，点头道："这个人……你还记得吧？"说着，她将照片递给了并木。

并木的表情变得有些不悦。他紧盯着照片，眼神中似乎暗含着不寻常的情感。"嗯，我记得，是那个家伙。"他厌恶地说道。

"谁啊？"夏美向夫妇二人问道。她似乎没有见过这个人。

"这人以前常来，每次都是一个人，还总是沉着脸……挺不招人喜欢的。"真智子拿起照片递给草薙，"是这个男人吗？就是他杀了佐织吗？"

"现在一切都还不清楚，只能说此人可能与案件有关。"草薙从真智子手里接过照片。照片上的人正是莲沼宽一。接着，草薙将照片再次朝向并木夫妇，继续问道："看来你们对这个人没什么好感啊，是之前发生过什么矛盾吗？"

"倒也不是什么矛盾……"真智子看向丈夫。

"就是不让他来了。"并木说道。

"不让来了？是下了逐客令吗？"

"对，"并木点了点头，"我实在是忍无可忍了。"

"到底是怎么回事呢？"

"他想让我女儿……让佐织给他倒酒。"

"倒酒？"

"我们这家店做的是小本生意，相熟的老客人不少。佐织和这些熟客们相处得也很不错，平时就会给他们倒倒啤酒。那个男人看见以后……"并木朝草薙手中的照片瞪了一眼，继续说道，"他就让佐织也给他倒酒，还让佐织坐在他旁边。想着他毕竟是客人，佐织当时就耐着性子照他说的做了，结果从那以后，他没完没了总是这样。最后我跟他说，'我们这里只是个普通的餐馆，你再这样做以后别来了'。要是没记错，那天晚上的饭钱我应该没收他的。"

"他怎么回答的？"

"什么都没说就走了。"

"后来呢？"

"后来……"并木转向了妻子，"就没再来了吧？"

真智子点了点头。"应该是没来了。"

"这是什么时候的事？"

"什么时候来着……"并木歪着头说道，"他第一次让佐织倒酒是在巡游演出的那天。后来大概又过了一个多月……应该是三年前的那个十二月吧。"

"那也就在……"夏美小声嘟囔道，"姐姐失踪前不久啊。"

"明白了。"草薙将照片递给了内海薰。

"这个人到底是谁啊？"并木语气强硬地问道，"他来过店里很多次了，我却一直不知道他的来历。"

草薙微微一笑道："实在抱歉，现在还不方便透露……"

"至少把名字告诉我们可以吗？"真智子用恳求的眼神望着草薙，"求求你了。"

"还请您理解。现在调查才刚刚开始，有什么可以告知的，我会立刻与您联系。"

草薙朝内海薰使了个眼色，站起身来，再次转向并木一家说道："感谢三位今天的配合。我们一定会竭尽所能查明真相，之后也请多多关照。"草薙深深地鞠了一躬。

旁边的内海薰也学着草薙的样子说道："还请多多关照。"

身陷悲剧漩涡的并木一家并没有作答。

6

　　将颜色重新调整过一番后,高垣闭上眼睛,等了几秒才再次望向电脑屏幕——不重启一下大脑,他也不知道究竟是不是改得更好了。

　　高垣智也确认了图像的效果,心里还算满意。屏幕上是一家高级养老院的房间,尽管照片都是从宣传册中挑选的,但客户希望整体氛围能显得更为明快一些。如此一来,自然不能只单纯地将照片拼在一起,还需要对其做一定程度的加工和处理。

　　高垣正考虑要不要再加些光线从窗口射进来的效果时,放在一旁的手机突然响了。他接起电话,是前台的女同事打过来的。

　　"有一位女士说想见你,她姓内海。"

　　"内海?哪个内海?"高垣对这个名字并没有什么印象。

　　"她说和菊野商业街有关。"

　　"菊野?"

　　这个地名高垣倒很熟悉,毕竟菊野正是他居住的地方。只是因为某些原因,最近他都没有再去过那条商业街了。

　　"怎么办?你要是走不开,我就直接跟她说了。"

"不用，我这就过去，看看她找我有什么事。"智也没有再操作电脑，直接从椅子上站起身来。

在前台等他的是一名身穿黑色西服西裤的女子。她的长发挽在脑后，看起来三十出头，也可能更大一些。

"您是高垣先生吗？"女子走上前来，开口问道。

高垣做出了肯定的回答。

女子朝他走近一步，瞥了一眼前台，随后从上衣的内侧口袋里掏出一个东西，低声说道："这是我的徽章。"

高垣一时间没看出那是什么。愣了几秒，他才意识到女子掏出的是警徽。智也眨了眨眼睛，望向对方。

女警察毫不示弱地迎上了他的目光。"找个安静的地方聊聊吧。"她似乎不希望对话被旁人听到。

"有个开会用的房间，可以吗？就是屋子很小。"

"可以的。谢谢。"

从对方客气的言行来看，应该不是来找自己麻烦的，想到这里，智也不由得松了口气。他本也不觉得自己曾做过什么可能惹来警察的事情。

在一个只有桌椅的简陋小房间里，智也与女警察面对面坐下。女警察掏出名片，重新介绍了一下自己。原来她是隶属于警视厅搜查一科的巡查部长[①]内海薰。

"百忙之中多有打扰，实在抱歉。我就开门见山了。您认识这位女士吗？"内海说着掏出了一张照片。

智也看了一眼，不由得倒吸一口凉气。何止是认识，照片上的人他从未忘记，也无法忘记。

[①] 日本警察的警衔由上向下分为警视总监、警视监、警视长、警视正、警视、警部、警部补、巡查部长、巡查。

"是……并木佐织。"智也望着照片上微笑比着胜利手势的女生，开口答道。

"您和她的关系是……"

智也咽了一口唾沫，继续说道："我们曾经在一起过，不过那已经是三年前的事情了。内海警官，佐织是不是……"

女刑警皱起眉头，轻轻地点了点头。"我们在静冈县一处起火的民宅里发现了她的尸体。"

"静冈？"

这个地名令高垣有些出乎意料。

"不过她应该已经离世很久了，也许就在刚失踪不久后。"

高垣只觉得身体里仿佛被抽掉了什么。佐织真的已经不在了吗？

虽然心里早已断了念想，但在被人告知这一消息的瞬间，高垣仍旧震惊不已。

他调整了一下呼吸，看向内海薰。"怎么会在静冈那个地方？"

"目前还不清楚。这也是我们正在调查的问题之一。您有什么线索吗？比如在佐织生前听她提到过与静冈相关的话题吗？"

"从来没有。"智也断言道，"我记得她之前没有去过静冈。"

"她的父母也是这么说的。"内海薰点点头，然后目不转睛地盯着智也，继续问道，"您和佐织交往到了什么程度？如果不方便透露也不必勉强。"

"程度……嗯，就是正常交往的程度吧。"智也挠着头补充道，"要说正式交往好像有点奇怪，我们俩是在她高中毕业之后才开始约会的。当时我已经进公司两年了，工作上适应了不少，稍微能喘口气了。在那之前，也就是我去并木食堂时会和她聊聊天的程度而已。"

"约会的频率呢？"

"差不多一两周一次吧。我们也都挺忙的。"

"你们都会去什么样的地方约会？方便透露的话……"

"大多是去市中心玩。不过也就是两个人随便逛逛，买买东西什么的。"

看来我们之间发生过关系的事情也必须坦白了，智也暗自想道。就算是警察，也没有权利这样打听别人的隐私吧？

然而内海薰没再多问，转而提出了一个与案件相关的问题："您能尽可能详细地描述一下并木佐织失踪时的情况吗？"

智也回忆了起来。"我是过了几天才知道她失踪的。给她发的短信没有显示已读，打过去电话也没有人接。我觉得有些不太对劲，所以下班的路上就去了并木食堂，却发现餐馆已经临时停业了。我猜肯定是出了大事，结果就收到了夏美的消息，才知道了佐织失踪的事情。"

"警方没有和您联系过吗？"

"没有。知道我和佐织关系的只有夏美，她应该是答应了佐织要保密，所以没有告诉警方。后来我听夏美说，她也不想给我惹上什么麻烦。"

说着说着，智也的脑海中又一次浮现出了当时的情景。

得知佐织失踪之后，他去过并木食堂很多次，可那儿每次都是大门紧闭。尽管智也迫切地想知道情况到底如何，但他告诉自己，毕竟现在最为痛苦的便是佐织的家人。

"那我就直截了当地问了，"内海薰直直地盯着对方道，"您觉得并木佐织失踪和身亡的原因是什么？"

这个问题确实十分直白。智也面露难色，摇了摇头。"我不知道。这种事我怎么可能知道呢？她那天突然失踪后，就一直找不到人了。"

"我们认为并木佐织的失踪和身亡极有可能是一起刑事案件。关于这一点，您怎么看？同意我们的看法吗？"

"当然，"这次智也点了点头，"我觉得她是被人杀害的。"

"对于她是被谁杀害的，您有什么线索吗？"女刑警露出试探的眼神望向智也。

智也的脑海中突然闪过一个念头，这让他的回答稍稍慢了半拍。智也答道："没有。"

"您刚刚有些犹豫，"内海薰言辞犀利地问道，"是想到什么了吗？"

"不是，那个……"

"高垣先生，"见智也欲言又止，内海薰面带微笑，语气柔和地说，"您说的话只有我能听到，而且我也不会记录，您有什么想说的就请直说吧。不用担心理解有误，或觉得无端臆测不便直言，您不用想得那么复杂，毕竟我们需要这些真真假假的信息，才能从中挖掘出真相，还请您尽量配合。"说完，内海薰低头鞠了一躬。

智也舔了舔干燥的嘴唇。女刑警的话一针见血，猜中了他的心思。

"我没有太大的把握，只是一种单纯的设想。"

"那也可以的。"内海薰扬起头，她那细长清秀的眼睛仿佛一下子明亮了起来。

智也咳了一声，清了清嗓子，开口说道："应该是从佐织毕业的那年秋天开始吧，我听她说并木食堂来了一个很招人讨厌的客人，总是用色眯眯的眼神直勾勾地盯着她看，而且还让她倒啤酒。那个人去得很晚，所以我并没有在店里遇到过他。有一次我在并木食堂多待了一会儿，就碰见那个人来了。就像佐织说的，他又让佐织给他倒酒，甚至还让佐织坐在他的身边。当时佐织找了个理由躲到二楼去了。后来那个人总是到店里来，我挺担心她的，但她表示没有关系。听说她父亲下了逐客令后，那个人就再也没来过了。不过……"

智也不知道是否该把接下来的内容告诉对方，显得有些犹豫。

"不过什么？"内海薰追问道。

"佐织说她经常在镇上碰到那个男人，好几次发现那个人就在离她很近的地方，每次佐织都赶紧躲远了。"

"是在跟踪她吗？"

"那我就不知道了，不过佐织说也可能是她的错觉。"

"关于那个人，您还知道其他信息吗？比如他的姓名、职业等。"

智也摇了摇头。"不知道。我只知道他是并木食堂的一个客人，连他住哪儿都不清楚。"

"您是第一次将这个情况告诉警方吧？"

"是的。毕竟，嗯……那件事发生在佐织失踪之前，刚刚失踪那会儿我没想到二者会有什么关联。但我思前想后，又怀疑可能和那个男人有关……"

内海薰陷入了沉默，仿佛是在思考着什么。随后，她打开放在一旁的手提包。"这其中有您说的那个人吗？"她说着放了五张照片在桌上，均为男性的面部特写，看起来似乎都是驾照上的照片。

当看到左起第二张照片时，智也吃了一惊——他记得那瘦削的脸颊和阴郁的眼神。

"是这个人。"他指认道。

"好的。"女刑警的表情并没有变化，她麻利地将照片收进了包里。

"果然就是他吗？"智也问道，"你随身带着他的照片，表示警方也盯上他了,对吧?你们是找到了什么证据吗?"

内海薰的嘴角微微上扬。"一切都还在调查中,怀疑对象不止他一个。"

"可是……这个人的名字至少要告诉我吧?他到底是什么来头?"

"即使告诉您,也不会对调查起到什么帮助。很抱歉。"

"告诉我也不会有什么损失吧?"

"您要是告诉了别人,一旦消息传播出去,很可能会妨碍调查。"

"我不会告诉别人的,我发誓。"

"与其相信您说的话,不如我不告诉您更为稳妥。希望您能理解。"

听到对方淡然相劝,智也不由得咬紧了嘴唇。虽然心有不甘,但她的话并没有错。

内海薰低头看了看手表。"您的话对我们很有帮助,感谢配合。"她低头鞠了一躬,从椅子上站起身来。

将对方送到玄关之后,智也回到了自己的座位,但怎么也静不下心来继续工作。不知不觉间,他拿起了手机,开始检索起相关的新闻报道。可是,光用"并木佐织"这个名字作关键词,他什么也没搜出来,估计网络新闻上使用的都是化名。

智也放下手机,身子重重地靠在椅背上,呆呆地望着桌子出神。桌子是他刚进公司时分给他的,他不禁回忆起了当年的时光。

五年前的那个四月,智也第一次在并木食堂吃晚饭。与他同住的母亲里枝是一名护士,当天正好要值夜班。母亲一直以来都会在去医院上班之前做好晚饭,但智也觉得他已经步入社会了,晚饭随便应付一下就行。并木食堂就在从车站回家的路上,智也见店里的气氛不错,一直想找个时间进去看看。

就在第一次去的那天，智也见到了正在店里忙活的佐织。她面庞小巧，杏眼明眸，有着立刻出道做个明星也不会让人惊奇的容貌，活泼灵动的神情更是令人心动不已。尽管智也是第一次去，佐织在招呼他时却显得十分亲切，仿佛是在招待熟客一般，让智也很开心。

没过多久，智也真的成了店里的熟客，甚至每周都会去一次并木食堂。有时就算母亲里枝不上夜班，他也会告诉母亲晚上不在家吃饭，然后在下班的路上去并木食堂报到。虽然店里的菜肴的确可口，但他最主要的目的，自然还是能够见到佐织。

智也并不着急表明心意，毕竟佐织还是个高中生，而且，她也不一定会接受自己。虽然在频繁相处的过程中，他感觉到佐织应该并不讨厌自己，但这也很可能只是他自作多情而已。

从佐织的母亲并木真智子等人的闲聊中，智也得知佐织还没有男朋友。尽管如此，像他这样为了一亲芳泽而来到店里的客人应该也不在少数。一见到店里有年轻的男性客人，智也就很紧张，总觉得这些人都是冲着佐织来的。而佐织对所有人的态度都很友好，更是让他感到心神不宁。

就这样，转眼之间过去了将近一年。三月的一天晚上，智也见店里没有其他人，瞅准时机将一枚金色的蝴蝶形发卡送给了佐织，说是要预祝她顺利毕业。

佐织的眼睛一下子亮了起来，直接就将发卡别到了头上。由于身边没有镜子，智也便在她身后用手机拍了一张头发的照片拿给她看。

"太好看了！"佐织看着照片，真诚而开心地欢呼道，"真想赶紧戴着这枚发卡出去走走，去哪儿好呢？"她摸着头上的发卡望向智也，"高垣，我们一起去吧！"

智也吃了一惊,他万万没有想到佐织会对他说出这样的话。

"那去看电影吗?"智也略显慌乱地提议道。

佐织面露难色。"光线太暗的地方就没意义了。"

于是,东京迪士尼乐园成了他们第一次约会的地方。佐织每次看到镜子都会转过身去照照自己的发卡,嘴里不住地说着好看。

从此以后,二人便开始定期约会。随着交往的深入,智也越来越喜欢这个姑娘了。她总是那么温柔体贴,也很会为别人着想。

尽管他们正在交往的事情是对外保密的,智也还是告诉了母亲里枝。里枝听说后很想见见佐织,智也便将她带回了家。母亲似乎一眼就相中了佐织,甚至还表示"这么好的女孩,配给智也太可惜了"。

智也明白,佐织才十九岁,考虑将来的事情未免为时过早,更何况她还怀着成为一名专业歌手的梦想。为了让她实现梦想,智也觉得必须给她支持和鼓励。

然而,所有的一切都在转瞬之间化为了一场空。自从佐织消失以来,智也度过了地狱般的三年,每天愁闷郁悒,挣扎度日。他有时仍会到并木食堂去试着打听些消息,但最终还是与那儿渐渐疏远了起来——已经没有任何希望了,他放弃了。

7

前往新仓直纪家走访的，是警视厅的警部补岸谷和菊野警察局的一名年轻刑警。岸谷的年纪在四十岁上下，神情沉稳从容，谈吐也颇为谨慎。

新仓一家早已料想到警方会找上门来，因此并未对他们的到访感到意外。在此之前，并木食堂的店主并木祐太郎就已经主动联系了他们，告知了佐织的遗体被找到的事情，还提到有一名调查负责人会时常到并木家打听情况。

岸谷的此番提问主要涉及三个方面：佐织失踪时的情况、人际关系，还有与她遇害可能有关的线索。

新仓一家尽管很想提供一些能协助调查的信息和线索，但面对岸谷提出的一个个问题，他们只能皱着眉头苦思冥想。虽然满心遗憾，但事实如此，让人无可奈何。如果能有什么可以告知的线索，三年前他们肯定就告知警方了。

即便没有什么收获，岸谷二人在离开前还是感谢了新仓一家的配合。新仓目送他们走出了玄关，整个人感觉到一阵空虚和无力。

新仓与妻子留美一起走回了客厅。茶几上，几个茶杯被留在那里，一口都没有喝过。

"要泡杯咖啡吗？"留美一边收拾茶杯，一边问道。

"啊，行，来一杯吧。"新仓坐到沙发上。他拿起岸谷放下的名片，叹了口气。

与他们没能给警方提供什么重要线索一样，新仓夫妇从警方那里获得的信息也少得可怜，就连发现佐织遗体的那处静冈县民宅的户主信息，他们也没能打听出来。

要说唯一的收获，就是警方给他们出示了一个男子的面部照片，并询问是否对此人有印象。如此说来，并木之前也曾提到，警方给他看了一个男子的照片，估计是同一个人吧。按照并木的说法，这个人经常去他店里，而且总是对佐织毛手毛脚的。不过新仓从未见过他，自然也就不知道他是什么来历。

凶手就是那个男人吗？佐织就是被他杀死的吗？

新仓回忆着照片上的那副面孔。那人看上去绝不是友善之辈，难道他为了调戏佐织而伺机接近了她，遇到反抗就索性痛下杀手了吗？如果是这样，那简直太没有道理了。

并木佐织是新仓长久以来都未曾遇到过的一块璞玉。

菊野商业街出了个天才少女的事情，其实新仓早有耳闻。据说人们为了听到少女的歌声，总是将金曲大赛的会场挤得满满当当。然而，新仓并没有对此展现出什么兴趣。在他看来，所谓的金曲大赛无非就是小姑娘唱得稍微有些样子，大人们就激动不已罢了。

一天，新仓认识的一个音乐圈的朋友拿给他一份宣传手册，建议他去听听看，毕竟也没有什么损失。手册上宣传的是当地的高中校园文化节，上面写着届时将举办一场轻音乐社团的演出，而担任主唱的就是那个天才少女。

新仓当时碰巧有空，于是和留美两个人一同来到了会场。当时他毫无期待，做好了将要听到一场廉价的"半吊子"摇滚的准备。

然而，现场的情况大大超出了他的预期。并木佐织他们的演出并非摇滚，而是爵士乐和蓝调音乐。表演的曲目既包含了经久不衰的经典之作，也涵盖了一些行家里手才会知道的小众作品。这些曲目的演唱难度都很高，佐织却将其演绎得淋漓尽致。她独特的嗓音颇具韵味，让人不禁联想起木管乐器。不仅如此，她声音的情感表达同样十分出色，似乎彻底领悟了词曲中的深意，完全不像是一个高中女生的水平。

不知不觉间，新仓夫妇竟一直听到了散场，甚至感到意犹未尽。

走出会场后，新仓和留美聊了起来。夫妻二人都很兴奋，一致认为不能让这样的音乐才华被埋没。

于是新仓火速赶到了佐织家，和她的父母见了面。虽然并木夫妇知道女儿颇具才华，但他们似乎从来没想过要让佐织成为专业歌手，表情显得很为难。不过，在新仓的热情劝说下，夫妻俩似乎接受了这一颇具现实性的考虑，并表示要去问问佐织本人的意见。

"我女儿说想要挑战一下。"几天后，新仓接到了并木打来的电话。得知这一消息，新仓夫妇自是喜不自胜。

就这样，新仓将并木佐织这块瑰宝顺利收入麾下。为了让这块瑰宝散发出更为耀眼的光芒，还必须好好打磨一番。于是，新仓通过人脉关系找来了一位值得信赖的声乐老师，开始在家里的隔音室给佐织上课。

在新仓看来，无论如何都要让佐织的才华开花结果，这项才华将可能是日本乃至世界的宝贵财富，他甘愿为此倾注一切。

新仓家世代行医，家中经营了好几家医院，目前都由他的两个哥哥接手打理。新仓本人在大学时也同样选择了医学专业，本该踏上悬壶济世的行医之路，但他自学生时代起就十分热衷于乐队的活动，人生也就此发生了转折。新仓原本就非常喜欢音乐，五岁便开始学习钢琴，升入初中时就已经对作曲产生了浓厚的兴趣。比起当一名医生，他更梦想着成为一名音乐家。

虽然新仓从大学退学时遭到了周围人的一致反对，但他在踏踏实实继续着音乐活动的同时，也逐渐收获了一些支持的声音。特别是新仓的两个哥哥，他们非常理解新仓的决定，告诉新仓医院那边有他们应付，他只管去做自己喜欢的事就行。而新仓之所以能够在经济上丝毫不用费心，也是多亏了两个哥哥的关照。

不过，他在很早的时候就已经意识到自己并没有什么音乐才华了。不惑之年以后，他开始寻找和培养那些颇具才华的年轻人。新仓开音乐学校、建录音棚，不断寻找着挖掘新人的机会。他至今已经培养出了好几个乐坛新人，而佐织便是其中的佼佼者。

正如新仓夫妇期待的那样，佐织进步神速。就在他们越发坚信佐织将会得到全世界的认可时，却发生了一场意想不到的变故——他们的瑰宝消失不见了。

事情的发生超出了所有人的意料。如果是遭遇不测或是身患重病也就算了，但突如其来的下落不明始终令人无法接受。在得知佐织失踪的消息时，新仓虽然自知不该对并木夫妇有所指责，但还是没能忍住怒火，抱怨他们没有好好留意女儿的去向。

自从佐织失踪以后，新仓的人生陡然间发生了剧变。他丧失了继续生活下去的意义，每日都浑浑噩噩，在旁人看来就像是丢了魂一般。

一阵香气令新仓回过神来。只见留美端着托盘走了过来，托盘上放着一杯咖啡。

"黑咖啡就行吧？"

"嗯。"新仓伸手拿过咖啡抿了一口，却尝不出有什么滋味。

"唉，"留美说道，"凶手就是照片上的那个男人吗？"

"谁知道呢……不过应该很有这个可能。"

"凶手会判死刑吧？"

新仓歪着头，觉得有些奇怪。"这我就不知道了。不过只杀了一个人的话，我听说是判不了死刑的。"

"是吗？"妻子有些意外地睁大了眼睛。

"可能吧。估计也就是判个十几年什么的。"新仓放下咖啡，直勾勾地望着前方，继续开口道，"要是可能，我真想在凶手被捕之前，亲手杀了他。"

8

自联合搜查本部成立一周以来，间宫一直都有些闷闷不乐。从草薙向他汇报的工作进展来看，有助于侦破此案的有力线索实在太少，间宫自然也就不可能高兴得起来了。

"目前的突破口就只有退休金吗？"间宫坐在位子上，盯着报告问道。

"就算想从这一点突破，也必须先找到莲沼曾经进出过垃圾囤积房的证据才行。"草薙站在一旁，开口答道。

"调查走访没有什么收获吗？"

"目前还没有。"

间宫面露不满，低哼了一声。

在芳惠离世至今的六年时间里，莲沼宽一是否曾进出过芳惠的家并留下证据，是大批侦查员自联合搜查本部成立以来努力搜寻的方向。在草薙和间宫看来，只要莲沼曾经回去过那里，他就应该会对芳惠的死亡有所察觉，警方自然就能够顺藤摸瓜。

事实上，静冈县警还有一个重要的发现——有人偶尔会用银行卡从芳惠发放退休金的银行账户里取钱。就在不久以前，这个账户的全部存款几乎都被人从东京的某台自动取款机上取了出来。警方确认了监控视频发现，取钱的人很可能就是莲沼。看来他知道了芳惠的尸体被人发现的事情，所以才想在账户冻结之前先将钱提取出来。

这一点与草薙的推测一致——如果能找到证据来证明莲沼其实早就发现了母亲死亡一事，那么警方就能以涉嫌诈骗的罪名将其逮捕。

尽管大批的侦查员还在不遗余力地调查与走访，他们却始终没能掌握莲沼在这六年间曾去过芳惠家的证据。与此同时，静冈县警也仍在调查是否有人曾经在烧毁的垃圾囤积房附近目击到疑似莲沼的人，但依然一无所获。

虽然警方也考虑过先按照弃尸罪将其逮捕归案，但如果找不到确凿的证据证明莲沼确实进出过那间老宅，就还是无法起诉他。不仅如此，还必须要考虑到时效性的问题。假设用弃尸罪来立案，就必须要证明并木佐织在失踪后的至少两个月里都还活着。

"莲沼那边有什么动静吗？"间宫问道。

"没有，还是老样子。"

自从在焚毁的垃圾囤积房中发现了两具尸体之后，莲沼的一举一动便受到了警方的监控。在查清死者的身份之前，静冈县警派出了侦查员盯梢，而在联合搜查本部成立之后，则主要由隶属于警视厅的侦查员来继续开展这一工作。监控的目的在于防止莲沼畏罪潜逃，此外，警方还担心他会为了毁灭证据而有所行动。

不过就目前的报告来看，莲沼除了会外出买买东西、玩玩赌博机之外，绝大多数时间都躲在江户川区的一间公寓里闭门不出。一个月以前，莲沼所在的废铁回收公司关门大吉，目前他应该是没有什么收入的。

令警方颇为在意的是，几名侦查员都表示莲沼似乎已经察觉到正在被跟踪和监视。按照某名老刑警的描述，莲沼曾经在穿过百货商店的女性内衣专柜时突然回头，害得他一时无处可躲，颇为狼狈。

间宫重重地叹了口气，双臂交叉抱在胸前。"那也就表示，现在还不能随意传唤他啊。"

"就算是传唤过来，恐怕他也只会坚称，无论继母的垃圾囤积房里发现的是谁的尸体，都与他毫无关系吧。"

"是啊。"间宫面露不快，"行吧，接下来你们也多费心。"

就在草薙回到自己的位子上翻看资料的时候，岸谷跑了过来。

"组长，我们查到了莲沼三年前经常开的车，是他公司的一辆小型面包车。"说着，岸谷递过来一份印有白色面包车照片的文件，"和照片上的这辆车型号相同。"

草薙接过文件，看着照片点了点头。

如果莲沼真的运走了并木佐织的尸体，那么他必然会选择开车。根据记录，当时莲沼的名下并无车辆，但考虑到他很可能会使用工作单位——那家废品回收公司的车，草薙便让岸谷他们对此展开了调查。

"据说当时只有莲沼在开这辆车，其他员工都没有开过。公司提供了一份车辆使用记录，我们也已经确认过了。"

"很好。"草薙重新盯着照片看了起来。

"还有一件事挺有意思的。"岸谷说道。

"什么事？"

"并木佐织最后一次出现是在便利店的监控视频里，我们对录像仔细分析之后发现……"岸谷将两张打印好的监控截图放到桌上，其中一张是并木佐织举着手机迈步前行的样子，另一张拍到的则是一辆白色的面包车。

"啊,这个是……"草薙望着两张截图上面显示的时间,前后相差不到一分钟。

"并木佐织刚刚经过便利店不久,这辆面包车就开过去了。我们是不是可以认为,这辆车正在跟踪佐织呢?"

"车牌号查到了吗?"

"当然。"

"调一下 N 系统①的记录。还有,通知静冈县警。"

"明白!"岸谷干劲十足地答道。"还有一件事,"说着,岸谷竖起了食指,"那家公司里有人和莲沼的关系非常亲密,而且我还打听到了有意思的事。据说这三年以来,莲沼偶尔会主动和那个人联系,而且还用的是公共电话。"

"公共电话?"

"据说莲沼每次找他都只有一件事,就是打听公司的情况。莲沼似乎对警察有没有去过很关心,不过最开始的几个月他们联系得还比较频繁,后来次数越来越少,最近一年更是完全没了联系。"

听了岸谷的汇报,草薙点了点头。"他应该是想知道佐织失踪的案子有没有牵扯到他身上去吧?从公寓搬走以后,他也没有及时办理户籍迁出,可能就是怕万一被警察找上门来。用公共电话和朋友联系,估计也是出于同样的考虑。不过后来他应该是觉得没有什么问题了,才放下心来迁出了户籍,更新了驾照。"

"我也这样认为。"岸谷表示同意。

虽然只是间接性的证据,但这一发现还是再次加深了莲沼的嫌疑。

很快,N 系统的追踪结果出来了。结果显示,这辆面包车大

---

①日本警察厅(日本警察的中央行政机关)在道路上设置的装置,能够自动读取过往汽车的车牌号。

约三年前曾驶出过菊野,并从距离最近的高速路口上了高速,一路开向了静冈。过了两小时左右,这辆车又原路折返开回了菊野。行驶的日期和时间都与并木佐织失踪的时间点极为吻合。

草薙决定传唤莲沼,并对其住所展开搜查。

莲沼的讯问由草薙亲自负责。

审讯室里,坐在草薙对面的莲沼身体看上去比十九年前更为单薄,脸颊也变得瘦削了许多。他满脸皱纹,眼窝深陷,表情与当年并无二致,依旧是一副冷漠淡然的样子,眼睛里更是看不出有什么悲喜。

草薙先是简单地介绍了一下自己,但莲沼并没有做出任何反应,可能已经忘记十九年前见过的那个小刑警了。

见莲沼对姓名及住址等提问都如实做了回答,草薙多少有些放下心来——毕竟有的人从这个时候就开始闭口不言了。

草薙决定亮出第一张底牌。他将一张监控截图放到莲沼的面前,照片上的人正在自动取款机上取钱。

"这是你吧?"

莲沼冷冷地瞥了一眼截图,毫不客气地回答道:"我不知道。"

"当天有人从莲沼芳惠的银行账户里取了钱。如果这个人不是你,那就说明有人不仅偷走了她的银行卡,还知道了那张卡的取款密码。既然如此,我们警方就必须对这起盗窃案件展开调查,到时候也会请你作为受害者的家属来协助配合,明白了吧?"

莲沼对草薙翻了个白眼,吸了吸鼻子。随后,他从上衣的口袋里拿出钱包,掏出一张银行卡放到了桌上。

"我能看一下吗?"

莲沼缓缓地眨了眨眼睛,以示同意。

银行卡上印着莲沼芳惠姓名的片假名拼写,这张卡并没有指纹认证的功能。

"为什么银行卡会在你手里?"草薙将银行卡还了回去,问道。

"这是有原因的。"莲沼收回了银行卡。

"什么原因?"

莲沼微微地耸了耸肩膀。"个人隐私,我不想多说。"

"在静冈县警的审讯中,你曾经说有很多年都没有见过莲沼芳惠了,你们之间也并没有任何联系。那你和她最后一次见面是什么时候?"

"过去的事情我记不清了。"

"说个大概的时间就可以。"

"模棱两可的东西我不想说。"说完,莲沼扬起了嘴角。

在草薙看来,莲沼仿佛是在强忍着笑意。看来他准备故技重施了,想到这里,草薙的心里不禁涌起一腔怒火。

莲沼已经打定了主意,不再多说一句。

草薙决定换个角度攻其要害。"三年前,你住在哪里?"

莲沼歪着头。"记不得了。我搬过很多次家。"

"记录显示,你当时租住在菊野市南菊野镇的一处公寓里。"

"是吗?"莲沼连眉毛都没动一下。

"你后来为什么搬家?"

"为什么啊……我也忘了。"

"而且你连工作都辞了。是不是当时有什么万不得已的情况?"

"谁知道呢。"莲沼的回答有些心不在焉,"我不记得了。反正工作也一直换来换去的。"

看来他是要装傻到底了。

"那你当时吃饭是怎么解决的呢?自己做饭还是出去吃?"

"吃饭啊，我会自己做饭，也会出去吃。"

"你不是经常去并木食堂吃饭吗？"

莲沼淡然一笑。"我去过很多餐馆吃饭，谁知道每家店叫什么名字。"

"那家店店主的女儿名叫并木佐织。一场火灾过后，我们在你母亲的家中发现了她的尸体。关于这件事，你有什么线索吗？"

莲沼轻轻地闭上眼睛，机械地摇了摇头。"无可奉告。"

草薙死死地盯着对方那不带任何表情的冰冷面孔，莲沼却仿佛毫无觉察的样子，只是有气无力地呆坐在一旁。对于这样的煎熬，他似乎并不感到有丝毫痛苦。

"N系统的记录显示，大约三年以前，你曾经开着公司的车去了一趟莲沼芳惠家，然后又把车开回了自己家。"

其实N系统的记录是无法显示得如此精确的，草薙只是在试探对方罢了。

然而莲沼的表情没有丝毫改变，只是淡淡地答了一句"我不记得了"。他的样子多少有些不屑，似乎并不相信警方仅仅凭借N系统就能得出这样的结论。

今天就先这样吧，草薙暗自盘算道。"好吧。谢谢你抽出时间。"

负责笔录的年轻刑警打开了审讯室的大门。莲沼缓缓地站起身来，向外走去。然而没走多远，他突然停下脚步，转头望向草薙。"下次你会变成什么样子呢，草薙警官？"

"啊？"

"间宫警官，是这个名字没错吧？他应该也升了不少吧？"

对方这般无赖的态度，令草薙不禁一阵哑然。

原来他一直都记得——记得刚刚坐在他对面的审讯官，其实就是十九年前曾经去过他家的那个小刑警。

莲沼狡黠一笑，走出了审讯室。

审讯结束约两周后，案情有了重大进展。警方在搜查莲沼的住处时没收了一些物品，其中就包括他在废品回收公司上班时所穿的工作服。虽然似乎被洗过，但衣服上依然黏附有少许血迹。

警方迅速将其交由科学搜查研究所鉴定。鉴定结果显示，此样本的血型及DNA均与并木佐织的完全一致。

关于是否应该逮捕莲沼宽一，草薙、间宫和多多良展开了讨论。此案目前的情况与十九年前的案子颇为相似——虽然警方可以证明莲沼遗弃了并木佐织的尸体，但似乎并没有相关物证佐证他涉嫌杀人。

经过讨论，三人都认为可以对莲沼宽一实施抓捕。此案死者的颅骨存在凹陷性骨折，这一点与十九年前警方无法找到死因的情况极为不同。凶手对死者的击打甚至导致了骨骼断裂，这说明凶手不可能是无意为之的。

从警方在烧毁的垃圾囤积房中找到并木佐织的尸体算起，已经过去了一个多月的时间。

被捕之后的莲沼，态度与十九年前完全相同。在拘留期间，他始终保持沉默，在检方的审讯中也同样一言不发。

草薙他们在一定程度上早已料想到了这一点，因此并未显得太过惊讶。尽管警方未能使莲沼招供，但他们认为无论如何都应该起诉莲沼，因此才抓捕了他。

然而，检方的看法并非如此。在临近羁押期限时，检方做出了取保候审的决定。

莲沼宽一被释放了。

9

与菊野站相通的车站大楼是一栋小巧而紧凑的四层建筑。过了检票口走进商场，便能看见一家咖啡店。

草薙穿过自动门，在店里张望了一圈。咖啡店面积不小，六成左右的位子都已坐满了人。他约好的人正坐在窗边看杂志，桌上放着咖啡杯。

草薙走了过去，低头望向他的老友。"喂。"

汤川学抬起头来，微微一笑。"几年没见了吧？"

"四年了。你回了日本，至少也要和我联系一下吧。"草薙在对面的椅子上坐了下来。

"我应该是告诉了内海的。"

"可是内海没告诉我啊。"

"你手下的警员办事不力，没必要埋怨我吧？"

草薙苦笑了一下。"你还是这么得理不饶人啊。"

正在这时，服务员端来了一杯冰水。草薙点好咖啡，随后又望向老友。

汤川的体格还像从前一样颀长精健，只是头上隐约有了星星点点的白发。

"你看起来精神不错,"草薙说道,"在美国过得怎么样?"

汤川冷冷地点点头,举起了咖啡杯。"还算是挺有意思的,而且研究上也取得了一定的成果,都还可以吧。"

"我听内海说,你当上教授了啊。"

汤川从衣服内侧的口袋里掏出名片夹,取出一张名片放到草薙的面前。"我换了联系方式。"

草薙拿起名片看了看,汤川的职称确实变成了教授。

"恭喜你。"草薙说道。

汤川略显无聊地稍稍歪了歪头。"这又不是什么特别值得祝贺的事。"

"怎么不是?这样一来,你就不用受到上面的限制了啊。"

"我当副教授的时候也没有人限制过我什么。我记得那个时候根本不用去考虑乱七八糟的事情,只要随心所欲地去做喜欢的研究就行。但是当了教授就不一样了,不管要做什么,都必须先考虑这个。"汤川用拇指和食指合成了一个圆圈——他指的是资金方面的事情,"我现在的主要工作就是拉赞助:讲一讲研究的价值,找人来给我们出钱。比起做研究,我现在反倒更像是个制作人了。"

"你现在在做这样的事吗?我还真有点意外。"

"每个世界都会出现新旧的交替,既然现在到了要为后人开路的阶段,我也就只能选择接受了。"汤川漠然地说道,然后望向草薙,"你那边不是也有新动向了吗?"

"内海和你说的?"

"不是,我自己猜的。"

草薙也拿出了自己的名片。

汤川接过名片，挑起了一边的眉毛。"看来警视厅搜查一科又多了一位值得信赖的好组长啊。"

"唉，要真是那样就好了，可惜觉得我没什么本事的人恐怕也有很多。"

服务员端来了咖啡。草薙往里边倒了些牛奶，用勺子搅拌了两下，喝了起来。

"你有点无精打采的啊。"汤川似乎在观察着草薙，投出了科学家的目光，"这么说来，你之前发给我的邮件倒是挺让人担心的，说是有什么烦心的事情要到菊野商业街来，让我有空的时候和你见一面。"

昨天，草薙主动给汤川发了邮件。汤川的地址还是内海告诉他的。

"出了个让人很窝火的事情，"草薙耸了耸肩膀，"还让人既着急又懊悔，是很可悲的事。"

"看来是调查陷入了僵局？"

"与其说是僵局，我倒觉得更像是个死局。"

"那我倒想听听了。"汤川探出身子，双手交叉放在桌上，"如果方便透露给普通人听，我倒是可以听你来诉诉苦。"

"是吗？案子确实不方便随便透露给普通人，但你是个特例。"话才刚开了个头，草薙突然又皱起眉头，连连摆着右手道，"算了算了，还是不说了吧。毕竟咱们好不容易才见上一面，与其听我说这些烦心事，还不如开开心心地听你聊聊这次的旅行见闻。"

汤川皱起了眉头。"我的旅行见闻有什么让人开心的？"

"怎么没有？聊聊你在美国的事嘛，我很感兴趣。"

"我在美国就是做研究而已。难道你对单极粒子与大统一理论的证明是否有关感兴趣？"

听到这句天书一般的话，草薙的表情不禁有些扭曲。"不可能只做了研究吧，放假的时候你在干些什么？"

"在休息。"汤川爽快地回答道，"这样一来，放完假就可以立刻投入到研究中去了。毕竟我在美国待的时间有限，每一天都不能浪费。"

草薙觉得有些扫兴。虽然汤川的话听起来很像是在说笑，但恐怕句句都是实情。无论是假期里打高尔夫球还是开车出去兜风，似乎都与汤川没有什么关系。

"怎么了？还是赶紧让我听听你那个陷入死局的案子吧。"汤川勾了勾双手，示意草薙赶紧告诉自己。

"你去了趟美国，变化挺大的嘛。以前你不是说对警察的案子没有什么兴趣吗？"

"那是因为你每次来找我聊的案子都是很棘手的问题，比如人的脑袋突然着火燃烧，又或者是可疑宗教的教祖用意念使人从高处坠落等等，你都会跑来找我破解谜题。不过，这次看来应该不用我操心了吧？"

草薙哼了一声。"那么，如果只是跟着起哄看热闹，你倒是很愿意听听案子的事情？随便你吧，不过我不知道这个案子是不是能勾起你的兴趣……"草薙迅速望了望四周。他们的座位与其他的客人离得很远，周围也没有人像是在偷听他们谈话。

草薙先将案件的大致情况告诉了汤川：前段时间，他们找到了三年多前下落不明的女孩的尸体，并对一名男性嫌疑人实施了抓捕，但最终检方决定取保候审，嫌疑人得以释放。

"警方应该对此感到很不满。不过证据不足取保候审的情况，偶尔还是有的吧？"

"确实偶尔会有。"草薙说道，"但是这次的案子居然会不予起诉,我实在难以接受。唉,如果嫌疑人是个普通人,检方肯定也会比较强硬,可惜这次的情况却不是这样的。"

汤川扬起下巴,伸手推了推眼镜。草薙知道,这是他对谈话内容饶有兴趣时的招牌动作。

"怎么,不是普通人吗?"

"这次的嫌疑人一直不肯开口。"

"不肯开口?"

"事情要从大约二十年前说起了。"

草薙简单地说了一下本桥优奈被害一案的案情,并将判决的结果告诉了汤川。

面对这样的结局,就连汤川也不禁发出了一声悲叹。"收集了那么多的间接证据,结果还是判了无罪?我觉得很不合理,可能这就是审判吧。不过我倒是第一次听说你还负责过那种案子。然后呢?和这次的案子有什么关系吗?"

"说出来你可别吃惊啊,这次的嫌疑人其实就是当年的那个被告。"

汤川的太阳穴一阵跳动。"那还真是挺有意思的。所以他才会一直不肯开口?"

"这次的案子与优奈被害的案子有很多相似之处,比如弃尸罪和毁尸罪的时效都已经过了,都没有找到杀人的物证等等。唯一的区别就是,这次死者的颅骨存在凹陷性骨折。尽管在我们看来,这足以用来确定死亡的原因和凶手杀人的方式,但是……"

"检方不这样认为吗?"

草薙面色凝重地点了点头。"他们觉得仅凭这一点还不够。就算颅骨存在凹陷性骨折,也无法证明到底是用凶器击打后留下的,还是遇到了某种事故而造成的。不仅如此,此处骨折是否就是造成死者死亡的原因，现在也还无法判断。"

"这样说来，倒也确实如此。"

"但是刚才我也说了，如果嫌疑人是别人，检方恐怕也不会如此犹豫不决，可惜碰上的偏偏是这个什么都不说的莲沼。据我所知，他在检方的审讯过程中同样十分镇定，给人的感觉像是在说'你想起诉就随便起诉吧'。"

"他是觉得就算被起诉了，只要继续不开口说话，就一定可以在法庭上获胜？"

"是的。"

"但是在法庭判决之前，他不是会先被关押起来吗？这也无所谓吗？"

"这个人和别人不一样，估计他只会觉得又可以大赚一笔了。"

"大赚一笔？"汤川惊讶地皱了皱眉，"什么意思？"

"上次的案子被判无罪以后，他就立刻申请了刑事赔偿和律师费用报销，索赔金额应该超过了一千万日元。"

"怪不得，这人还真是厉害。"汤川望着天空转了转眼珠，随即指着草薙说道，"从你说的话来看，此人智商绝对不低。"

"你说得很对，听说他从小成绩就相当不错。"

静冈县警详细地调查过莲沼的履历。莲沼是家中的独子，十岁时父母离异，他由父亲抚养长大。十三岁时父亲再婚，芳惠成了他的继母。应该就是从那个时候开始，他结交了一些品性恶劣的朋友，行为也开始变得不端。高中毕业以后他便离开了家，据说是被他父亲赶出家门的。

"他父亲应该是觉得再也丢不起人了吧，毕竟……"草薙顿了顿，继续说道，"他父亲是一名警察。"

汤川一下子坐直了身子。"哦，越来越有意思了。"

"我在想,他会不会是把对父亲的怨恨转嫁到了对整个警察体系的不满啊?"

"你这个想法太情绪化了。我倒是觉得,他很可能是在目睹了父亲的行为之后,将其作为了反面教材。"

"反面教材?他父亲的哪方面啊?"

汤川摇了摇头。"反面教材并不是他的父亲,而是他父亲审讯的那些嫌疑人。在当时那个年代,警方大多采取的是坦白从宽的政策。就算没有发现直接证据,警方也可以仅凭间接证据先实施抓捕,而后再在审讯室里逼迫嫌疑人自首。一旦嫌疑人同意在警方出具的招供笔录上签字画押,案子就算是结了。在法庭上,招供笔录将发挥决定性的作用,那些嫌疑人也基本上都会被判有罪。如果莲沼的父亲曾经在家里得意扬扬地提到过那种流程,你觉得听了这话的儿子又会作何感想呢?"

草薙明白了汤川想要表达的意思。"他会觉得,万一犯了什么事情被警方抓住,一旦自首就一切都完了。"

"反过来说,只要不自首,事情就还有转机——他学到的不就是这个吗?"

草薙托着腮帮子,叹了口气道:"这一点我倒是从来没有想过。"

"如果我没有猜错,制造出莲沼这个怪物的不是别人,正是日本警方自己。"

在汤川一脸淡然地说着这番话的时候,草薙一直牢牢地注视着他。"你这话太难听了。"

"我不是说了吗,这是我的猜测,你别介意。"汤川看了看手表,将剩下的咖啡一饮而尽,"我该回去上班了。很高兴能听到这么有意思的事情,剩下的就下次再慢慢聊吧。"

"你每天都会来菊野吗?"草薙问道。

"一周差不多两三次吧。"

"两头跑？"

"差不多吧。不过研究所里也有宿舍，有时候我会住在这边，毕竟这里离东京市中心还是有些远的。"

汤川伸手要拿小票，却被草薙一把抢了过去。"之前在实验室里没少喝你的咖啡，今天还是我请吧。"

"不过我那里的都是速溶咖啡，而且杯子也不算太干净。有机会的话，我再请你吧。"汤川说着站起身来，接着像是又想起了什么似的，重新坐了下去，"有个要紧的事情我还没有问你，你说的烦心事是什么啊？你应该是在办事之余抽空叫我出来的吧？"

"嗯。"草薙点了点头，下意识地露出了闷闷不乐的表情，"我马上要去见受害者家属，向他们解释为什么嫌疑人会被释放。平时我是不做这种事的，但是这次比较特殊。"

"受害者家属？就是你说的菊野商业街上的那家餐馆吧？店名叫什么？"

草薙迟疑了一下，还是说出了"并木食堂"几个字。在他看来，用侵犯隐私的名义拒绝汤川并没有什么意义。

"你在那儿吃过饭吗？"

"没有。"草薙回答着汤川的提问，"不过那家店挺淳朴的，气氛也很不错。"

"记住了。"汤川站起身来，"下次再见。"说着，他便朝出口走去。

草薙端起了杯子。尽管冷掉的咖啡还剩一点没有喝完，他还是挥手叫来服务员，又点了一杯。

草薙拿出记事本，确认着相关的细节。他的面前似乎浮现出了并木夫妇强忍怒火的表情。草薙知道，他们一定会反复要求自己给一个说法，告诉他们为什么有那么多的证据都不能起诉莲沼。

草薙没有信心能够说服并木夫妇,毕竟连他自己都无法接受这样的解释。他决定,无论如何都要在谈话的最后告诉他们:"请千万不要灰心,我们还没有放弃……"

10

夏美推开格子木门，正准备出去挂上门帘时，发现一早开始纷纷落落下个没完的雨终于停了。空气中没有黏腻的湿气，反而令人觉得凉风习习，神清气爽。远处的天空微微有些泛红。

终于要到秋天了，夏美想道。虽然马上就要进入十月，天气却依然很闷热，夏美见迟迟不能换上秋装，心里不由得开始有些烦躁。虽然她的名字总是被人误会，夏美其实并没有那么喜欢夏天。

夏美走进店里，整理着桌上的东西，突然听见木门哗啦一声被推开了。

"啊，我是第一个啊。"

进来的是夏美十分熟悉的一位常客。他生着一副岩石般棱角分明的面孔，身穿白色衬衫，打着领带，外面套着一件工作服。

"户岛先生，"夏美眨了眨眼睛，"您怎么来了，这么早？"

"嗯，遇上点情况。"户岛修作拉开椅子，在店门口附近的一张四人桌边坐了下来。

夏美跑到里面，对着厨房喊道："爸爸，户岛先生来了！"

"修作来了？"并木祐太郎停下了手上的活儿，"怎么了？"

"好像是遇到什么事情了。"

"没有没有，不是什么大事。"户岛使劲地摆了摆手，"小美，你也不用什么都跟你爸说呀，还是先给我来瓶啤酒吧。"

"好嘞。"说着，夏美从旁边的冰箱里拿出了一瓶啤酒。在并木食堂里，类似于扎啤机这样花哨的设备是没有的。

并木在厨房里招呼着户岛。"到底什么事啊？"

"没什么大事，"户岛摆了摆手，"机器故障，干不了活儿了，所以今天提前收工。"

"什么故障？"

"食品冷冻机坏了。"

"冷冻机又坏了啊？几个月前你不是也说冷冻机坏了，而且还有个员工差点出事嘛。"

"这次坏的是另一台机器。我联系了厂家，说是要到明天才能来修。真是烦啊，这么忙的时候遇上这种事。"

祐太郎和户岛从小学开始就是一对不良朋友。抽烟、喝酒、赌钱，几乎一大半的坏事都是两个人一起学会的。念高中的时候，他们还逃课去赌博游戏厅玩，结果受到了警方的盘问和教育，两个人也一起被迫剃成了光头。①

与祐太郎一样，户岛也继承了家里的产业，干起了食品加工这一行。夏美在上学的路上，经常能看到他骑着自行车去市郊工厂上班的身影。

在下班回家的路上到并木食堂坐坐，吃上几口下酒菜，再来上一瓶啤酒，是户岛多年以来的习惯，而且他一般都会在八点左

---

① 在日本，剃光头有谢罪反省之意。

右出现。

夏美将啤酒、酒杯和小菜端到了户岛的位子上。

"偶尔故障一次没事的,毕竟工作太忙了也不好。"夏美给户岛的杯子里倒上了啤酒。

户岛举起杯子,喜笑颜开道:"会这么安慰我的也就只有小美了。我家那位居然跟我说,要是工作太忙,我就不用特意赶回家了。"

夏美哈哈地笑了起来。

"我可没开玩笑,她真是这么说的。唉,真不知道她把老公当成什么了……"夹了一筷子凉拌牛蒡丝塞进嘴里之后,户岛的视线定在了一处,"哦,海报出来了啊。"

夏美回头望向身后的墙壁。"嗯,昨天麻耶拿过来的。"

墙上贴着的是即将举行的秋季祭典活动的宣传海报。海报上,盛装巡游的人们或装扮成民间传说里的人物,或装扮成童话故事中的角色,兴高采烈,好不热闹。今年的这张宣传海报,其实用到的是去年巡游时拍摄的照片。菊野·物语·巡游早已小有名气,如今更是吸引了许多远道而来的游客前来观赏。

夏美提到的麻耶是菊野市屈指可数的大型书店"宫泽书店"的家族继承人,也就是现任的女店长宫泽麻耶。她的年纪不过三十出头,但作为女性来说颇具领导才干,不仅是町内会[①]的理事,更在巡游活动中担任执行委员长一职。

"又是一年过去了,真快啊。"户岛很是感慨地说道。

"今年的巡游也很让人期待呢。这一次,他们好像又想出了很多新的机关道具。听麻耶说,今年的准备工作可能会比以往都要辛苦得多。"

[①]日本居住在各町(日本行政区划单位,介于市与村之间)的居民建立的地区自治组织。

"小美也会去帮忙吗？"

"她说让我有时间就过去。去年是我第一次参加，虽然只是去帮帮忙，我还是觉得特别好玩，比如给小孩子的脸上涂涂彩绘什么的。"

"只是帮忙吗？不参加巡游啊？"

虽然参加巡游的都是各地报名参赛的扮装爱好者，但菊野商业街也会派出一支队伍上场。这支队伍去年重现了《辉夜姬》中的场景，将襁褓中的辉夜姬被人在竹林发现，长大后被多名男子示爱，还有登上月之使者的小轿升天归月等画面表现得活灵活现，最终在大赛中取得了第三名的成绩。据工作人员介绍，作为主办方的代表，菊野队至少可以入围前五，所以位居第三也还算令人满意。

"不参加。"夏美说道。

"为什么啊，去参加一下多好。年轻人就要多参加这些活动。特别是像小美这么可爱的姑娘，不去的话哪儿还有什么看头啊。我想想啊，那是几年前的事来着？当时可厉害了，本来是一个特别大的贝壳，结果半路上贝壳打开了，里面还有一条美人鱼。那可真是，太轰动了……"说到这里，户岛的表情突然僵住了。他半张着嘴，眼神也一下子失去了焦点。他应该是记起了往昔的事，意识到自己其实并不该提。

夏美暗暗地松了口气，赶忙装作什么都没有听到的样子，开始整理起冰箱。她刚刚一直很着急，不知道怎样才能让户岛不要再继续说下去。她偷偷地瞥了户岛一眼，发现对方正一脸尴尬地喝着啤酒。

不久，旁边的楼梯上传来了一阵脚步声，真智子走了下来。

"是户岛啊，晚上好。今天你挺早的嘛。"

"我是提前走的。也该偶尔早退一次。"

"那你慢用啊。"说着,真智子朝厨房走去。夏美望着母亲的背影,觉得母亲很有可能在楼梯上就听到了户岛的话,所以才没有立刻走下楼来,而是稍稍等了一会儿。

户岛提到的那次巡游,夏美也同样记忆犹新。在大约四年前的那场活动中,夏美望着美人鱼从贝壳中翩然出现的样子,心中惊讶不已。

她不敢相信,自己的姐姐佐织竟会如此美丽。

快到下午六点的时候,推拉门哗啦一响,一位客人走了进来。虽然夏美正对着厨房忙活,但她早就猜到了来人是谁。最近的这段日子,这位客人总是会在每周这一天的这个时间出现。

夏美回头一看,只见这位意料之中的客人在一张还没有人坐的六人桌旁正准备坐下。

夏美将擦手毛巾递了过去。"欢迎光临。"

男子微笑着点了点头,答道:"晚上好。"这名男子戴着一副无框眼镜,看上去四十多岁,但他身形矫健,也许比实际年龄显得年轻。

"先给您上啤酒吧?"

"好的,再来一个我常点的——"

"炖菜拼盘是吧,好的。"

夏美回到厨房,在传达了客人的订单后,她便像刚刚给户岛上酒时那样,将啤酒、酒杯和小菜放在托盘上,一并给男子端了过去。

男子脱掉外套,拿出一本杂志看了起来。摊开的杂志上刊印着很多图片,看样子像是一些漂亮的立体花纹。夏美将啤酒和酒杯等摆在桌上,情不自禁地感叹道:"真好看啊。"

"是吧?"男子一脸满足地将杂志拿给夏美,"你猜这是什么?"

"看着像是一种复杂的折纸……"

"是的,折纸。这是在想办法把一张很大的纸快速折叠成尽可能小的纸块。除了折叠之外,展开的顺序也必须足够简单,这一点至关重要。虽然我刚刚说是折纸,其实这里用到的材料并非纸张,而是类似太阳能电池的柔性电池板。人们将这种电池板折叠成小块之后,通过火箭送至太空,然后就可以在太空中将其充分展开并加以使用了。事实上,这一技术的灵感就来自于日本的折纸。对于这个领域的人来说,就算不是日本人,也都能听懂ORIGAMI这个词的意思。"滔滔不绝地讲解完毕后,男子望着夏美,仿佛是想听听她的意见。

夏美将托盘抱在胸前,露出了亲切的笑容。"教授,您在大学里就是研究这些的吗?"

男子皱了皱眉,沿着鼻梁往上推了推眼镜。

"很可惜,我做的东西既没有这么优雅,也没有什么看头。"他叹了口气,合起杂志塞进放在一旁的包里,"经常有人问我,你做的研究到底能派上什么用场,会使我们的生活更为便利吗?和智能手机相比哪一个更厉害呢?"男子拿起啤酒,给自己倒了一杯,又继续说道:"遗憾的是,这些问题我都无法给出让人满意的答复。虽然总的来说都是科学,但科学其实也分为很多不同的种类。许多研究绝大多数人就算一辈子没听说过也不会有任何问题。我做的东西,相对来说就属于这一类。"他端起杯子喝了口啤酒,用另一只手擦了擦嘴边的啤酒沫。"如果你还想听,我也可以和你聊聊我现在的研究课题。"

"算了,我还是不听了吧。"

"嗯，这样对你我都好。对了，我想问你一下，这个是谁都可以去看的吗？"说着，男子指了指贴在墙上的海报。

"巡游吗？当然谁都可以看。不过到时候人会很多，站在后面可就看不着了。"

"没有观光席吗？"

"专用席位和嘉宾席位是有的。要是有门路就能有自己的位子。"

"门路啊，我可没有什么门路。"

"那可就要早点起床过来占位子了。如果您想看可以告诉我，我带您过去。"

"好的，我考虑一下。"男子点了点头，"谢谢你告诉我这些。"

"不客气，您请慢用。"说完，夏美便转身离开了。

这位男性客人姓汤川，是帝都大学物理学系的教授。夏美之所以会知道这些，也是其他客人热心打听来的结果。

汤川第一次来到店里的时候，这一年的黄金周①才刚刚结束不久。当时正是晚上七点左右，店里最为忙碌的时候，自然没有什么空位。汤川表示并不介意拼桌，恰巧有位熟客正和朋友两个人坐在一张六人桌旁，二人也痛快地答应了拼桌的请求。

在并木食堂的熟客之中，一高兴起来就有些"忘乎所以"的人不在少数，当时与汤川拼桌的两位熟客便是如此。一开始二人还在自顾自地聊天，但是没过多久，他们似乎注意到这名与自己拼桌的陌生男子，不知道找了个什么由头，便开始询问男子是不是住在附近、平时做什么工作。

夏美不禁捏了把汗。她担心这样会吓到初次登门的客人，可

---

①日本4月末到5月初因数个节日相邻形成的连续休假日，一般有7到10天。

能对方以后都不敢再来了。

然而这名男子似乎并没有什么不悦。他语气温和地告诉二人，自己是在帝都大学教物理的，因为这附近建成了一家新的研究机构，所以他每周都会过来几次。不仅如此，他还对两位熟客说："要是能帮忙推荐一下这家店的特色菜就好了。"

"说起这个嘛……"两位熟客打开了话匣子，滔滔不绝地说了起来，"要是用来下酒，加了高汤的日式煎蛋卷要比不加的更好；烤鸡肉串一定要点盐焗和蘸酱两种口味；到这家店要是不来个炖菜拼盘，那可真是再蠢不过了……"二人说得唾沫横飞，男子却没有流露出半点厌恶的神色，反而一边记着笔记，一边随声附和，还将他们推荐的菜色点上了几道。品尝过后，男子心满意足地点了点头，两位熟客见状也跟着高兴起来。

自然而然地，他们彼此自报了家门，而这一对话也被夏美恰好听到。

从此以后，汤川便开始频繁地出现在并木食堂。他总是一个人过来，所以时常会和别人一起拼桌用餐，而且每次还会被熟客们拉着聊天。在夏美看来，汤川似乎很享受这样的氛围。

就这样，几个月过去了，汤川现在也成了店里的常客之一。与他相熟的人一般都称他为"教授"，最近这段日子，夏美也开始这样叫他了。

不知从什么时候开始，汤川总是会在快到下午六点的时候来到店里。可能是他发现，一到六点店里就会突然忙起来吧——既然无论如何都要和别人拼桌，索性先过来占个喜欢的位置。

他的想法今晚也得到了验证。六点刚过，客人们就仿佛商量好了一般，接连不断地来到了店里。虽然谈不上是常客，但绝大部分也都是来过好几次的熟面孔。

又过了大概三十分钟，夏美听见推拉门哗啦一响，下意识地喊了声"欢迎光临"，抬眼朝门口望去。

站在门口的是一个男人。夏美见到这个人，立刻感到后背一阵阵发凉。男子似乎散发着一种异样的气息。他套着一件黑色冲锋衣，帽子被拉起来戴在头上，年纪似乎有五十多岁，皱纹因为风吹日晒的关系显得很深，眼窝凹陷，目光暗淡，脸颊干瘪。

夏美正觉得像是在什么地方见过这个人，电光火石之间，她突然回忆了起来，一时间动弹不得，不知该如何是好。

这个男人……这个男人……

他就是照片上的男人，调查负责人草薙拿给他们看过那张照片。几年以前，这个男人因为对佐织态度无理，还曾经被父亲祐太郎赶出门去。那件事情发生之后不久，佐织就失踪了。草薙既然出示了照片，就说明这个男人极有可能与佐织的死亡有关。事实上，在那之后不久，警方就以涉嫌杀人的罪名对其进行了逮捕，当时也是夏美一家第一次知道这个男人的名字——莲沼宽一。

他为什么会出现在这里？

莲沼一脸漠然地面朝夏美，眼睛缓缓扫视了一圈，随即指着旁边的一张桌子问道："这里没人吧？"

那是一张六人桌，桌子一端坐着的正是汤川。

汤川单手拿着杂志，正在品尝刺身。"请坐。"汤川点了点头，开口说道。他似乎对这个不速之客并没有什么兴趣，可能以为与平常一样，只是一位拼桌的客人罢了。

莲沼拉开椅子坐了下去，没有摘帽子。他望着夏美，语气粗鲁地喊道："上啤酒。"

夏美嘴上应着，脑海中却是一片空白，仿佛停止了思考。她像往常一样打开冰箱，拿出一瓶啤酒，正准备再去厨房拿一份小菜时，冷不丁被吓了一跳。只见祐太郎的神情很是严肃，真智子站在他的身后，二人正盯着店里的某个人看，那个人是谁不言自明。

"爸爸，"夏美小声喊道，"怎么办啊？"

祐太郎一言不发地走出了厨房。他摘掉身上的围裙，朝着莲沼的位子走了过去。"你来干什么？"他站在莲沼的旁边，低头看着对方问道。能感觉到，他在努力地克制着情绪。

莲沼的肩膀微微地抽动了一下。"这儿不是吃饭的地方吗？"说完，莲沼歪着头望向夏美，"啤酒呢？"

"我们这儿没有你喝的啤酒，"祐太郎说道，"也没有你吃的饭。赶紧走！"

莲沼扬起下巴，回瞪着祐太郎。

"喂！"一直没有说话的户岛从远处的座位上站起身来，指着莲沼说道，"我说小美的样子怎么有点奇怪，原来是你这家伙。没想到，你还真敢到这儿来啊。"

"修作，别说了。"祐太郎扭头劝了一句，又盯着莲沼道，"我不知道你来这里的目的是什么，但是这儿不是你该来的地方。"

"哦？"莲沼用手挠了挠鼻子旁，"给我个理由。"

"没这个必要。你别打扰其他客人，赶紧给我出去。"祐太郎转身朝厨房走去。

"并木，你好像搞错了。"

听了莲沼的话，祐太郎停下了脚步。"搞错了？"

"嗯。"莲沼半张着嘴，点了点头，"我不知道你们是怎么想的，不过我才是受害者啊。都怪你们，我才会被警方当成了凶手，现在工作也没了，名声也毁了，你们说到底该怎么办？"

"当成了凶手？我看你就是凶手。"

"哼。"莲沼冷笑了一声,"那你说我为什么会在这里,没进监狱呢?"

"那只是现在。"祐太郎说道,"警方也没有放弃调查,到时候就会再来抓你了。"

"那可不好说。"莲沼咧嘴一笑,"对了,你还没有回答我呢。我受了这么多的罪,你们打算怎么了断?"

"了断?什么意思?"

"就是赔钱。把我出卖给警方的人就是你吧?你和警方说了一堆有的没的,还让他们跑来抓我,我没说错吧?"

"我只是说了实话。"

"别跟我装傻。你和警察说了什么,我可是知道得一清二楚,我都在审讯室里听他们说过好多遍了。所以我今天跑到这儿来了,咱们必须聊聊赔钱的事。"

祐太郎往前迈了一步。父亲这是要准备揍他了吧,夏美紧张得屏住了呼吸。

"那你就等到打烊的时候过来。"祐太郎强忍着怒火,低声说道。

"什么时候来是我的自由。不过算了……"莲沼站起身来,"今天我就先回去了,毕竟你们家也需要一定的心理准备。不过你别忘了,我可是没有被起诉的。检察厅那边说是什么取保候审,其实就是无罪释放嘛。所以你根本没有资格对我说三道四,也没有理由把我从这个店里赶走。我才是受害者,一个差点被你们蒙上不白之冤的可怜人。"

在大言不惭地胡说一通之后,莲沼环视店内,只见在场的客人们无一不流露出惊讶、困惑与不快的神情。莲沼对此似乎很满意,咧嘴一笑,一把推开店门走了出去。

"真智子!"祐太郎喊道,"把盐拿过来,连袋子一起。"

真智子从厨房里走了出来,手里拿着一袋盐。

"给我。"说着,祐太郎夺过袋子,朝着玄关走去。他打开推拉门,抓了一把盐撒了起来。①

---

① 在日本,撒盐有驱邪、祛除晦气之意。

11

在设立于深川分局的抢劫凶杀案搜查本部里，草薙接到了一通汇报电话，打来电话的是负责并木佐织遇害案后续调查工作的菊野分局警部补武藤。

"听说您已经调到另外一个案子的搜查本部去了，现在应该很忙吧？不过，有件事我还是觉得应该跟您汇报一下比较好。"武藤的声音有些消沉。佐织一案中的嫌疑人尽管被逮捕了，最终却被取保候审，放了出来。负责该案的警员们恐怕确实很难再鼓起干劲。

据武藤所说，莲沼宽一昨天从江户川区的一处公寓里搬走了。搬走的理由很简单——租房的合同到期了。

"我们知道他的房子快到期了，就去找房东问了问是否还愿意续租。房东肯定知道了这个案子，表示人虽然放出来了，但还是不太希望一个因为杀人罪名而被警方逮捕过的人住在自己的房子里，想找个合适的理由拒绝对方的续租请求。为了查清楚莲沼退租之后的住处，我们也派了几名侦查员一直在跟踪他。

"据他们反映，莲沼竟然又回到了菊野。不仅如此，从菊野站出来以后，他还径直去了并木佐织的家——并木食堂。"

"莲沼去了并木食堂？他干什么去了？"

"据说他很快就从店里出来了，紧接着侦查员就进了并木食堂询问情况。根据并木祐太郎和在场客人们所说，莲沼对警方把他当成凶手一事很不满，想让并木跟他做个了断，还说要找他赔钱什么的。"

"赔钱……"

草薙只觉得事情荒诞至极，闻所未闻。不过联想到莲沼的所作所为，能说出这种话来似乎也不足为奇。在本桥优奈被害身亡的案件中，他成功地争取到了刑事赔偿，但在这次的案子中他未被检方起诉，所以才会想到要去找那些协助警方办案的人敲上一笔。

"查出来他最后去哪儿了吗？"

"查出来了。他去了之前工作的那家废品回收公司名下的一间仓库。"

"仓库？"

"准确来说应该是一间仓库管理室。那边的仓库大多已经闲置不用了，有一个员工就索性住进了管理室里，而且一住就是四年。这个员工和莲沼的关系极为密切，之前侦查员也找他调查过很多次情况。据说莲沼辞职以后，还会偶尔和这个人联系。"

"说起来，倒还真有这么个人。"草薙在脑海中搜寻了起来。这名员工就是莲沼曾用公共电话主动联系过的那个人，而且莲沼还向他确认过警方是否已经盯上了自己。

"此人姓增村，是一名七十岁左右的男子。"武藤说道，"今天已经有侦查员赶到了那家废品回收公司，在向增村本人确认了情况后得知，莲沼确实在不久前给他打来了电话，说是想暂时借住在他那边，等找到了住处再搬走。"

"增村同意了吗？"

"同意了。他说他也没有什么好拒绝的理由。"

"是吗？看来这两个人的交情不浅啊。"

"为防意外，昨天晚上我们找人盯了一夜。不知道是不是为了庆祝久别重逢，他们两个人一直闹哄哄地喝到了很晚。"

草薙叹了口气，居然有人能和莲沼这种败类气味相投，真是世界之大，无奇不有。

"我们对增村的个人情况也做了一些调查，发现他有前科。"武藤压低了声音说道，"四十多年前，他曾经故意伤人致死。"

"哦。"草薙含糊地应了一声，也许这就叫物以类聚吧，"今后你们打算怎么继续跟这个案子？"

面对草薙的提问，武藤稍显痛苦地低声喃喃道："也就只能先去找找目击线索了，该做的我们其实都已经做完了……"

"莲沼那边还要继续盯吗？"

"会定期核查住址，监视就算了吧，毕竟他应该不会毁灭证据畏罪潜逃。"

"嗯。"草薙对武藤的看法表示认同。事到如今，莲沼身上恐怕很难找出能证明他与并木佐织被害一案有关的破绽了。尽管此类案件的常规做法都是先以其他罪名将嫌疑人逮捕收押，然后再对其审讯，直到顺利拿下口供为止，但是对于一直选择沉默而且不怕长期蹲牢房的莲沼来说，这一招并没有什么效果。

"总之先和您汇报这些。"说完，武藤挂断了电话。

草薙放下手机，嘴里一阵发苦。他觉得被一种深深的无力感所包围，甚至连站起来的力气都没有了。

莲沼刚被释放后不久，草薙就去咨询了负责此案的检察官，到底需要什么样的证据才能让检方对莲沼提起诉讼。

检察官表示，首先要有证据表明死者并非死于意外，也不是自然死亡，而是被人谋杀；其次，还要有证据能够证明莲沼就是动手杀人的真凶。如果找不到这两项证据，不仅很难提起诉讼，而且从之前的案例来看，只要莲沼还是不肯开口，就算真的上了法庭也极有可能被判无罪。

"难办的是，我们其实很难在法庭上主张莲沼曾经将尸体运往静冈。毕竟我们掌握的证据并不是目击证词，而是 N 系统的记录。"

听了检察官的解释，草薙哑口无言。N 系统的调查记录不可作为证据提交，警方目前对此有明确规定。一旦提交，警方就必须在法庭上将 N 系统的组织架构和具体的监控地点和盘托出，所以早在 N 系统构想之初，警察厅就提出了杜绝公开的方针。

虽然检方的要求十分严苛，草薙当时还是给自己暗暗打气，决定无论如何都要找到满足条件的相关证据。他想要证明，之前他对受害者家属所说的那句"我们还没有放弃"并非空话。

然而想尽了各种办法后，草薙还是没能找到检方要求的证据。他还找过几名法医打听情况，结果他们都表示，目前无法通过已发现的尸骨情况来断定死亡的原因。迈不过这一道关卡，案子就只能陷入僵局，令人束手无策。

与此同时，恶性事件几乎每天都在东京上演，警方也不可能永远只守着过去的案子。事实上，草薙所在的小组已经被派去接手另一桩在那不久后发生在深川的抢劫凶杀案了。

幸运的是，深川的案子调查得十分顺利。在讯问过受害者的一名男性朋友之后，他很快就交代了罪行。警方在他自称丢弃凶器的地方找到了带有受害者血迹的尖头菜刀，移送检察机关的准备工作有条不紊地顺利完成。检方想必对这个案子颇为满意，草薙对这桩板上钉钉的案子也自信满满，心里似乎放下了一块石头。

然而，草薙还是会在脑海中时常想起莲沼宽一的案子。虽然现在他们已经失去了调查此案的机会，但就此结案的不甘之情依然分毫未减。

12

那间仓库距离居民区较远，旁边有一条小河流过。

仓库旁边建有一间带门的小屋，想来应该就是管理室了。

在轿车副驾驶座上，新仓直纪举起望远镜对了对焦。这间小屋装有窗户，但是窗户后面似乎堆放着什么东西，再加上屋内的光线很昏暗，完全看不清里面的情况。

"看见什么了吗？"坐在驾驶座上的户岛修作问道。

"没有，什么都看不见。"新仓放下望远镜，"他真的在里面吗？"

"应该在。"户岛判断道，"昨天我亲眼看见他从里面出来的。"

户岛发动了车。当车从仓库前开过的时候，新仓目不转睛地盯着小屋的窗户，但依然无法确认里面是否有人。

见不远处就有一家家庭式快餐店，二人便停车进店，找了一张四周无人而且位置最靠里的桌子坐了下来。

"我可是费了好一番功夫才找到那个地方的，就是仓库旁边的那个管理室。不过说是管理室，其实早就已经废弃不用了，一直都是一个七十来岁的老头住在里面。"说完，户岛喝了一口咖啡。

"你是说那个人也在那儿？"

"嗯。"户岛低声答道,"他应该已经搬进去了。"

新仓摇了摇头。"我不信。"

"这事挺吓人的吧?"

"你要说他找了个地方躲起来了,我还可以理解,但是你说他又回到了菊野这个犯过事的地方……这人是太无耻了还是天不怕地不怕啊,简直让人莫名其妙。"新仓右手握拳,重重地敲在了桌子上。

晌午过后,新仓接到了户岛打来的电话,说是有要事相商,想约他尽快见面。当问起要商量什么事时,户岛告诉他"与莲沼宽一有关"。也就是那个时候,新仓得知了莲沼已经回到菊野的消息。惊诧之余,他甚至怀疑是不是户岛弄错了什么。"既然如此,那我就带你去那家伙住的地方看看。"户岛说道。

新仓是通过佐织认识的户岛。当时佐织正在举办一场小型现场音乐会,活动中,并木祐太郎将户岛介绍给了新仓。从那以后,每每在并木食堂偶遇,二人总是会打个招呼聊上几句。

"我在电话里也跟你说了,上个礼拜莲沼去了并木食堂。"

听了户岛的话,新仓长长地叹了口气。"我现在的心情已经不能用惊讶这个词来形容了。还好我当时不在,不然真不知道气急了会干出什么事来。话说回来,他到底是为了什么啊……"

"他就是去故意找茬的。"户岛恨恨地说道,"因为并木食堂和附近居民的证词,莲沼才会被警察抓了起来。他怀恨在心,故意去找我们显摆他已经被放出来了,趁机报仇。"

"报仇……他还好意思报仇……"

"警察是靠不住的,不知道是证据不足还是什么的,但也不能就这样放他出来啊。他们就应该用些强硬的手段,把他抓起来直接送进监狱。"

"我也这么认为，但是实际上不可能这么操作吧？"

户岛脸色沉重地点了点头。"反正警察是指望不上了，他们也没什么法子。但是，我们是不能就这样坐视不管的。祐太郎他们……一想到并木那一家子的感受，我这心里就一阵难受，你呢？"

"我当然也不好受。"新仓咬牙说道，"并木他们的冤屈是难以言表的，就连我也觉得义愤填膺，要是可以，恨不能亲手解决凶手。"

"嗯，嗯，就是。"听见对方说出了自己期待的话，户岛重重地点了点头，"而且你是佐织的伯乐，原本要亲自把她培养成一名优秀的歌手，结果出了这种事，你心里肯定也特别难受吧？也正因为如此……"户岛飞速地看了看四周，压低了声音继续说道，"也正因为如此，这次的计划我才想把你叫上的。"

"计划？"新仓一下子紧张起来，"计划"这个词超出了他的意料，"什么计划？"

户岛又一次警惕地望了望四周，微微将身体探过了桌子。"警察指望不上，法院也不给那家伙判刑，我们只能亲自动手了。"

户岛语出惊人，新仓不由得心中一颤。"动手……动手干什么？"

"动手给他点教训，就是那个莲沼宽一。"户岛的眼神中闪烁着坚定而认真的光芒。显然，他并不是在说笑。

新仓一下子不知该如何作答。他抓起杯子，咕嘟咕嘟地大口喝起水来。"教训……什么样的教训？"

"让他罪有应得的教训。"户岛说道，"实话告诉你吧，这个计划不是我想出来的，不过具体是谁应该也不用我多说了吧？"

"是……并木吗？"

户岛点了点头。"有个词叫作竹马之交，说的就是我们这种交情——要玩一起玩，坏事一起干，挨罚一起罚。"说着俏皮话，户岛的表情也变得柔和了不少，但一瞬间他又重新严肃了起来，"这么多年交情的朋友，一辈子难得开口求我一次，我怎么可能坐视不管？更何况这件事又是和佐织被害有关……"

新仓又喝了一口水。虽然杯子里的咖啡还没有喝完，拿来解渴却是不太合适的。

"难道并木他……"新仓小心翼翼地斟酌着措辞，但一时间找不到合适的词语，"复仇也好，教训也罢……他就是想报女儿的被害之仇，对吗？"

"作为一个父亲，自然是想替孩子报仇的。"户岛说话的声音不大，言语却句句出自肺腑，满是力量，"我也有两个孩子，如果我的孩子遇上了这种事，我肯定也会这样想的。"

"这个事情，嗯……"新仓不知道该如何回答。从常识上来讲，这个时候应该对户岛的话表示否定，但这样做又与自己的真实想法相悖。新仓决定先迈出一步。"我非常理解他的心情。"

"是吧？而且你刚才也说了，想要亲手报仇。"

"可是，"新仓伸出手来，似乎是想制止户岛，"我说的是'要是可以'。遗憾的是，现在这个时代已经不允许所谓的报仇了啊。"

"所以你就准备放弃了吗？"户岛死死地盯着新仓，仿佛是要看穿他的想法，"你就想眼睁睁地看着那个败类悠然地活在这个世界上吗？"

新仓再一次紧紧握住了右拳，重重地敲在桌子上。"不愿意，我不想放弃。但是这样做真的太不切实际了。我不知道你们准备怎么报仇，但是一旦莲沼有个三长两短，警察肯定会有所行动。就算这个人活该去死，警方也不可能置之不理，而且最先怀疑的应该就是并木一家。难道你们觉得这些都无所谓？"嘴边的话还没说完，新仓便意识到了这个问题的答案，他一下子惊讶得瞪大了双眼,"啊,我明白了,并木肯定是觉得只要能给孩子报仇,被警察抓走也无所谓。而且就算找了别人帮忙,他也已经做好了思想准备,决定将罪名全都揽到自己身上,绝不供出别人,对吧?"

户岛皱起眉头,伸出食指比在嘴边。"你说话声音太大了。"

"哎呀,不好意思。"新仓捂住了嘴巴。不知不觉间,他的声音竟高了起来。

"新仓,"户岛坐直了身子,冷静地说,"你说得很对,并木祐太郎就是这么打算的。他还说了,万一进了监狱,也没有什么好怕的。"

"话是这么说没错……"

"你先听我说完。我刚才也说了吧,我和祐太郎这么多年的朋友,你觉得我可能会眼睁睁地看着自己的发小坐牢吗?"

户岛的话让新仓有些困惑。按照目前对话的思路来看,户岛的这番话似乎彻底说反了。"……什么意思?"

"祐太郎是不会坐牢的。不仅是他,所有人都不会坐牢。这是我们对莲沼实施行动的前提,也是我们正在考虑的计划。我很希望你能加入。当然了,就算事情败露,警察也绝对不会找你问罪的。"

"真能有这么好的办法?"

"只要我们大家齐心协力。"户岛双眼发亮,目光中满是狡黠。

13

看到短信的那一瞬间,高垣智也只觉得一阵眩晕。他甚至怀疑会不会是什么玩笑,但从发件人的名字来看,不可能是玩笑。

短信是并木夏美发来的。大约半年以前,高垣去了一次许久未去的并木食堂,二人也正是在那个时候交换了联系方式。

高垣之所以会赶到并木食堂,是因为他从一个姓内海的女刑警那里得知了佐织的遗体被人发现的事情。时隔近一年,高垣终于再一次见到并木夫妇,并向他们二人问了好。说着哀悼的话语,高垣的眼中不由得滚下泪来,并木夫妇也同样泣不成声。

从那以后,智也又开始光顾并木食堂了。他每次都会问警方搜查的进展如何,但并木夫妇似乎同样一无所知。据他们所说,警方确实会经常来店里走访,但对调查的进度只字不提。即便并木夫妇开口询问,得到的也不过是些"正在全力缉拿凶手"之类的回答——这一点与内海刑警的答复并无不同。

不过就在莲沼宽一被捕后不久,并木一家很快收到了调查负责人的通知。从夏美发来的短信中得知此事后,智也不由得一只手攥紧了手机,另一只手兴奋地挥舞起拳头。在他看来,真相终将大白，佐织可以瞑目了。

当天晚上，智也早早便赶到了并木食堂。店里熟客攘攘，热闹非凡，佐织的指导老师新仓夫妇也在其中。人们都对凶手的落网感到欣慰不已，并木一家激动得哭了起来，智也也跟着他们又一次流下了眼泪。当泪水打湿脸颊，智也再一次深深地意识到，原来他依然无法忘记佐织。

然而，事情的发展超出了所有人的意料。

虽说嫌疑人已经落网，人们却没有听到任何有关案情大白的消息。就在智也百思不得其解之时，夏美发来的短信更是令他目瞪口呆。

没有想到，莲沼居然被放了出来。

智也赶忙给夏美打去电话。"我也不知道到底是怎么回事。"说完这句开场白之后，夏美告诉智也，调查负责人草薙已经来并木食堂和他们解释过了。按照草薙的说法，是检方认为目前的证据并不充分，所以才会将莲沼放出来。

对于受害者家属来说，这样的解释显然让人无法接受。"你们警方是不是不准备逮捕凶手了？"面对并木提出的这一质疑，草薙表示，"警方是绝对不会放弃的，我们将与检方一同搜集必要证据，一定会将嫌疑人送上法庭"。

然而又过去了几个月，草薙的承诺依然没有兑现。智也从熟知法律的朋友那里得知，根据所谓的一次性原则，同一个案子基本上是不会对嫌疑人进行二次抓捕的，除非是找到了新的突破性证据。

警察到底在做什么？莲沼现在又身在何处？智也对此全然不知，一腔怒火更是无法发泄，只能满心烦躁地任时间一天天流逝。

夏美那边也从此没了音信。很久之后，智也才给夏美发去了短信，他其实并没有抱什么期待，只是在短信里问夏美后来过得如何，并木食堂的人们近来一切可好。

不久，智也收到了夏美的回信，读过后愕然失色。原来大概在十天以前，莲沼竟然出现在了店里。由于受到打击，并木食堂歇业数日，直到三天前才重新开张。

看完短信的那一瞬间，智也便再也无心工作了。莲沼为什么会出现在并木食堂？他这是要准备干什么？

指针刚指到下班的时间，智也就立刻收拾东西走出了公司。在匆忙赶往车站的路上，他给母亲里枝打去了电话，告诉她今天不回去吃饭了。母亲问他是不是要去并木食堂，智也并没有否认。

"是出了什么事吗？"里枝的声音听起来有些担心。

"算是吧。"

"是佐织的事吗？"

"嗯。"

"什么啊？是那个凶手被抓住了吗？"

"不是，是他又出现了。"

"啊？什么意思？"

"我也不太清楚。具体的回去再说吧。"智也挂断电话，加快了脚步。

自从佐织的遗体被人发现以来，智也也与母亲里枝谈论过案子相关的事情。在莲沼被警方逮捕的时候，里枝连连称好，十分开心，而得知莲沼又被放了出来，里枝也和智也一样，难掩心中的愤然之情。

然而，最近里枝的态度却发生了变化。她开始劝说智也"差不多也该把案子的事忘了"，还表示"就算凶手落网被判死刑，佐织也不会回来了"。

里枝恐怕是担心智也对逝去的女友一直念念不忘。她肯定是希望儿子能够早日忘记心中的痛苦，寻得机会另觅佳人。

虽然智也知道母亲的话不无道理，但现在佐织死因未明，他实在没有心情迈出新的一步。而且有些倔强的他坚信自己对佐织的爱恋绝不会如此浅薄。

不到晚上六点，智也就赶到了并木食堂的门口。他想着这个时间店里应该还没有什么客人，结果打开推拉门一看，不由得吓了一跳——所有的桌子旁都坐满了人。

智也站了一会儿，只见夏美从里面跑了出来。"啊，实在抱歉。他们应该就快结束了。"

"不好意思。"坐在中间位子上的一名女子开口说道。智也在这里见过她很多次，印象中她应该叫作宫泽麻耶，是一名从父亲那里继承了全镇最大书店的店长。作为女性来说，麻耶的个子很高。不知道是不是在从事某种运动的关系，她的身材紧致有型，浑身上下散发着一种值得信赖的大姐大气质。

宫泽麻耶的面前放着一本摊开的笔记。智也仔细一看，才发现店里的十几名男女全都面朝麻耶而坐。原来是这么回事啊，智也心领神会，这些人应该是在讨论每年一度的巡游事宜。智也之前就听说这一次巡游队伍的负责人就是麻耶。

"你坐这儿吧。"说着，原本占着一张四人桌的两个人起身给智也腾出了位子。智也领了对方的好意，弯腰坐了下来。

"那我就来总结一下。"宫泽麻耶拿着本子站了起来，"A组继续负责服装道具的准备，B组负责歌曲的编排并确认音响设备是否到位，C组负责最终彩排的筹备和气球的检查工作。差不多了吧，还有什么问题吗?"

"总是有人在问菊野队今年的演出内容是什么。"一个扎着头巾的年轻人问道,"所以还是要一直保密到演出当天吗?"

菊野队指的正是他们所在的队伍。

"当然。"宫泽麻耶说道,"每年我都在说'没有惊喜,何来娱乐',大家也都要有这种意识。还有其他问题吗?"

四下里鸦雀无声。

"好。"说着,宫泽麻耶合上了本子,"今天就到这里吧,散会。另外,再过几天就是正式演出的日子了,大家加油。"

"加油!"众人干劲十足地回答,然后纷纷从位子上站了起来,准备离开。

夏美给智也拿来了擦手毛巾。"不好意思,让你久等了。"

"没事的。不过你说的是真的吗?莲沼真的来了?"

夏美的表情一下子凝重起来,轻轻地点了点头。

"是挺难以置信的吧。"正收拾东西准备离开的麻耶在一旁插嘴道,"我听说这件事的时候都不敢相信自己的耳朵。管他取保候审还是什么的,反正我们都知道凶手肯定是他。但是没想到那家伙居然还敢回到这里,真不知道他到底打的什么算盘。"

"他来的时候还说让我们赔钱。不赔的话,他还会再来的。"

"赔钱?"听了夏美的话,智也一脸困惑。

"说是都怪我们,他才会被警方当成了凶手,所以要找我们做个了断。"

"简直是胡说八道,"麻耶唾弃道,"他脑子有问题吧?警察也真是的,居然能把这种败类给放出来。"

"他走之后不久,警察就到店里来了,似乎之前一直在监视着他。警察问我们他到这里来都干了什么。"

"那家伙好像现在还在咱们镇上呢。"扎着头巾的年轻人说道。

"真的假的？"麻耶瞪大了眼睛。

"有人在网上发的，我朋友看到之后就告诉我了。发的人好像是莲沼以前公司的同事，说他搬进了那家公司的某个员工家里，警察还过去问了话。"

麻耶咂了咂嘴。"他还准备在咱们这里待多久啊？难道他真以为会有人赔钱给他吗？"

"谁知道呢。"扎着头巾的年轻人一脸茫然，似乎是在表明自己并不知情。

"那个……"智也站起身来，注视着扎着头巾的年轻人，"网上说到他搬进去的房子具体在哪儿了吗？"

年轻人困惑地摇了摇头。"没有，没写那么清楚……"

"夏美！"不知不觉间，并木祐太郎从厨房走了出来，嘴里喊着夏美的名字，"你在干什么？智也要喝什么你问了吗？"

"啊，我正要问呢……"

"马上就要忙起来了，你在发什么呆？智也，不好意思啊。"并木低头致歉道。

"没事的。"智也坐了下来，抬头望着夏美道，"给我来瓶啤酒吧。"

"好的。"说着，夏美退了下去。

"并木爸爸，"宫泽麻耶对祐太郎说道，"有什么我们能帮上忙的，您随时招呼。要是您不想让莲沼再靠近这里，我们大家也会一起想办法的。"

并木的嘴角微微上扬。"谢谢。"他低声说道。

"那我们就先走了。"说完，宫泽麻耶便与同伴们一起走出了店外。

夏美端来了啤酒、酒杯和盛有小菜的碟子，并木同智也打了声招呼，在他对面的位子上坐了下来，给他倒了杯啤酒。

"莲沼来过店里的事，夏美告诉你了吧？"

"嗯，今天白天的时候……"

并木咂了咂嘴，转头望向女儿。"人家正在上班，你跑去啰唆这些事情。"

"可是……"夏美噘着嘴巴，头低了下去。

"智也啊，"并木的脸转了过来，"你到现在还能一直惦记着佐织，我真的非常感谢。不过你也有自己的人生，现在是时候忘掉过去，重新开始了。"

智也将端到嘴边的杯子又放回桌上。"您，您的意思是让我忘掉这个案子，忘掉佐织吗？"

"我知道你可能很难彻底忘记这一切，但是一直割舍不下对你的人生没有什么好处。佐织的案子有我们这些家里人操心就已经够了，真的不想再给其他人添麻烦了。"

"没有什么麻烦不麻烦的，"智也干脆地说道，"刚才宫泽也说了，我其实就是想为您尽点力。再说那个莲沼居然会被放出来，这件事我是完全接受不了的。"

"谢谢。对我来说，你能有这片心意就已经足够了。有一点我要告诉你，就算你自认与此事无关，我也根本不会怪你。毕竟我知道，你不是一个薄情的人。"

"自认与此事无关……什么意思啊？"

"一言难尽。没什么意思。"

并木站起身来，说了一句"请慢用"，便转身走回了厨房。

智也困惑地望着并木远去的背影。对方为什么会说出这样的话来？他觉得莫名其妙。

就在这时，推拉门哗啦一响，又有客人走了进来。智也抬头一看，是那名曾在店里见过好几次的男子。此人据说姓汤川，不过大家都习惯称他为教授。近来这段时间，他似乎经常会出现在店里。

汤川默默地朝智也点了点头，看来是觉得他有些眼熟。智也也点了点头，回应了对方。

夏美给来客端上了擦手的毛巾。"欢迎光临，您还是老三样吗？"

"嗯，还是老三样吧，再来瓶啤酒。"

"好的。"说完，夏美转身朝里面走去。

智也独自吃着饭，一边琢磨着并木刚刚对他说的那些话。他总觉得并木的话仿佛另有深意。

旁边的位子上，汤川似乎正在和夏美聊着什么，好像是想请夏美带他去看看巡游。听夏美的意思，当天最少也要提前一个小时去占位子才行。

晚上七点刚过，智也离开了并木食堂。他的心里还装着心事，脚步也显得很沉重。

智也往家的方向没走多远，就听见旁边有人喊他的名字，声音还很耳熟。他停下脚步，望向四周。

"在这儿呢！"那个声音又喊道。

原来声音是从停在一旁的小轿车里传过来的，而坐在驾驶座上的，是一张智也非常熟悉的面孔——并木食堂的常客户岛。

智也走了过去，开口问道："怎么了？"

"你现在方便吧？我有要紧事找你。"

"哪方面的事啊？"

"当然是……"户岛舔了舔嘴唇，先是望了一眼并木食堂，而后又抬头看向了智也,"有关莲沼的事。不过,前提是你心里还惦记着佐织。"

智也深吸了一口气。"您说吧。"

"你先上车,坐副驾驶座。"

"好。"

智也绕到了车子的另一侧,他的心脏剧烈地跳动起来。

智也回到家时,已经快到晚上十点了。

里枝似乎一直都在客厅的沙发上看电视,智也回来后,她立刻拿起遥控器关掉了电视。"回来得这么晚啊。"

"嗯,东拉西扯聊得久了。"

"聊什么?"

"不是说了吗,东拉西扯。店里的常客也都在。"

"那个凶手后来怎么样了?他为什么到菊野来啊?"

"不知道。大家都挺生气的。"

智也正准备回房间,却听见里枝说道:"智也,佐织不会回来了。"

"那又怎么样?"

"你以后还是别去并木食堂了,去了也只会徒增伤感。"

智也没有作声,径直离开了客厅。他走进房间,脱掉外套,解开领带,直接倒在了床上。

智也不断地回想着与户岛刚刚的对话,觉得非常惊人。如果让里枝知道,她应该会一脸震惊地表示反对,而且肯定会哀求他万万不可牵涉其中吧。

智也由此也明白了并木在店里所说的话的深意。并木肯定提前知道了户岛会找他帮忙,所以才暗示他不必勉强接受。即便智也拒绝,并木也绝不会认为他是一个薄情之人。

不过智也当场就同意了户岛的提议,他表示一定会帮这个忙。

毕竟如果这时候临阵退缩,他恐怕一生都将陷入无尽的悔恨之中。

14

这是一个对菊野商业街而言很特别的周日。夏美站在店里望着外面的情形，只见街道上人头攒动，熙熙攘攘。此时刚过上午十点，距离巡游开始还有将近一个小时，前来观光的游客们穿梭其中，都是为了尽可能地占上一个好位子。

"还好今天天气不错。"夏美的身后传来了真智子的声音。

夏美转过身去，冲着母亲点了点头。"嗯。要是下雨，筹备活动的人可就惨了。"

"是啊。"真智子附和着点了点头，转身走进了厨房，准备给已经在里面忙活起来的并木祐太郎搭把手。并木食堂平日里只在晚上营业，但到了周六和周日，中午也照常开门。

推拉门外出现了一个人影。哗啦一声，推开门的果然是他们意料中的人。

"地铁公司的人也太不懂得变通了，"汤川穿着一件墨绿色的夹克，口气中很是不满，"像今天这种日子，明明就该多发几趟车的。"

"车上很挤吗？"

汤川一脸疲惫地点了点头。"特别挤。别说有位子了，就连站着都挺费劲的。为了不被人当成色狼,我这两只手也得一直举着。"

"哈哈,"夏美笑了起来,"那可真不容易。"

"看来这个活动比我想象的还要热闹,我看一路上都已经有人开始抢占照相的位子了。"

"嗯,咱们也得早点过去。"夏美起身将搭在旁边椅子上的连帽卫衣穿上,"妈妈,那我们就先去了啊。"

真智子从厨房的柜台后面探出头来。"去吧。汤川教授,您玩得开心。"

"谢谢。晚上我再过来。"汤川面向厨房,笑着说道。

墙边立着两把折叠木椅,夏美从中取了一把递给汤川。"这个您拿好。"

"原来是这样。"汤川接过椅子,心领神会地点了点头,"你这个主意不错,能坐着看确实再好不过了。"

"可惜没有这种好事。"

汤川不解地皱了皱眉。"什么意思?"

"一会儿您就知道了。咱们赶紧走吧。"说着,夏美将另外一把折叠木椅拎了起来。

刚一出店门,二人就差点和一个举着照相机的男子撞了个满怀。虽然这附近的街道还算比较宽阔,但由于道路两旁已经聚集了不少游客,供人通行的地方变窄了很多。

"哎呀,简直就像赶庙会一样。"汤川边走边感慨道,"这里有这么多人,看表演的好位子应该都已经被占了吧?"

"紧挨着马路两边的地方肯定没位子了,毕竟巡游可是一年比一年更热闹的,而且还没全部结束的时候,照片就已经被人发到网上了。为了能占到最佳角度的位子拍照,据说还有人前一天晚上就在这边过夜呢。"

"是吗？世界上的闲人还真是不少啊。"

"因为确实值得呀。您一会儿看了就知道了。"

"嗯，我倒是挺期待的。"

二人拨开熙熙攘攘的人群一路前行，不一会儿就来到了一处较大的十字路口。不过，横向的那条马路今天是禁止通行的。

夏美径直走到路口的一处建筑物旁，打开椅子靠着墙边放下。"您也把椅子放在这儿吧。"

"这样可以吗？"

夏美看着汤川放好椅子，回了一声"可以"之后，便坐了下来。

"坐在这儿能看见吗？"汤川也坐到椅子上，满是怀疑地问道，"这前面肯定会有很多人经过吧？等到巡游一开始，游客更是只多不少，他们要是不蹲下，恐怕咱们什么都看不见吧？"

"最前面那排人确实会被要求尽量站得低一点，不过后面几排的可就低不下去了，大家反而还会踮着脚去看呢。"

"那咱们不就更看不到了吗？"

"没事的，您就听我的吧。"

随着时间一分一秒过去，前来观看巡游的人也越聚越多，其中还有很多人盛装打扮了一番，因为官方网站上特别写明，热烈欢迎大家扮装前来。此外，还有人穿上了专业扮装的行头，正在进行即兴的写真拍摄。

"可能现在不该问，不过后来那个男人又出现了吗？"汤川问道。

"哪个男人？"

"我不记得是什么时候了，他突然闯进了并木食堂。那个人还是杀害你姐姐的嫌疑人。"

"哦……"

"虽然当时被你父亲赶出去了，不过他说他还会再来。结果真的又去过吗？"

"没有。从那以后，他就再也没有出现过了。"

"是吗？那就好。不好意思，让你想到这些烦心事。"

"没事的。"夏美摇了摇头，感到脸颊很僵硬。

诚然，只要一想到莲沼的事情，夏美的心情就会变得沉重起来。当得知这个男人就在附近时，夏美不禁担心他会为了报被捕之仇而伺机泄愤，内心的恐惧甚至超过了愤恨。或许是出于同样的顾虑，真智子也事先叮嘱过她，无论如何都尽量不要单独出门。她觉得万一莲沼真的有目标，下一个恐怕就是夏美。

为什么那个男人会被放出来，为什么他最终没能被关进监狱？详细的原因夏美并不知情，但她心里的憎恨和气愤丝毫不曾减弱。现在这种莫名其妙的结果令人每天都烦躁不已，夏美确实也感到有些累了。既然无法给那个男人定罪已经是铁一般的事实，她觉得倒还不如就此接受。在夏美看来，忘记过去，着眼未来，继续生活下去才是一种更为合理或者说更为轻松的做法。

既然无法定罪，他至少也应该走得远远的，让她永远都不要再想起他的存在。这便是夏美心中最真实的想法。

伴随着一声信号枪响，夏美猛地回过神来，巡游正式开始了。她这才注意到自己的周围早已是人山人海，想要来回走动恐怕是很困难了。

不一会儿，远处传来了音乐声，似乎是第一支队伍走过来了。观众们纷纷踮起脚，一个劲地伸长了脖子向前望去。

"教授，快站起来。"夏美拍了拍汤川的肩膀站起身来，没有脱鞋便直接踩上了椅子。

"还有这么一招啊。"汤川也学着她的样子，赶紧站了上去，"原来椅子是要用来当脚凳的啊。哎呀，这样看得可真清楚。"

汤川越过人们的头顶，举目远眺。只见众人身着五彩华服，正合着音乐的节奏翩然前行。夏美从牛仔裤口袋里掏出一张叠好的节目单，上面写明了此次巡游的出场顺序。

"这支队伍是从兵库县神户市来的，"夏美说道，"去年还得了第二名呢。当时他们演的是《阿拉丁神灯》，今年是《美女与野兽》。"

说话间，这支队伍已经来到了他们的面前。走在队伍最前列的是化身为餐器和家具的一众随从。他们所穿的服装品质精良，丝毫不显廉价。跟在他们后面出场的是本场演出的两名主角，除了野兽的扮相极为精美之外，美女的服装同样非常华丽，而且所选的演员相貌也相当出众。

演员们一边朝游客挥手示意，一边缓步前进。等他们走到十字路口中间的时候，野兽与美女开始翩翩起舞，扮作餐器和家具的随从们也纷纷围在四周，开始演奏乐器。见到动画片中的这一经典场景，观众们也跟着欢呼了起来。

"太好看了。"汤川在夏美旁边说道，"比我想象中还要有趣。"

"是吧？"

"不过有一点我比较担心。"

"什么？"

"版权。在我看来，这个《美女与野兽》和迪士尼的动画太像了。他们拿到授权了吗？"

"您这是哪壶不开提哪壶啊。"

汤川一脸不解地望向夏美。"什么意思？"

"版权的问题确实有点不太好说，比如他们去年演的《阿拉丁神灯》，其实就和迪士尼的《阿拉丁》一模一样，而且还用到了里面的音乐。我估计他们是没有拿到授权的。"

"这样没问题吗？"

"谁知道呢。"夏美歪着头说道,"这个事情也是经常会有争议的。人们都觉得严格来讲这样应该是不行的,不过毕竟也不是什么商业行为,而且万圣节的活动中也大多都允许这么做,所以主办方那边就要求各支队伍自行决定了。"

"那菊野市是怎么解决这个问题的呢?菊野也是有代表队出场的吧?"

"菊野队的演出内容只能是没有版权的作品,比如民间传说、童话故事什么的,还有就是作者去世几十年、不存在版权问题的作品。去年菊野队的节目是《辉夜姬》。"

"今年呢?"

"《金银岛》。"夏美看了看节目单,回答道。

"罗伯特·路易斯·史蒂文森的作品吗?那我可要看看了。他们是第几个出场?"

"菊野队都是最后一个出场的。从节目单来看,应该是下午两点钟开始。"

"两点?那我们就要一直保持这个姿势吗?"

"您要是累了可以坐下歇一会儿,椅子本来就是用来坐的嘛。"

"也对。"

随后,又有几支队伍从他们的面前走了过去,其中很多都是经典动画中的角色。虽然这与汤川提出的版权问题确实有所抵触,不过相信原作的作者也应该会笑着应允吧,毕竟每支队伍都演得非常出色,而且极具热情。

看着看着,夏美的手机突然响了起来,是真智子打来的。夏美瞥了一眼时间,顿时吓了一跳。不知不觉间,竟然已经十二点多了。

"不好意思啊教授,我要先回店里了。"恰逢扮装队伍的移动音响车正要经过，夏美只得大声喊道，"两点以前，我再过来！"

汤川点了点头，夏美便从椅子上跳了下来。

等夏美赶回并木食堂的时候，店里已经有三桌客人了。见忙着招呼客人的真智子瞪了自己一眼，夏美吓得吐着舌头缩了缩肩膀。

店门外，喧嚣的音乐声不绝于耳，动画主题曲、童谣、古典音乐轮番登场，好不热闹。想到这么多人为了今天的演出而做出如此周到的准备，镇上的居民们自是喜不胜收。

店内的客人同样络绎不绝。从他们的对话得知，这些客人都有自己想看的队伍，他们也都是看完了表演才过来吃饭的，不少人甚至在中午就点上了啤酒。

下午一点半是午餐的打烊时间。夏美本想着在这之后就去找汤川，结果没想到临近打烊的时候又进来了一位客人。这是一名身材微微发福的中年女子，看上去似乎是一个人来的。

"不好意思，你们店还没关门吧？"

"还没关，不过我们马上就要打烊了。"

"没事，我这就点菜。"

中年女子落座之后，迅速点好了油炸牡蛎和其他几个菜肴。夏美见她不看菜单就能飞快地报出菜名，心想这位客人应该来过了很多次。不过，夏美对她并没有什么印象。

"那我就回去找教授了啊。"将客人的订单告诉厨房里的真智子之后，夏美打了声招呼，走出了店门。

巡游正进行到精彩的环节。夏美扭头望着经典机器人动画中的角色在街上阔步前行，一边朝着汤川所在的地方走去。

汤川站在椅子上，正在用手机不停地拍照。他满脸认真，样子看起来颇为搞笑。

"您看得很开心嘛。"夏美站上了旁边的椅子,说道。

"与其说是看得开心,不如说是能学到不少东西。"汤川用手推了推眼镜,"虽说都是在重现故事中的经典场景,但是具体场景的选择是各不相同的。刚才有两支队伍接连表演的都是同一个动画题材,但取景完全不同,非常有趣。"

夏美难以置信地望着身旁的物理学家。"这就叫看得开心啊。"

接下来又有好几支队伍从他们的面前走了过去。巡游举办之初,参加的队伍不仅数量不多,而且装扮也颇为廉价。近些年来,越来越多的队伍开始走起了豪华精致的路线。

"差不多快到菊野队出场了。"夏美确认了一下节目单,说道。

远处隐隐传来了一阵音乐。人们的掌声和欢呼声也跟着一下子大了起来。

不多时,只见一个庞然大物远远驶来。夏美定睛一看,吃了一惊——那是一艘巨船。在这辆仿造古代木舟的巨大花车之上,站着几个海盗模样的人。

"哇,他们居然连这个都做出来了。"

按照菊野队的规定,在巡游开始以前,只有极少数的人才能看到演出所用的服装及各类道具。夏美的眼前仿佛浮现出了执行委员会负责人宫泽麻耶自豪的神情。

跟在巨船之后的是一张硕大的藏宝地图,地图后面还跟着数个宝箱。这些宝箱的盖子悉数打开,里面的金银珠宝堆积如山,仿佛随时都可能滑落。扮作海盗的演员们往来交错,推着宝箱载歌载舞。

巨船刚刚在十字路口中间停下,船上和四周的海盗们便开始战斗。想必这是在重现故事中的经典场景吧。演员们经过了多次的排练,步伐节奏配合得十分默契。不一会儿,他们便开始争夺宝箱。海盗们打斗的动作极为激烈，宝箱之间相互碰撞的声音也令人颇感震撼。

一番激战之后，演员们开始继续向前行进，其中有人不停地喘着粗气。身穿沉重的道具服装，又经历了一场打斗，想来他们的运动量确实不小。

海盗们离去之后，一个巨大的绿色气球伴着音乐出现在了人们的面前。这首歌是巡游活动的主题曲，而作曲人正是新仓直纪。

"那是什么东西啊？"汤川问道，"大青蛙？"

夏美一下子笑了出来。她知道汤川问的是那个气球。

"看着像青蛙，其实是虚构出来的动物。那个看着像眼睛的地方其实是耳朵，像鼻孔的地方才是眼睛。这是专门为巡游设计出来的吉祥物，名叫菊小野。大概从四年前开始，它就一直都是给巡游演出收尾用的。"

"哦，菊小野啊。光是把它吹起来就挺费劲的吧。"汤川的语气异常冷静。

这个气球的长度应该在十米左右。里面灌入了氦气，可以浮在半空，为了防止气球飞走，固定在气球四周的几处绳子需要有人抓牢才可以移动。

"啊，今年的巡游也结束了。"望着气球慢慢远去，夏美从椅子上跳了下来。她打开手机看了看时间，已经是下午三点多了。

"还有两个小时应该就会公布结果了，不知道今年哪支队伍能获胜呢。教授，这次的队伍您都看了吧？哪个最好？"

汤川摆弄着手机，似乎是在翻看自己刚刚拍摄的视频。

"每一个都很不错，我个人比较喜欢《阿尔卑斯山的少女》。"

"《阿尔卑斯山的少女》？有这个吗？"

"他们弄了一个很大的秋千，坐上去应该是需要非常大的勇气的，很了不起。"

夏美皱着眉头，满脸困惑。她对于那场演出没有任何印象。

正当她准备开口询问具体细节的时候，手机突然又响了起来，屏幕上显示的是并木食堂的固定电话。

"喂？"夏美按下了接听键。

"夏美？你现在在哪儿？"真智子问道。

"在哪儿……就在四丁目的路口这里啊，我在和教授一起看巡游呢，才刚刚结束。"

"那你能赶紧回来一趟吗？店里遇上了一点麻烦。"

"啊？怎么了？出什么事了？"夏美的心里突然掠过一阵不祥的预感。她的脑海中浮现出了莲沼的模样，难道那个男人又出现了？

"有位客人身体不舒服。"真智子的回答却超出了夏美的意料。

"哪位客人？"

"就是最后进来的那位女客人，有点胖的那个。"

"哦……"夏美想起来了，"就是点了油炸牡蛎的那个人啊。"

"对。她吃完之后没一会儿就去了厕所，然后就一直都没出来。后来好不容易出来了，她又说肚子特别疼。"

"啊？是牡蛎吃坏了吗？"

"牡蛎都是炸透了的，不可能吃坏啊，总之后来你爸就开车带她去了医院。"

"居然还有这种事，那可有点麻烦了。"

"所以你赶紧回来吧。我也想去医院看看情况，可是有些东西得一直炖着，晚上还要用。"

"我知道了。"

夏美挂断了电话，向汤川解释了一下情况。汤川听她说完，镜片后的眼睛眨了眨。

"那可真是糟糕。你还是赶紧走吧,这两把椅子我一会儿帮你拿回去。"

"真的吗?谢谢,那就麻烦您了。一会儿见。"夏美匆匆地离开了。

等她回到店里的时候,真智子已经收拾好东西准备出门了。夏美询问情况,真智子却只是回答:"我也不知道是怎么回事。总之我还是先去医院吧。锅里的东西已经炖上了,你不用动。还有,该洗该刷的东西顺便也帮我弄一下吧。"说完,她便走出了店门。

厨房里面,用过的锅碗瓢盆堆成了小山。夏美叹了口气,摘下了挂在墙上的围裙。

等到祐太郎和真智子回到店里,已经是将近两个小时之后的事了。见二人的表情都有些沉重,夏美不禁担心是不是发生了什么不好的事情。然而询问后真智子却表示"最后好像也没什么事"。

"你爸送她去医院的时候,她还疼得一直哼哼呢,后来据说慢慢就没什么事了。我到医院的时候正好看见她从诊室出来,当时她的表情若无其事,还跟我道了歉,说她只是单纯的身体不好,让我们也跟着操心了。"

"那就好。我还担心要真是食物中毒该怎么办呢。"

"是啊。这到底是怎么回事呢?"真智子百思不得其解。

"不知道。这人经常会来店里吗?"

"没有啊。"真智子摇了摇头,"我看她可能是第一次来吧,你爸也说不认识她。"

"这人叫什么名字?"

"说是姓山田。"祐太郎嘟囔道,"算了,反正还好没出什么大事。"说着,他转身走进了厨房。父亲还是很紧张的,看上去似乎也有些提不起精神,夏美暗暗想道。

正在这时,夏美的手机收到了一封邮件,是汤川发过来的,内容主要是询问后来的情况如何。看来,他也一直记挂着店里的事。

应该没事了——夏美回复道。

到了下午五点半的时候,并木食堂再一次开张营业了。夏美刚把"正在准备"的牌子换成"正在营业",就听见身后传来了一个声音道:"我可能来得有点早了吧。"夏美回头一看,只见汤川正拎着两把椅子站在一旁。

"没事。谢谢您帮我把椅子拿回来,快请进吧。"说着,夏美推开门,招呼着汤川走进了店里。

"那位客人没出什么事就好。"汤川落座之后,开口说道。

"是啊,我还担心保健所①的人会过来呢。"

"对于餐饮行业来说,食物中毒毕竟事关重大啊。"说完,汤川竖起了手指,"先来瓶啤酒吧,再来个……"

"炖菜拼盘是吧?好的。"夏美将擦手毛巾放到汤川的面前,转身退了下去。

下午六点过后,户岛、新仓夫妇和智也等几位熟客也来到了店里,大家兴高采烈地讨论着巡游的话题。据他们所说,最后获胜的正是《阿尔卑斯山的少女》那支队伍。夏美听到之后望向了汤川,只见对方也在看着自己,还一脸满足地喝起了啤酒。

不一会儿,宫泽麻耶和两个年轻的男子也出现在了店里,他们想在庆功宴之前先过来吃点东西。据说这次菊野队取得了第四名的成绩,稍稍有些遗憾。

"已经非常厉害了。"夏美将菜品端到麻耶他们的位子上,说道,

---

① 日本保障地方居民健康与卫生的官方机构之一,提供灾害医疗、精神保健,监管食品卫生、环境卫生等。

"船做得那么逼真，海盗们也像模像样的。"

"嗯，是很不错，挺了不起的。"听到他们的对话，户岛也从旁边的位子上主动搭话道。其他客人纷纷点头表示赞同。

"谢谢。有您这句话，我就舒服多了。好，咱们先干一杯吧。"在宫泽麻耶的招呼声中，三人高举酒杯，碰在了一起。

又过了一会儿，菊野队的另一个年轻队员走了进来，和麻耶他们坐在了一起。不知道什么原因，他的表情看上去似乎有些严肃。

"迟到了啊。你刚才干什么去了？"宫泽一边给年轻人倒酒，一边问道。

"嗯，我有点事去了隔壁镇子一趟，回来的路上看到了好多警车，就去凑了个热闹。"年轻队员端着倒满了啤酒的杯子回答道，"就在河边的仓库那里，而且……"

年轻人的声音突然低了下去，夏美没有听清他后面说了些什么。

"什么？！真的吗？"宫泽麻耶高声道。

"应该不会有错，是我偶然间听到警察说的。"

宫泽麻耶不禁抬头望向夏美，脸上还带着些许不解。"他说，莲沼死了。"

15

草薙不敢相信自己的耳朵。尽管他心中存疑，却知道间宫是绝对不会开这种玩笑的。

"死的人确实是莲沼吗？"草薙紧紧地握住了手机。

"菊野分局的人已经确认过了，应该不会有错。不过还不清楚是不是他杀，所以是否成立搜查本部现在还不好说。"

"地点呢？"

"就在他曾经工作过的公司的前同事家里。"

"哦……"草薙表示理解，"我之前听菊野分局的警部补武藤说过，江户川区那边的公寓不让他住了，所以他就搬到了之前同事的家里。"

"据说发现尸体的也是这个前同事。"

"好的，我这就过去。"草薙从家中的餐桌旁站了起来，桌上的盘子里，意大利面还剩了大半没有吃完，"如果确定是他杀，这个案子就让我来负责吧，可以吗？"

"我正有此意，所以才会给你打这个电话。不过……"电话那头的间宫长长地舒了口气，"查案的时候记得要谨慎一些。"

"明白。"

挂断电话，草薙端着盘子走进厨房，将意大利面倒进了湿垃圾袋中。

他出门拦了一辆出租车，直奔菊野。在车上，他分别给岸谷和内海薰等几名下属打去了电话。内海请求一同赶赴现场，草薙表示"都可以"。随后，他又试着联系了菊野分局的武藤。电话刚一接通，武藤便开门见山地问道："您听说莲沼的事了吗？"

"听说了，我很震惊。"

"我也是，真的太意外了。"

"我现在正赶往你们那边，想去看一下现场。"

"等到勘查结束后应该就可以看了。我现在就在现场，一会儿我把具体的位置信息发给您，您就直接过来吧。"

"好的。"

挂断电话后不久，武藤便发来了邮件。草薙仔细看了看地图，发现现场的位置似乎并不像一个住宅小区。他这才想起确实曾听武藤提到，莲沼搬去的地方其实是一间仓库的管理室。

车开进菊野市之后，草薙将目的地的位置详细地告诉了司机。开了不一会儿，草薙便看到了前方大片的红色警灯，看起来似乎有不少警车都停在那里。

"师傅，就在这儿停吧。"

草薙下了车，一边环视着四周，一边朝案发现场走去。四周有许多仓库和小型工厂，看不到住宅小区或是商铺店面的影子。估计菊野分局的警员们已经全员出动走访查案去了，不过可能还是很难找到什么有价值的目击线索吧，草薙暗暗想道。

现场的仓库已经被警戒线围了起来，四周还站着几名警员负责维持秩序。草薙向其中一名警员出示了警徽。"我是草薙，请问警部补武藤在吗？"

"请稍等。"

年轻的警员用对讲机确认过后对草薙说："他们让您先在这边等一下。"

仓库旁边有一处很小的房子，应该就是莲沼前同事居住的管理室。身穿现场勘查服的警察此时正在小屋内外忙碌着。

过了一会儿，武藤从小屋里走了出来。他身着正装，黝黑的皮肤和深邃的五官令他看起来很像南方人，他本人却表示自己是个地地道道的北方男人。

简单地打过招呼，二人便进入了正题。

"尸体已经被搬出来了，鉴定科的工作也已告一段落。您要去现场看看吗？"

"好的。"

"那我带您过去，不过您可能会有些失望。"

"什么意思？"

"嗯，看了您就知道了。"

在武藤的带领下，草薙来到了管理室的门前。房门敞开，屋里透出了点点灯光。

草薙站在门口向内望去，只见地上铺着一层木板，门后还专门空出了一个用来脱鞋的地方。草薙脱掉鞋子，戴上手套，跟着武藤走进了屋内。

这间管理室的面积在六叠[①]左右。房间的角落里放着一张单人床，一个小洗涤池旁摆着一台迷你冰箱和一个简易书架，架子上放着一些餐具。除此之外，屋里的全部家当就只剩一张不大的桌

[①]日本计量房屋面积的单位，1叠约为1.62平方米。

子和一台电视了。房间里并没有单独的衣柜,只是在墙上钉了些钉子,上面挂着几个铁丝衣架。见下方摆有几个纸箱,草薙打开看了一下,发现里面都是些塞得乱七八糟的衣服。

房间里还有一扇推拉门,现在是敞开的。草薙看着门向武藤问道:"这旁边还有一个房间吗?"

"是的,不过也不能算是房间吧。"武藤答道,"莲沼的尸体就是在那里被发现的。"

武藤朝着房内走去,草薙紧随其后。

草薙站在推拉门旁向内看去。这个房间的面积应该不超过三叠,天花板很低,草薙伸手便可以够到。房内没有窗户,也没有用于收纳的空间。地上铺有木板,已经有些污损了。

"据说这里原来是管理室的一个杂物间。"武藤说道。

"这样啊。"草薙表示了理解。

"这个房间没有什么东西,是鉴定科已经全都搬出去了吗?"

"是的,不过这里原本也没有什么。"武藤操作了一番手机,随后将屏幕转向草薙,"这就是尸体被发现时的情况。"

手机屏幕上显示的是莲沼死亡时的样子。他穿着一身灰色的运动休闲服,仰面躺着。地板上看着像是铺了一块苫布,上面放着床垫和被子,旁边还有脱下来的衣服和包。

"听说死因还不清楚?"

"是的。据这里的住户反映,今天下午五点半左右他从外面回来时,就发现莲沼已经躺在那里没有呼吸了。他叫了救护车过来,因为人已经确认死亡,急救人员就赶紧报了警。死者身上没有明显外伤,脖颈处未见勒痕,现场也没有留下打斗的痕迹。经过鉴定,死亡时间大约是在三十分钟到两个小时以前。"武藤将手机揣回了怀里。

下午五点半时，距离死亡时间已经过去了三十分钟到两个小时左右，那么推算起来，莲沼应该是在下午三点半到五点之间死亡的。

"这里的住户就是莲沼以前的同事吧，叫什么来着……"草薙正准备掏出记事本来。

"增村。增加的增，村民的村。"

"增村的口供有了吗？"

"他现在应该正在局里做笔录，稍后我们会让他暂时住在车站旁边的快捷酒店里。如果您希望找他直接问话，我们可以做调整。"

"好的，那就拜托你们了。"

"明白。"武藤又掏出了手机，开始打起电话来。

草薙重新审视了一下这个原本作杂物间用的房间。躺在这样一个狭小的空间里，莲沼到底会想些什么呢？据说他刚一回到镇上就去了并木食堂，可他又怎么会想到要去刺激受害者的家属呢？

这个房间的房门是推拉式的，滑轨位于外侧。门上没有安装明显的把手，取而代之的是一个金属的暗格拉手。此外，这扇门还装有插销，上面可以挂锁。此处原本是一个堆放杂物的房间，挂锁应该是为了防盗吧。

武藤打完了电话。"增村的笔录已经做完了。我让他们先把人带过来，等您这边结束之后再送去酒店。"

"太好了，这样听他说的时候就方便多了。"

"我可以一起听听吗？"

"当然可以。"

草薙话音刚落，门口便传来了一阵声响。二人转头一看，原来是内海薰到了。

"我可以进来吗？"

"您请。"说完,武藤又将脸转向了草薙:"内海警官也赶过来了,说明厅里果然认为这个案子很有可能是他杀吧?"

"菊野分局那边怎么看?"

"我们肯定也是首先考虑他杀的,毕竟莲沼身上背了那么多案子,就算被人杀了也不足为奇。并木食堂那边,"武藤顿了一顿,继续说道,"侦查员们应该已经过去问话了。"

"我现在也赶过去吧?"

"不必了。"草薙拒绝了内海薰的提议,"目前菊野分局还没有向厅里请求支援,我们不要插手。"

女刑警有些不服气地皱了皱眉头,不过还是老老实实地回了一句"明白"。

"你刚才说尸体表面没有明显异常,那其他方面呢?鉴定科那边还说什么了吗?"

"好像没有什么特别值得注意的,连指纹也没有被人擦过的痕迹。"

"是吗?"

草薙叹了口气。目前来看,莲沼之死是否涉及刑事案件还无法确定,只能先等待验尸报告出来之后再说了。从体表并无外伤这一点判断,如果是他杀,手法更有可能是下毒。

从刚刚武藤出示的照片来看,莲沼的身旁并没有发现饮料瓶之类的物品。就算凶手真的拿了什么容器给他灌了毒药,想必容器也已经被拿走了吧。

草薙的脑海中浮现出了并木祐太郎的身影,目前他的嫌疑最大,而且动机异常明显。

然而——

草薙紧紧地盯着这个小房间。很难想象,并木和莲沼能在这样一个狭小的空间里对峙。如果并木真的闯了进来，莲沼势必会有所警觉，而且他也不太可能将有毒的饮料随随便便喝下肚子。

武藤拿起手机举到耳边，似乎是有人打来了电话。"我在里面，让他进来吧。"挂断电话之后，武藤望着草薙他们道："这里的住户到了。"

不一会儿，门外便传来了一阵说话的声音。草薙抬头望向门口。

在一名身着制服的警员的引导下，一个穿着夹克外套的矮个男子走了进来。男子看着房间中的草薙等人，忽然低下了头。

16

菊野分局的警员们离开的时候，已经快到半夜十二点了。他们是在并木食堂临近打烊时到店的，一直等到最后一位客人走出店门，他们才开始对并木祐太郎、真智子和夏美三人分别问话。

夏美在停于店外的一辆警车中接受了讯问，内容主要围绕她今天一天的活动展开，例如从几点到几点在哪里做了什么，有没有和别人在一起，几点钟曾经接到过由谁打来的电话，又或者因为什么事情主动给谁拨去了电话等等。

夏美觉得没有什么可以隐瞒的，便如实回答了警方的问题。不过这场对话着实令人不太愉快，毕竟警方所要调查的，明显就是她的不在场证明。

警察离开后，夏美跟祐太郎、真智子聊了起来，警方果然也对他们二人的不在场证明进行了仔细确认。

"莲沼是怎么死的，你们俩问了吗？"祐太郎来回看了看真智子和夏美。

真智子摇了摇头，没有说话。

"我也没有。"夏美答道，"警察一直都在问我问题，我根本插不上话。爸爸问了吗？"

"我问了，但是他们没告诉我，而且我看他们好像也不太清楚。不过既然问了不在场证明，那就说明警方认为他杀的可能性还是很高的……"祐太郎一脸不解地陷入了沉思。

"要是莲沼真的被人杀了，警方肯定会怀疑到我们。"真智子说道。

"但是我们没有说谎，他们是知道的呀。"

听了夏美的话，并木夫妇二人对视了一眼。

"嗯，是啊。"祐太郎挠了挠耳后。

这时，一阵手机铃声不知从何处响了起来。祐太郎朝柜台走去，将放在那里的手机拿了起来。

"是修作。"他接起了电话，"嗯，是我……嗯，他们刚走。我、真智子、夏美，我们三个都被警察分开问话了……估计是想看看我们有没有串供吧……嗯，那件事啊……"祐太郎继续讲着电话，走进了厨房。

"夏美，我关灯了啊。"真智子伸手关上了墙上的开关。

"嗯。"夏美应了一声，脱掉鞋子上了楼。

独自待在房间的夏美拿出手机，这才发现智也发来了短信，询问她情况如何。

夏美想着智也应该还没有休息，为了方便，她决定打电话过去。

电话立刻就接通了。"喂？"听筒那边传来了智也的声音，"是夏美吗？"

"是我。你现在方便吗？"

"方便。你那边后来怎么样了？"

就在麻耶宣布了莲沼的死讯之后，并木食堂一片哗然。当时在场的几乎都是熟客，大家也都对莲沼有所耳闻。他怎么会死？

是被杀死的吗？众人开始七嘴八舌地议论起来。

渐渐地，店里的声音低了下去，最终陷入一片沉寂。因为人们发现，目前除了莲沼的死讯之外再无其他消息，妄加揣测没有什么意义。

就在这时，祐太郎从厨房里走了出来。"具体发生了什么，过阵子也就知道了，咱们还是静观其变吧。"并木的这番话自然无人反对，大家默默地点了点头。

宫泽麻耶几人借着参加庆功宴的由头率先离开了店里，其他客人见状也纷纷结清饭钱，起身走出了店外。智也在离开前还特意嘱咐夏美，有什么事要记得和他联系。

夏美将警察到店问话的事情在电话里告诉了智也。

"果然警方最先怀疑的是你们。"

"那也没有办法，谁让我们确实恨他呢。"夏美说出了心里话，"不过我们三个都把今天做过的事情一五一十地汇报给了警方，他们应该不会再怀疑我们了吧？"

"你们都有不在场证明啊？"智也的语气听上去有些意外。

"至少我爸妈都有的。他们一直都在店里，而且中午打烊之后就去了医院。"

"医院？"

"嗯。正好有位客人身体不舒服……"夏美将事情的经过告诉了智也。

"啊，居然还有这么回事……"

"现在想来倒是挺幸运的。平时中午打烊之后到晚上之前，都只有我爸妈两人待在一起。说起来，反倒是我留在了店里，没有不在场证明。"

"我觉得警方不会怀疑你。"

"总之，我要说的事情大概就是这么多了。接下来会怎么样，我也不太清楚。"

"嗯。你爸也说了，咱们现在也只能静观其变了。"

"要是有什么事我再联系你。谢谢你惦记着我们。"

"毕竟我也挺担心的。不过……"智也吞吞吐吐，欲言又止。

"怎么了？"

"哦，我是在想，那到底是谁杀了莲沼呢？"

面对智也的提问，夏美没能立刻反应过来。她觉得这个问题听起来有些别扭。"还不知道他是不是被人杀掉的呢。"

智也不禁"啊"了一声。"是吗……不过应该不是猝死吧？"

"谁知道呢。"夏美只能这样回答。

"想这些也没什么用。先这样吧，晚安。"

"晚安。"

挂断电话后，夏美给手机充上了电。就在她伸手准备解开衬衫上的扣子，换上一身睡衣的时候，突然一瞬间想到了什么。

智也用了一个"那"字，他说的是"那到底是谁杀了莲沼呢"。

难道说，他之前一直都认为是我们家的人杀了莲沼？

唉，这也是没有办法的事啊，夏美长长地叹了口气。

17

草薙睡醒后解了小便,然后在旁边的洗漱台前刷起了牙。果然还是老了啊,他看着镜子中自己的脸,不禁一阵感慨。他的皮肤看上去似乎没有什么弹性,应该不只是灯光有些发白的缘故吧。

从菊野站出来,步行几分钟便有一家快捷酒店。酒店的单间面积不大,里面还残存着些许消毒药水的味道。除了床上和椅子上,房间里再无其他地方可坐,甚至就连打开衣柜门都需要做出一个很别扭的姿势。恐怕阿加莎·克里斯蒂笔下东方快车里的单间也要比这里强上一些。即便如此,据说上周六酒店居然全部客满,而且住的都是为了观看昨天那场巡游的游客们。看来推动市镇振兴的文化活动确实受到了人们的欢迎。

根据菊野分局局长的判断,警视厅应该很快就会收到分局的支援请求,即便没有,今天一早分局应该也会有一些重大的发现。因此草薙昨晚没有回去,直接住在了这边。本来内海薰也想一同留在菊野,但草薙还是将她劝了回去。一旦搜查本部成立,回不了家的日子就多了。

增村荣治同样住在这家酒店。他曾为莲沼提供了栖身之所,在警方查清事实之前,他都要先住在这边了。虽然房间不大,但毕竟是快捷酒店,而且花的还是警方的经费,他可能会暗自窃喜,觉得自己赚到了吧。在草薙的印象中,讯问时他似乎并没有对莲沼的死表现得多悲伤。难道他们之间的关系也不过如此?

草薙从上衣口袋里掏出记事本,坐到床上,决定梳理一下增村昨天晚上所说的内容。

增村与莲沼大约相识于四年前。据说增村到了现在工作的这家废品回收公司上班之后,两个人就渐渐相熟了起来。

"是他先来主动找我的。估计是听别人说我有前科,就跑过来刨根问底,打听我到底犯了什么事。"

就在增村工作了一年左右时,莲沼突然消失不见了。不过很快他就主动与增村取得了联系。据说每次用的都是公共电话,而且总是会问增村公司里有没有来过警察。

"我问他是不是犯什么事了,他总是支支吾吾地不肯明说,后来就再也没消息了。"

对此,草薙曾在岸谷的汇报中看到过。这也是他当时决定要抓捕莲沼的原因之一。

大概两周以前,莲沼忽然又与增村取得了联系。据说他必须从现在的公寓搬走,所以想要拜托增村,在他找到下一个住处之前先暂时收留一下他。

"他说可以付一半的房租,我想想也不是什么坏事。我还问他嫌不嫌弃我的房子小,他说只要有个能睡觉的地方就行。他都这么说了,我也就同意了。两个男人住在一起,屋里肯定会乱糟糟的,不过喝酒的时候能有个伴,想想倒也不错。"

莲沼搬去当晚的情形,草薙之前也听武藤提起过。根据负责盯梢的侦查员反映,他们两个人一直闹哄哄地喝到了很晚。看来他们俩很投缘。

草薙又问了莲沼搬去后的生活状态。

"这个吧。"增村歪着头回忆道,"我们晚上确实会一起喝酒,不过我完全不知道他白天在干什么。估计也就是在屋子里躺着,或者出去玩赌博机吧。"

难道莲沼并不想找份工作?针对这个问题,增村也只是毫无兴趣地表示"不太好说"。在问到是否有人曾经去家里找过莲沼时,增村同样表示并不知情。

接下来进入了正题,草薙对增村当天的行动进行了确认。

"可我都已经在警察局里说过好多遍了啊。"增村很不耐烦地说道,"上午我就在屋里待着,中午的时候想去吃饭,就出门了。当天不是有那个什么嘛,应该是叫巡游吧,结果这下好了,到处都是人,我就干脆到相邻的镇子去了。前阵子我在那边的网吧办了张会员卡,只要交九百日元就能看三个小时的漫画,而且还能随便洗澡。我在便利店买了个便当带了进去,看了看漫画和电视,离开的时候差不多五点了。

"等我到家的时候,应该有五点半了。当时屋里的推拉门是开着的,我就往里面看了看,发现莲沼正仰面躺着。我想这家伙可真能睡啊,结果他一动不动的。我伸手一试,发现他已经没有呼吸了,于是我就急急忙忙地报了警。"以上便是增村的说明。

据说增村出门的时候,莲沼正躺在屋里看电视。增村还问他要不要一起吃午饭,他说现在不饿,拒绝了增村的提议。

按照增村的说法,当时门并没有上锁。

草薙将记事本合了起来。从二人之前见面时增村留下的印象来看,他应该没有说谎,去网吧的事恐怕也是真的。网吧肯定装有防盗监控,如果他欺瞒警方,立刻就会露馅。

草薙拿起放在桌上的手机，准备问问武藤今天有什么安排，却发现有一封未读邮件，发件人还颇有些令人意外。邮件是汤川发来的。

看过邮件的内容，草薙吃了一惊。里面赫然写着："关于莲沼的死，我有话想要问你。有空和我联系。"草薙看了看邮件的发送时间，是上午七点多，算起来已经过去一个多小时了。

草薙刚刚将号码拨出，电话立刻就接通了。汤川没有寒暄，开门见山就问道："邮件你看到了吧？"

"莲沼死了的事，"草薙也直截了当地问道，"你是怎么知道的？"

"因为我昨晚就在并木食堂。有人在现场听到警察说莲沼死了，吓了一跳，就跑过去告诉了我们。"

"你为什么会在并木食堂？"

"我当然是去吃饭的。并木食堂还是你告诉我的。"

"你经常去吗？"

"我不知道你说的经常是指什么频率，不过我差不多一周会去两次吧。"

一周两次，汤川算是不折不扣的熟客了。

"为什么你想打听莲沼死了的事呢？"

"经常光顾的餐馆的主人和他的家人可能会被当成杀人凶手，你觉得我可能坐视不管吗？"

"呦，没想到你还能说出这么有人情味的话。去了趟美国，人也变得通情达理起来了？"

"说这些干什么，你先把掌握的情况告诉我。"

"不好意思，无可奉告。"

"是不便外传的意思吗？"

"我可没把你当外人,只是我这边什么都还不太清楚。现在死因也没有确定,是不是他杀还无法判断。"

"是吗?不过目前来说,这样就足够了。一大早还专门让你打了个电话过来,不好意思啊。"

汤川似乎准备挂断电话,草薙赶忙制止了他。"等一下。你昨天要是在并木食堂,我也有话想要问你。你今天有时间见面吗?"

"上午可以,不过我赶不及去东京了。"

"东京?你现在在哪儿啊?"

"我在菊野这边研究所的宿舍里。"

"啊,那你不早说。"草薙在床上盘腿坐好,"早饭吃了吗?"

"一会儿吃。"

"好,"草薙说道,"我请你,咱们一起吃吧。"

大约三十分钟之后,草薙在车站大楼中的咖啡店里见到了汤川。此前二人久别重逢的时候,也是约在了这里。

见菜单上有早餐的套餐,草薙便决定点这个。套餐中包含三明治、沙拉和一杯咖啡。

"没想到我们又在这家店见面了,而且还是在这样一种情形下。"草薙合上菜单说道。

"是你点名要来这家店的。"

"因为这里比较好找啊。不过我想说的不是这个,没有想到和你见面会是为了查案。"

"现在是在查案吗?"汤川扬了扬眉毛。

"嗯……"草薙欲言又止,"应该还不能说是查案,毕竟是不是刑事案件还不好说。"接着,草薙将莲沼暂住在前同事家里的事情和现场的情况简要地告诉了汤川。

"你刚才说死因还没有确定？"

"嗯，据说没有发现外伤，脖颈处也没有勒痕。"

"死者生前有没有什么老毛病？比如心脏不好之类的？"

"没听说过。我看别说是心有问题，这家伙简直就是丧心病狂。"

"咱俩说的心，意思不太一样吧？总之这个人因病死亡的可能性不太高，有没有可能是被下了什么药呢？"

"还不太清楚，我也觉得这种可能性最高……"

见服务员走了过来，草薙赶紧打住话题，干咳两声之后便一言不发地看着对方将餐品放在了二人面前。

"问题是，"服务员走后，汤川伸手端起了咖啡，"毒药是怎么让他喝下去的呢？"

"是啊，莲沼也不是傻子，肯定不会随随便便喝那些乱七八糟的东西。"

"你所谓的乱七八糟的东西，是指想杀他的人准备的东西吗？"

草薙点了点头，将咬进嘴里的三明治嚼了几下，咽进了肚子。"言归正传。其实我想问的就是你刚才说的那句话。昨天晚上你在并木食堂，对吧？我想知道的是，那些对莲沼心存杀机的人具体都是些什么样的反应。他们在得知莲沼的死讯之后，表现如何？"

汤川掰下一块三明治放进了嘴里。他的眼睛斜看着上方，似乎是在回忆昨天晚上的情形。"简单来说，所有人都很惊讶。"

"所有人？"

"就是店里的每一个人。因为昨天晚上来的都是熟客，大家也都知道莲沼的事情。"

"你没听懂我的意思吗？我说的是对莲沼心存杀机的人，和那些熟客没有关系。"

"你这话说得太奇怪了。"汤川停下了手中的动作,将手放到桌上,紧紧盯着草薙,"你是怎么看出谁对莲沼心存杀机,谁又对他没有杀机的呢?其实根本看不出来。如果说真能看出点什么,最多也就是有没有心存杀机的可能性。而且,如果要说谁身上有这种可能性,每一个知道莲沼的人不都难逃嫌疑吗?"

草薙皱起眉头,用手挠了挠鼻子旁。确实,汤川说得没错。

"都怪我问题没问清楚,其实我想知道的是并木一家人的反应,特别是并木祐太郎,他当时给人的感觉怎么样?"

"嗯……"汤川抱起了胳膊,"莲沼死了的消息刚刚传进来的时候,熟客们一下子闹哄哄的。当时并木夫妇还在厨房,所以我也不知道他们具体是什么反应。过了一会儿,大家都安静下来了,这个时候并木也走了出来,话里的意思是让大家静观其变。他当时的态度挺平静的,也没有什么不自然的感觉。他太太一直都在厨房,所以我不知道具体的情况。夏美……嗯,当时是一脸茫然的表情。关于他们的情况,我能说的差不多就是这些。"

"是吗……那你怎么看?"

汤川微微皱了皱眉,似乎没有听懂这个问题的意思。

"你觉得并木一家和莲沼的死有关吗?"

"如果你是问他们有没有杀莲沼,我是持否定意见的。莲沼不可能是他们杀的,而且菊野分局应该确认过了吧,这三个人都有不在场证明。"

根据汤川的说法,昨天白天他和夏美一起观看了巡游,由于并木食堂的一位女客人说身体不太舒服,并木就把她送到了医院,而真智子也说想要过去看看情况,所以夏美后来就独自回到了店里。

"并木夫妇的不在场证明应该说很完美,虽然夏美有独处的时间,不过终归都是应对突发事件的行动,所以她也不可能作案。"

"要是这样,他们三个应该都不是凶手。"草薙低声喃喃道。

"不过……"汤川放下取沙拉的叉子,"你刚才问我,并木一家和莲沼的死是否有关。我只能告诉你,我不太清楚。你想,一年一度的巡游盛典正如火如荼地进行,一个有着杀人嫌疑并处于取保候审阶段的人在这时候离奇死亡,而受害者的家属们都有着铜墙铁壁一般完美的不在场证明。把这些全都视为单纯的巧合草草了事,这么敷衍的事情我可做不出来。"

"你是说,并木一家的不在场证明另有隐情?"

"呃,"汤川稍稍歪了歪头,"现在还不好说。所以我不是告诉你了吗,我不太清楚。"说完,他举着叉子吃起了沙拉。

草薙琢磨着物理学家这句意味深长的话,正准备将剩下的三明治解决掉时,上衣内兜里的手机突然振动起来。他看了一下来电显示,是武藤打过来的。

草薙站起身来,朝着店内一角走去,同时接起了电话。"喂,我是草薙。"

"我是武藤。您现在方便吗?"

"方便。有什么事吗?"

"尸检报告的结果出来了一部分。虽然死因还不确定,不过找到了出血点。"

"出血点……就是说,窒息死亡的可能性很大?"

"是的。不过与机械性窒息相比,死者身上的出血点较少,而且脖子上没有发现勒痕,脖颈处的骨骼和关节也未见明显异常。"

"那倒是奇怪了。"

如果人体因某种原因呼吸困难,心脏会受到横膈膜运动的影响,导致血液循环受阻。此时静脉血液流动不畅,最终会使毛细血管破裂,血液淤出,这一过程即为出血,而由此形成的斑状圆点则被称为出血点。

"还有一点，死者的血液中检测到了安眠药的成分。"

草薙紧紧地握住了手机。"真的吗？"

"应该不会有错。不过，安眠药却并没有出现在莲沼的随身物品当中。"

草薙长长地呼了口气，定了定神。"只是安眠药吗？有没有可能是什么毒药？"

"应该没有这种可能。"

"我知道了。菊野分局怎么说？"

"现在局长和刑事科长正在协商这件事，我觉得应该会请警视厅协助调查的。"

"好的，多谢联系。一会儿我就去你们局里。"

等到草薙挂断电话回到位子上时，汤川已经吃完了早餐，正在喝着咖啡。

草薙将三明治和沙拉草草吞进肚子，然后把他刚刚从武藤那里听来的消息简要地告诉了汤川。连汤川都对出血点这个词一无所知。

"概括来说，就是有人给莲沼服下了安眠药，趁他睡着的时候，用某种方法使其窒息身亡，对吧？"汤川确认似的说道。

"应该是。问题是凶手用的到底是什么方法呢？不管服下的安眠药有多少，人都会在呼吸困难的时候清醒过来，如果被人捂住了口鼻，肯定会挣扎反抗的。"

"要是手脚都被人绑起来了呢？比如不是用绳子捆起来的，而是隔着衣服用布基胶带缠住的话，不是就不会留下痕迹了吗？"

"如果拼死挣扎，皮肤和衣服相互摩擦，肯定会留下痕迹。这一点是逃不过法医的眼睛的。"

"你这么说倒也没错。"面对草薙的质疑，汤川罕见地乖乖败下阵来,"这样一来,凶手的手法确实是个问题。你要是知道了莲沼是怎么窒息身亡的,记得一定要告诉我。"

草薙用叉子指着汤川说道:"破解奇案不是你擅长的吗?现在才正该是神探伽利略出场的时候啊。"

草薙本以为汤川会一脸嫌弃地表示拒绝,没想到他竟然老老实实地点了点头。"是啊。等我有时间的时候想想看吧。"

见草薙颇为震惊地反复打量着自己,汤川问道:"有什么不对劲吗?"

"没有,那就拜托你了。"

"要破案子的话,我必须先去现场看一下。你能带我过去吗?"

"应该没有问题。等菊野分局提出协助调查的正式请求后,厅里如果委派我们小组负责接手,我就可以立刻带你过去了。"

"好,那我等你消息。"汤川看了看手表,"差不多该走了。我先告辞了。"汤川伸手拿起了桌上的账单。

"等一下,我不是说了吗,这次我请。"

"你告诉我的信息要远远多于我告诉你的,而且上一次就是你请的。欠人情不是我的风格,这次就让我来吧。"说着,汤川举起拿着小票的手,朝收银台走了过去。

草薙望着他的背影,想起了这位朋友刚刚所说的话。

"一年一度的巡游盛典正如火如荼地进行,一个有着杀人嫌疑并处于取保候审阶段的人在这时候离奇死亡,而受害者的家属们都有着铜墙铁壁一般完美的不在场证明。把这些全都视为单纯的巧合草草了事,这么敷衍的事情我可做不出来。"

不过让草薙来说的话,整件事情还有另外一个巧合,那就是汤川居然会牵涉其中。

18

智也突然发现,自己竟在不知不觉间停下了手上的工作,眼神涣散,正木然地对着屏幕出神。这份明天之前必须要完成的工作现在依然毫无进展,他看了看表,马上就要到下午四点钟了。

他站起身来,准备去自动售货机上买罐咖啡提提神。才刚刚走出两三步远,桌上的手机响了起来。

智也走回来拿起手机,发现屏幕上显示的是一个陌生的号码。他决定先接起来听听看。"喂?"

"请问是高垣智也的手机吗?"一个女声传来。智也觉得这个声音似乎有些耳熟。

"是的。"

"百忙之中多有打扰,实在抱歉。我们之前见过,我姓内海,是警视厅搜查一科的。"

智也"啊"了一声,却不知道接下来该说些什么。

对方继续说道:"我有些事情想要确认一下,能占用你一点时间吗?"

"可以是可以,不过……什么时候?"

"越早越好。方便的话，现在也行。我就在你们公司楼下。"

"啊……"智也举着手机，透过一旁的窗户向楼下的街道望去，他的公司在五楼。不过，他并没有看到内海刑警的身影。

"你方便吗？"

"啊，嗯，好的。那……嗯，我等着你。"

"好的，那就麻烦了。"

"啊，一会儿见。"

挂断电话后，智也控制着慌乱的情绪，在脑海中飞快地盘算起来。上次见到这名女刑警已经是半年多前的事情了，当时他曾给过对方一张名片，因此她才会知道这个手机号码。不过从那以后，这名刑警就再也没有来过了。现在为什么会又一次找上门来？

无须多想，内海的到访自然与莲沼之死有关。她肯定是在怀疑智也可能牵涉其中。

必须要小心行事了，他深深呼了一口气。

智也在公司前台等了一会儿，只见内海身穿藏青色的长裤西服套装，大步流星地从电梯厅里走了过来。与上次一样，她的长发挽在脑后，走起路来英姿飒爽，颇为干练。

内海径直走到智也的面前，低头鞠了一躬。"突然到访，实在抱歉。"

"没事……对了，还去上次那个房间，行吗？"

"当然没问题。"

二人在开会用的狭小房间里面对面坐了下来。

女刑警双手放在膝上，坐直了身子。"上次谢谢你配合调查。"

"那些话对你们有帮助吗？"

"非常有帮助，嫌疑人也因此被逮捕了。不过……"内海盯着智也继续说道，"你应该也知道了吧，案子没有被移交法院。根据检方做出的取保候审的决定，嫌疑人已经被放了出来。"内海的目光凌厉有神，就好像绝不会放过智也的任何一个表情。

见智也沉默不语，内海又问了一遍："你是知道的吧？"

"嗯，我听说了。"

"听谁说的？"

"是佐织的……并木佐织的家人告诉我的。准确来说，我是听她妹妹夏美说的。"智也如实作答，心里纳闷为什么内海会在这个时候问这种问题。

"那你听了之后有什么感想？"

"要说感想，就是难以置信。明明有了那么多证据，结果还是被放了出来，你难道不觉得很奇怪吗？"

"你的心情我十分理解。然后呢，你有什么打算吗？"

"嗯？"面对内海的提问，智也有些不知所措，"打算……什么打算？"

"不好意思，我先问你一下，你知道取保候审是怎么回事吗？"

"啊，说实话我不太清楚。应该是不会被判刑的意思吧？"

"会不会判刑还不确定。取保候审表示暂不处理，所以不予起诉的可能性还是非常大的。如果不予起诉，那么自然也就不会判刑了。对于这样的结果，你可以接受吗？"

"不，"智也猛地摇了摇头，"我肯定是不能接受的。这是不可饶恕的事情。我一直都希望警方和检方能够尽力调查，让真相水落石出。"

智也的语气很激昂，但内海的反应似乎有些迟钝，望向智也的目光明显冷淡了许多。

"如果，"内海说道，"检方不予起诉，嫌疑人不会判刑，你会怎么办？"

"不予起诉……是吗？"智也的目光有些闪烁，"我一直都尽量不去考虑这种可能性。我希望事情不会变成这样。我是真的这样希望的。"智也补充道。

然而，内海看起来似乎并不满意他的回答。

智也不明所以，不由得有些担心起来。

"那我就直说了。如果真的不予起诉，你有没有考虑过向检察审查会提起申诉？"

"检察……什么？"

"检察审查会。如果检方对刑事被追诉人做出不起诉决定，检察审查会可以对这一决定的正确与否进行审查。不过，只有原案的当事人或者受害者家属才能提起申诉。考虑到你与并木佐织的家人关系不错，我想你很可能提议进行申诉，或者和他们一起商量，所以才问你有没有过这方面的考虑。不过从你的反应来看，你们应该没有谈过这些事情吧？"

听着内海滔滔不绝地说着，智也一片混乱。"是的，我没有考虑过。不好意思，我不太懂法律……"

"你刚刚说不希望检方不予起诉，也就是说，如果检方真的不予起诉，你是不是就觉得无能为力，在法律上也没有翻案的余地了呢？"

"怎么说呢……嗯，笼统来说，差不多是这个意思吧。"

内海微微地点了点头，开始在记事本上写起了什么。智也很想知道她正在写什么，不过就算他提出想要看看，恐怕也只会被拒绝。

"对了，那个检察审什么……"

内海抬起了头。"检察审查会吗？"

"对，是向检察审查会提出……申诉，是吗？提出之后，会怎么样呢？"

"就像我刚才说的，检察审查会将对检方的不起诉决定是否妥当进行审查。一旦审查结果认定不当，检察官就需要对案件重新再审。重审之后，就算检方仍旧做出了不予起诉的决定，在某些情况下也可以再次组织检察审查会重新审查。在得出最终结论之前，这个过程会非常漫长。"

"可是，真的能借此翻案吗？审查会真的能够给出应当起诉的结论吗？"

"这样的情况确实很少，不过也不是完全没有可能。如果凶杀案当中的嫌疑人未被检方起诉，对于受害者的家属来说，向检察审查会提起申诉也就成了最后的反抗途径。"

"原来是这样啊。"不知道并木一家是不是了解这个情况，智也心想，毕竟他从未听夏美提过此事。

"换一个问题。"内海冷冰冰地说道，"因涉嫌杀害并木佐织而被警方逮捕的那个嫌疑人，关于他的近况，请把你知道的全都告诉我，说的时候请尽量详细一些。"

"你是说关于莲沼吗？"

"嗯，是的。"女刑警微微一笑，点了点头。

智也仔细地回忆了一下，发现内海此前并没有提到过莲沼这个名字，她应该是故意不说的。

"我知道的也就是夏美告诉我的，还有就是在并木食堂听来的。"

"那也可以，请说吧。"内海再一次拿起了记事本和钢笔准备记录。

莲沼此前曾出现在并木食堂，而且他就暂住在菊野市的一间仓库管理室里，不过听说昨天他已经死了——智也将知道的事情以及这些消息的具体来源一并告诉了内海。

内海停下手中正在做的记录,盯着智也。"你知道他在回菊野之前住在哪里吗?"

"不,我不知道。"

"你没有想过要去查查吗?"

"没有。为什么我要查他住在哪儿啊?"

"在知道这个本该判刑的人被释放后,你没有想过要去看看他过得如何吗?"

智也眨了眨眼睛,摇了摇头。"没有想过。"

内海微微地收了收下巴。她的嘴角柔和了许多,目光却依然敏锐。"你听说莲沼死了以后,心里有什么感觉?"

"我吓了一跳,"智也瞪大了眼睛,"不知道是出了什么事。"

"你觉得他是意外身亡吗?还是觉得他是病死的?"

这个问题必须要小心回答,智也告诉自己。他缓缓地喘了口气。"没听说他生过什么病,我不觉得他是病死的。不过我也不觉得他是遇上了什么意外。隐隐约约地……怎么说呢,比如惹上了麻烦,对,我觉得他应该是惹上了什么麻烦。毕竟他那种人,碰上这种事也是很正常的。"

"他那种人是指?"

"就是那种犯了命案还能若无其事的人。"

"他手上有没有命案,目前还不确定。"

"但是我觉得,那个家伙肯定就是杀害佐织的凶手。"

智也有些生气地盯着内海,但对方的脸上还是一副不痛不痒的神情。

"你说的麻烦是指什么?你的意思是,莲沼是被人杀死的吗?"

"我没有想得那么详细。可能是和人吵了一架,又或者是遇上了什么然后就……"

"你觉得他有可能是被杀身亡的吗？"

"这个吧……"智也舔了舔嘴唇，他不能失言，"说实话，我不太清楚。不过就算他被人杀了，我也不觉得有什么奇怪，毕竟恨他的人应该有很多，比如——"经过大脑的全速运转，智也继续说道，"要是并木家的人杀的，我可能会觉得有些意外，不过想来倒也可以理解。"

内海点了点头。"如果是你呢？"内海薰用笔尖指了指智也，"如果是你杀了莲沼，周围的人会有何感想呢？"

"我？"面对内海出人意料的提问，智也有些慌乱。他感到血气一阵阵上涌。

"现在大家应该都知道你和并木佐织曾经交往过的事情了吧？既然并木祐太郎动手杀了莲沼不会让人觉得意外，那么同样的，如果你是凶手，应该也很少会有人感到惊讶吧？"

她问这个问题的意图是什么？我应该怎么回答才好？"这个吧，嗯，我不好说。可能确实有人并不会感到意外吧，不过了解我的人都知道，我是不可能做出杀人这种事的。我这个人胆子很小，报仇这种吓人的事……"

"你连想都没有想过，对吗？"

智也只觉得汗水顺着脸颊淌了下来。他从口袋里掏出手绢，擦了擦汗。"我确实曾经想过。"智也老老实实地回答道，"不过也就是想想而已，毕竟我不是不知道这样做的后果。"

"谢谢。"内海一副心领神会的表情，"最后一个问题。请尽可能详细地描述一下你昨天一天都干了什么。不想说的可以暂时不说，不过具体的地点还是希望你能够如实告知。"

这是在确认我的不在场证明，智也早就料到对方会提出这个问题。他一边搜寻着记忆，一边说道："上午我和母亲里枝一直在家，午饭之前我就出门去找公司的两个同事一起看巡游了。有一个是今年刚入职的女孩,因为两人都表示之前没有看过菊野·物语·巡游,我就说带他们一起逛逛。"

"你们是在哪个地方看的巡游?"内海问道。

"就在终点附近。因为很多巡游队伍都会把最有看头的道具留到最后亮相。"

"你们一直看到整个巡游结束吗?"

"是的。结束的时候是下午三点多,然后我们就先分开了。"

"分开了?"

"他们俩似乎都有想去逛的店铺,所以我们暂时分开行动。约好四点钟在车站那边的啤酒餐厅集合后,我们就解散了。"

尽管智也不太想开口承认,但警方如果找到同事确认,这些事情早晚会被知道。既然如此,他觉得还不如老实交代为妙。

"你去了哪里?"虽然女刑警的表情和语气没有什么变化,但她现在的感觉肯定如同发现了猎物。

"我去了终点那边,和菊野队的宫泽他们打了个招呼。当时菊野队刚刚演出结束。"

"宫泽是哪位?"

"就是他们的领队,也是商业街上那家宫泽书店的女店长。她的联系方式……"

"不必了。和你打招呼的还有其他人吗?"

"还有经常在并木食堂碰见的几个人,不过我不知道他们的名字。"

"然后呢?"

"因为快到约定的时间了,我就去了车站那边的啤酒餐厅。等同事们到了以后,我们喝了几杯啤酒。估计是晚上六点左右的时候,我们各自分开了。分开之后，我独自去了并木食堂，然后就从后来进店的客人那里听到了莲沼的死讯。"智也老老实实地回答道。

在大致听过智也的描述之后，内海询问了与他一起观看巡游的两个同事的名字和联络方式。智也没有拒绝的理由，便告诉了内海。

"谢谢。你的话对我们很有帮助。以后可能还会有事找你，希望你能继续配合我们。"内海将记事本合了起来，礼貌地鞠了一躬。

"果然，你今天也什么都不会说吗？"

"啊？"智也的话令内海有些诧异。

"我是说案子的事。今天和上次一样，也是你一直在问我问题。至少你要告诉我，莲沼到底是不是被人杀了啊。"

"关于这个问题，我上次应该和你解释过了……"

"我知道。"

"所以还望你理解。"内海站了起来，不过并没有立刻朝出口走去。她望着智也道："而且我也确实没有什么可以告诉你的。"

"什么意思？"

"莲沼到底是不是他杀，目前还没有定论。毕竟，我们现在连死因都还没有确定。"

智也眨了眨眼睛。"是吗？"

内海微微收了收下巴。"感谢你的配合。"说着，她打开了房门。

19

"检察审查会？嗯，"新仓重重地点了点头,"这个事情我当然考虑过。"

"您了解过，是吗？对于一般人来说，这个词可能一辈子都接触不到呢。"警部补岸谷一脸敦厚，端着玻璃茶杯瞪大双眼说道。

"我也是最近才知道的，就在得知那个男人被释放以后。当时我想弄清楚取保候审到底是怎么回事，就查了很多这方面的资料。"

"您看明白了吗？"

"差不多吧，不过也都是些我自己的理解。"新仓耸了耸肩,"说实话，我觉得这个制度不够完善。不对，这还谈不上是什么制度，这应该不是法律上的明文规定吧？"

"您说得很对。对于移送检察厅的嫌疑人，检方必须在一定时间内对其做出起诉或不起诉的决定。所谓的取保候审，不过就是将这个决定暂时推迟罢了。"

"我查了一下能不能对此提出抗议，结果就知道了检察审查会的事情。而且我还知道，目前这个阶段是无法提起申诉的，想申诉只有等到检方决定不起诉嫌疑人的时候才可以，对吧？现在还是取保候审的阶段，所以还不到时候。此外，能够提出申诉的也只有案件的当事人或者受害者家属。"

岸谷微微一笑，很享受地抿了一口花茶，随后将茶杯放到桌上。"您确实了解得不少。"

"所以现在也只能先等着了，对吧？"新仓征求着留美的意见。

留美坐在餐椅上，抱着托盘默默地点了点头。

"您二位原本是怎么想的？都相信他肯定会被起诉吗？"虽然岸谷的唇边还残存着一抹笑意，但目光已然颇为严肃。

"这个吧，嗯……"新仓不免有些踌躇。

如果要说相信，那就是在说谎了。事实上，新仓觉得那个男人今后也不会受到什么惩罚，还是会继续过着风平浪静的日子，而他却整日苦苦挣扎，惶惶度日。

"如果不予起诉，你们会考虑向检察审查会提出申诉吗？"

"嗯，我估计会向并木提议，他们应该也不会接受这样的结果。"

"这些事情你们还没有聊过？"

"是的。最近这些日子，我就算见到了并木一家，也不太会提起佐织的事情。这个话题对于我们来说真的太过沉重了。"

"莲沼回到菊野之后，你们也不太聊这些吗？"岸谷的语气有些死缠烂打的味道，一双三白眼死死地盯着新仓。

"这件事，"意识到自己务必要谨慎作答，新仓重新打起了精神，"我是不知情的。"

"您是说哪件事？"

"就是莲沼回到菊野的事。而且我也不知道他回来之后还去了并木食堂。昨天晚上在得知莲沼的死讯之后，我也是听其他客人说起才知道的。我已经有段日子没有去过并木食堂了。"

新仓之所以会这样回答是有原因的。在户岛告诉他之前，新仓确实不知道莲沼已经回到了菊野，而且后来也没有听别人提起过这件事。如果昨天晚上并木食堂因为莲沼的死讯一片哗然之前，他就已经知道了这件事，逻辑上就有些说不通了。

"哦，这样啊。"岸谷颇有些意外地半张着嘴巴，随后便在记事本上写下了什么。

岸谷长得比较老实，但换个角度来看，似乎又透着些许狡黠。无法得知他是否相信了新仓的说法。

岸谷停下手中的动作，抬起了头。"您能如实回答一下现在的感受吗？在得知莲沼的死讯之后，您有何感想？"

"现在的感受？"新仓低下头想了一会儿。在这种时候，他应该如何回答才比较稳妥？思来想去，他抬起头说道："这要看他到底是怎么死的。"

"哦？"

"如果是被人杀了，那就是罪有应得，我要感谢那个动手的人帮我们报仇雪恨。但要是和普通人一样的死法，比如是出了什么意外或是因病死亡，那我就有点……不，应该是非常不甘心。只能说是恶人自有天收吧。"

岸谷点了点头表示理解。"新仓太太，您是怎么想的呢？"说着，他望向留美。

"我也……嗯，我还不太清楚，觉得有点糊里糊涂的……"留美的声音越来越低。

"刑警先生。"新仓看着岸谷说道，"实际情况到底是怎么回事？莲沼是被人杀死的吗？不然也不会有警视厅的人过来像这样查案了，对不对？"

岸谷一脸严肃地听完新仓的问题后，微微一笑，露出了洁白的牙齿。"相关的调查还在进行当中。咱们换一个话题，"岸谷摆出了要做笔记的样子,"您二位昨天去了什么地方吗?"

果然还是问了,新仓一下子警觉起来。这是在确认他们的不在场证明。

"我们俩去看巡游了,毕竟这个活动一年也就一次。"

"能再说得详细一些吗?我希望您能具体描述一下,你们从几点到几点都去了哪里、做了什么、和谁在一起。"

"说个大概的时间就可以吧?"

"如果您能想起来,还是尽量说得准确一些吧。"岸谷不好意思地笑了笑,"实在抱歉,我们也是例行公事。"

"上午在家,出门的时候……"新仓看向留美,"大概是十二点左右吧?"

"我不太记得了,不过咱们看了没一会儿,就轮到《阿尔卑斯山的少女》出场了吧?"

"嗯,是啊。"

"您二位是在哪个位置看的巡游呢?"

"在距离起点不太远的地方看的。那边有个邮局,邮局门口比马路高出一截,所以相对来说能看得清楚一些。"

"是一直都在那边吗?"

"没有,也不是一直都在,中间也会走来走去的。不过当时都没有什么好位置了,所以最后我们还是回到了原来的地方。"

"您那天见到什么熟人了吗?"

"嗯,见到了好几个。"

"方便告诉我这些人的名字吗?"岸谷把笔凑近本子。

"可是我已经不记得具体的时间和地点了。"

"没关系,我们会确认的。"

这句话听起来像是在说,如果你不说实话,警方立刻就能查到。

新仓列举了几个人的名字，这些人确实都在当天碰见了他。镇子本就不大，新仓又交友广泛，所以当时很多人都主动和他打了招呼。

新仓最后还提到了宫泽麻耶。"她是菊野队的负责人。因为他们的演出内容和我多少有些关系，我就在出场之前找他们聊了几句，顺便也给菊野队打了打气。"

"哦？和您有些关系是指？"

"菊野队行进时用到的音乐是我负责改编的，以此来避免版权上的问题。跟在他们后面出场的还有一个吉祥物，那时放的曲子也是我制作的。"

"原来如此，您可真了不起啊。"岸谷说着赞美之辞，语气中却似乎别有深意，"巡游结束之后呢？"

"之后我去了菊野公园，就是举办金曲大赛的地方。从去年开始，我们两口子就成了这个比赛的评委。比赛结束应该是六点左右，我们去了并木食堂。听说莲沼死了我们都很震惊，吃完饭就赶紧回家了，当时应该是八点左右。昨天一天就是这样。"新仓总结道。

岸谷好像在回头重读自己的笔记，他看着记事本上的内容，小声嘟囔着什么。随后，他突然合上了本子。"好的。百忙之中谢谢您的配合。"岸谷站起身来，将笔和本子装进了包里。

目送警察走出家门后，新仓回到了客厅。留美依然一动不动地坐在那里，脸色苍白地盯着桌子出神。

"应该没什么问题吧。"

"啊？"留美抬起头望着丈夫。

"我是说，回答警察的那些话不知道说得行不行，应该没说错什么吧？"

留美一脸不安地歪了歪头。"我觉得没有……"

"是吧。"

新仓正准备朝沙发走去,这时却看到留美的手,停下了脚步。

留美的手正在微微颤抖。

新仓走了过去,将手搭在妻子的肩上。"没事的,别害怕。"

留美抬起头来,眼睛里满是血丝。

"莲沼是杀害佐织的凶手,"新仓说道,"他本来就应该受到惩罚。就算我们做的事情被公之于众,也不会有人来责怪我们的。"

20

"偶尔也陪我去一下嘛。"大学里的女性朋友向夏美发出邀请，据说是有一个聚会。夏美觉得参加一下也可以换换心情，不过还是双手合十婉拒了对方。夏美不在的时候，虽说有真智子在店里招呼客人，但夏美非常清楚母亲有多不容易。另一方面，她对于莲沼的死也颇为在意，总想知道那之后有没有什么新的进展。

夏美回到家时已经是下午五点左右，祐太郎和真智子早已在厨房里忙碌了起来。夏美赶忙跑上楼梯，换了一身行头——穿着去学校的漂亮衣服端起菜来可是很不方便的。

换完衣服，夏美把店里打扫了一下，随后便在门口挂好门帘，等着五点半的正式营业。

正当她坐在店里的椅子上摆弄着手机时，推拉门哗啦一声被推开了。这位今天第一个到店的客人夏美昨天也见过。她赶忙站了起来。

"晚上好。"说着，汤川走了进来。

"您好。昨天辛苦了。"夏美走到里面，将擦手毛巾放进托盘，随后折了回来，"您喝点什么？"

"啤酒吧。再来一份我常点的那个。"

"好嘞。"

在将客人的订单告知厨房之后,夏美从冰箱里取出啤酒,连同酒杯和今天的小菜日式炖鲣鱼一同端了过去。

"谢谢。"汤川将啤酒倒进了杯子,"今天刑警来找我了,询问我昨天都做了什么。"

"去找您了?为什么啊?"

"他们问我什么时候是和你一起的,什么时候又和你分开了。虽然刑警没说为什么要问我这些,不过他们希望知道的恐怕不是我做了什么,而是想证实你有没有说谎吧。"

"啊……是吗?"

昨天白天夏美与汤川在一起的时间很长,被问起不在场证明时,夏美便是这样回答的。因此警方找到了汤川确认,即所谓的取证核实。

"我觉得没有什么好隐瞒的,就如实告诉他们了。具体时间他们问得比较详细,不过我在回答之前就说了,时间我只能记住个大概,所以很可能会有我记错了或者和你的说法不太一致的地方,希望你不要介意。"

"是我给您添麻烦了,实在对不起。"

"不用道歉,不容易的是你们。不过客观来说,你们身上确实有一些会引起警方怀疑的情况。"

"嗯,不过应该没什么问题了。毕竟我爸妈他们都有完美的不在场证明。"

"他们是送一位身体不舒服的客人去医院了,对吧?"

"是的。"

"那位客人的身份信息应该查出来了吧?估计和我一样,警察也会去找她问话的。"

"啊，谁知道呢。"这些事情，夏美根本没有想过。

"夏美！"厨房里传来了祐太郎的声音，看样子是汤川点的炖菜拼盘好了。

趁着去厨房端菜的工夫，夏美问祐太郎知不知道那位身体不舒服的女客人是谁。

"啊，我不认识她啊，只听到她说自己姓山田。"祐太郎一边忙着做菜一边答道。

夏美将炖菜拼盘端到汤川的位子上，并将祐太郎刚刚说的话告诉了对方。

"昨天是星期天，医院的急诊病人应该不会太多。要是知道她姓山田，警察去医院一问应该就能查出她的身份了。不过也可能不用那么麻烦，毕竟很多医生护士都能证实你父母确实去过医院。"

"是啊。"听了汤川冷静的一番话，夏美不由得松了口气。

之后，店里许久都没有客人登门。就连往日里常来的熟客，今天也不见了踪影。或许还是与莲沼的死有关吧，镇上很多人应该都觉得并木一家与这件事脱不了干系，甚至连智也都不例外，夏美不禁想起了她与智也昨晚的对话。

就在夏美胡思乱想时，智也走进了店里。

"欢迎光临。"夏美打了声招呼。

智也在店里看了一圈，似乎是在犹豫要坐在哪里。

"坐在这边怎么样？"汤川示意他坐到对面，"如果你不嫌弃和我拼桌。"

"可以吗？"

"当然，所以我才会问你。"

"那我就恭敬不如从命了。"智也在汤川示意的位子上坐了下来。

在夏美看来，眼前的这个场景着实有些新奇。虽然这两位都是店里的常客，她也见过他们二人寒暄，但是像今天这样面对面坐在一起，她还是第一次见到。

"刑警去找过你了吧？"汤川给智也的杯子里倒上啤酒，问道。

"您怎么知道？"

"这点事情我还是能猜到的。和并木一样，在警方看来，你的情况也有些微妙。"汤川将啤酒放到桌上，伸手端起了自己的酒杯，"可以说，你也算是嫌疑人之一。"

"发现佐织遗体的时候有个女刑警来找过我，今天白天她又去我们公司了。"智也说道，"还问了我的不在场证明。"

"哦，是个女刑警啊。那你的不在场证明有人可以证实吗？"

"应该有吧。巡游的时候，还有巡游结束以后，我都是和同事们在一起的。"

"那就没问题了。"汤川点了点头，"她还问了别的吗？"

"还问我知不知道检察审查会的事情。"

"检察……原来如此。"汤川镜片后的目光有些闪烁，似乎是在思考着什么。

"干什么的啊？检察审查会？"夏美向二人问道。

汤川扬起头看着夏美。"在检方对移交的嫌疑人做出不予起诉的决定以后，如果对该判决不服可以提起申诉，这种情况下就会由检察审查会来审查判决正确与否。检察审查会的成员都是从二十岁以上的公民中抽签选取的。"

"教授，您懂得可真多啊。"智也说道。

"我有朋友是中了签的。"汤川若无其事地说道。

"我不知道这些。老实说，就连取保候审和不予起诉的区别，我也是今天才终于有点明白了……不过，警方为什么要问我这些呢？"

"警方可能是觉得，如果你知道检察审查会，应该就不会选择在目前这个阶段除掉莲沼吧。就算检方决定对莲沼不予起诉，你们也还有提出异议的机会，应该不至于用最后的方法，下定决心亲手报仇。"

"原来是这么回事。既然我不知道检察审查会，那警方现在可能还在怀疑我吧？"智也叹了口气，举起杯子，"她还问了我一个很奇怪的问题。她问我，有没有想过要调查一下莲沼来菊野之前住在哪里。我说没有想过，因为我真的从没有考虑过这个问题。"

"警方应该是觉得，如果你是凶手，那么莲沼一放出来你就会立刻考虑报仇的事情，自然会去查查他住在哪里。"

"哦，原来是这个意思啊。不过如果凶手真的是我，我又怎么可能会老实交代呢？"智也噘起了嘴，"所以她到底为什么会问我这些啊？"

"可能是因为那个问你的女刑警很有自信，觉得如果你说谎她一定能够识破。"汤川的口气像是认识那名女刑警一般。

"也许吧。她长得还挺漂亮的，眼神也很敏锐。"智也皱着眉头，喝起了啤酒。

此后，店里又零零散散地进来了几位客人，不过没有一位是相熟的。

智也吃完了饭，率先走出了店门。他的啤酒似乎是教授请的，而且今天的汤川罕见地一直坐在店里没有离开。

不一会儿，新仓和户岛走了进来。据他们所说，二人一开始都是打算独自过来的，结果没想到在半路上偶然遇到了。仿佛是在接智也的班，二人也与汤川坐在了一起。

他们三个人的对话里虽然没有提到过莲沼的名字，夏美却隐隐约约地听到了"那个家伙""遭报应"等词，她甚至还听他们提到了警察。

新仓说起了检察审查会的事情，汤川随声附和，表示他也从高垣智也那里听到了同样的内容。户岛则一直专心地听着二人说话，看来警察并没有找过他调查。

夏美朝厨房望去，祐太郎和真智子似乎没听到那三个人的声音，正一言不发地忙个不停，看起来又像是在刻意回避着三个人的对话一般。

21

似乎是听到了什么声响,草薙一下子睁开了眼睛。日光灯下,一片雪白的墙壁映入了他的眼帘。草薙一时间没有反应过来身在何处。他眨了眨眼睛,转头看了看四周,这才意识到自己是在菊野分局的一间会议室里。

"不好意思,我好像吵到你了。"草薙的斜后方传来一个声音。他回头一看,内海薰正站在门口。

草薙拿起盖在身上的毛毯。"这是你盖的?"

"是的。"内海薰答道,"指挥官可不能感冒。"

草薙苦笑了一下,将毛毯放在一旁的椅子上。"我好像迷迷糊糊睡着了。"他看了一眼手表,已经十一点多了,"这么晚了,你怎么还没走?"

"我在确认高垣智也的不在场证明,还找了和他一起观看巡游的两名同事询问了情况。"

"结果怎么样?"

内海薰走到草薙的身旁。"基本与他的供述一致,大部分时间应该都是和同事在一起的。"

"从最初的报告来看,他有一段时间是和同事分开行动了吧?"

"是的。除去路上花费的时间,应该还有四十分钟左右。"

"四十分钟……"草薙抱起胳膊,这时注意到内海薰手里还提着一个白色的塑料袋,"你拿的什么?"

"啤酒和零食。"内海薰答道,"我觉得您可能要休息一会儿……"

"有这些东西,还不赶紧拿出来。"草薙指了指桌子。

他余光看着内海从塑料袋中取出啤酒和零食,一边将视线落在了那份还没有写完的报告上——虽然已经列举出不少内容,但还不足以让他欢欣鼓舞地去找间宫汇报。

今天中午,菊野分局向警视厅正式递交了协助调查的请求,而草薙所在的小组也被如约派往了菊野分局。不过,根据搜查一科科长等人的判断,联合搜查本部的成立仍须暂缓。

"是不是他杀目前还不确定,上层领导的意思是,在死因确认之前,先看看情况再说。不过要是等到确认他杀无误之后再展开调查,可能会有些晚,所以你们展开行动的时候就先假设搜查本部已经成立了吧。"间宫对草薙这样说道。

草薙立刻调集部下,与菊野分局共同召开了一场侦查会议。虽然莲沼并不一定是被人所杀,但是在决定侦查方案时,理应以凶杀案为前提去考虑。

草薙首先想知道的是并木一家,特别是并木祐太郎的不在场证明是否属实。针对这一问题,菊野分局的侦查员已经在昨天夜里进行了调查。

结果与今天早上汤川的说法并无出入。当天白天,就在并木食堂快要打烊的时候,一位女客人突然自称身体不适,并木祐太郎便开车带她去了医院。随后,他的妻子真智子也赶了过去,二人一直在医院里等待客人看完病。万幸的是，检查结果并没有什么异常，这位客人也很快好转了。于是，并木夫妇在下午四点半左右离开医院，回到了店里。因为马上就要到晚上营业的时间了，两个人急急忙忙地在厨房里准备了起来。当天下午五点半的时候，并木食堂照常开门营业。没过多久，一位姓汤川的熟客便走了进来……

今天上午，菊野分局的侦查员还前往那家医院进行了核实，结果也与并木一家的供述并没有什么出入。负责接待急诊病人的医护人员对并木夫妇有印象，记得他们二人当时一脸担心地等在候诊室里。

内海砰地拉开了拉环。"给您。"说着，她将一听罐装啤酒放到草薙面前。

"哦，谢谢。"草薙将啤酒举起，喝了一口。微微有些发苦的液体流过舌尖，瞬间将整日的疲劳一扫而光，令人神清气爽。草薙长长地呼了一口气。

"在我看来，高垣智也应该是清白的。"内海薰拆开柿种的包装，说道。

"人不可貌相。"草薙把手伸向袋子，将柿种和花生一起放进了嘴里，"你也是警察，理应对此深有体会才对。"

"嗯，这是自然。"内海薰拿起了啤酒，"但是他真的太过于慌乱了。"

"太过于慌乱？"

"我是这么问他的：'如果你是凶手，应该也很少会有人感到惊讶吧？'"

"他怎么说？"

"他说有这个可能，但又说真正了解他的人应该都知道，他是不可能杀人的，因为他胆子很小。"

"这个回答很普通啊，有什么问题吗？"

"在回答之前，他给人的感觉很慌乱，似乎从没想过有朝一日会被周围人那样看待。如果真是凶手，我觉得他应该不会慌乱到那种程度。"

"嗯……"草薙喝了一口啤酒。

这名女刑警所说的话确实有一定的道理。一般来说，凶手大多会提前想好警察要问的各种问题，心里也会相应地有所准备，使自己在面对警方的任何攻势时都能镇定自若。

"你不是说高垣智也有四十分钟左右的时间是和同事们分开行动的吗？他说那段时间干什么去了吗？"

"据说是去终点和菊野队的队员们打了个招呼。"

"核实过了吗？"

"我问了他们的女领队宫泽，她是宫泽书店的店长。据她所说，高垣确实在巡游结束的时候和他们打过招呼。不过……"内海话锋一转，一本正经地说道，"说是打招呼，其实也就是简单地说了几句话而已，比如'演出辛苦了''非常精彩'之类的。算起来恐怕连三十秒都用不了。"

"准确的时间呢？"

"宫泽说她不记得了。当时演出才刚刚结束，估计领队那个时候还有很多事情要忙，所以不记得也是可以理解的。"

"那么三点多巡游结束的时候，高垣智也确实出现在了终点附近，但是在那之后，直到与同事在餐厅会合，高垣有四十多分钟的时间没有不在场证明。"

"是的。"

"从终点到莲沼住的仓库管理室距离多远？"

"两公里多一点。"内海立刻回答道，看来她已经调查过了。

往返五公里左右。草薙在脑海中计算了起来。如果开车，假设平均时速在三十公里左右，往返一趟需要十分钟。除去上下车的时间，应该还有二十分钟左右的空当。利用这点时间，到底能干些什么呢？而且，实际开车是很难达到三十公里的平均时速的。

"用安眠药让人昏睡，然后再使其窒息身亡，想来应该是来不及的……"草薙叹着气说道，"看来，高垣智也是无法犯案的啊。"

"我也这么认为。今天白天我和您汇报过，我当时问他有没有想过要去查查莲沼此前的住处，他说从来都没有考虑过这个问题。看他的表情，应该是没有说谎的。"

"并木一家是清白的，高垣智也也是清白的……"草薙将目光转向了那份还没有写完的报告。

"新仓夫妇那边，是副组长过去问话的吧？"内海薰说道，她所说的副组长正是岸谷，"不知道他那边情况怎么样。"

"说是有些可疑。"

"什么地方可疑？"

"据说新仓直纪对莲沼回到菊野这件事毫不知情，他说是昨天晚上在并木食堂听其他熟客说起之后才知道的。尽管新仓表示他这段时间都没有去过并木食堂，但是岸谷认为，即便如此也不应该没有人告诉他。"

"确实。副组长可真够敏锐的。"

"不过……"草薙继续说道，"岸谷也说了，就算心爱的学生被害，新仓看起来也不像是那种会杀人寻仇的人。哎，不过那家伙应该也知道人不可貌相吧。"

"检察审查会的事，新仓夫妇是怎么说的？"

"他们好像知道,还说检方如果不起诉莲沼,他们就会去找并木一家商量此事,寻求法律上的支持。"

"他们很理智啊。"

"从这些话来看,确实如此。"

如果莲沼宽一是被杀身亡的,首先需要考虑的就是仇杀。以并木一家为首,很多人都具备仇杀的动机。

不过无论凶手是谁,一般都会先考虑通过司法手段解决。莲沼虽然被放了出来,但他的嫌疑人身份并未发生改变,今后会被起诉的可能性也并非为零。就算想要报仇,在检方宣布不予起诉之后再动手也不迟,更何况现在还有检察审查会。

草薙要求内海薰和岸谷在讯问相关人员时,务必要确认对方是否对检察审查会的情况有所了解,如果对方知情,那么他们是没有理由在当前这个阶段实施报复的。

"新仓夫妇的不在场证明呢?"

"比较模糊。"草薙低头看着报告答道,"他们虽然说在观看巡游,而且路上还碰到了好几个熟人,但并没有和其他人一直待在一起。巡游结束以后,二人在公园举行的金曲大赛上担任评委,不过在此之前还是有一点空当的。"

内海薰放下啤酒,用手托着腮帮子。"考虑到目前还不清楚杀害莲沼到底需要多长时间,一切都还不太好说。目前我们也只是假设莲沼是死于他杀的。"

"问题就在这里。"草薙一脸愁容地挠了挠头,"尸体表面可见零星出血点,这说明窒息身亡的可能性很高,但是死者的身上并没有发现勒痕或掐痕,而且如果真的是机械性窒息,出血点应该更多才对。"

"如果不勒脖子就能使其窒息身亡……有没有可能是被人捂住

161

了口鼻呢？"

"那为什么莲沼没有反抗呢？尽管在他体内检测到了安眠药的成分，但剂量并没有多少。"

"您说得也对。"

看着部下冥思苦想的样子，草薙不禁笑出声来。

"怎么了？"内海一脸诧异地问道。

"今天早上我见汤川了，因为我发现那个家伙居然也与这件事有关。"

草薙将他和汤川的对话告诉了内海。

"汤川老师去了并木食堂？哦，居然是这么回事啊。"

"如果这个案子是他杀，那么凶手是如何杀死莲沼的呢？我这样问汤川，想让他用擅长的推理来帮忙解决这个问题。本来以为他会拒绝我，没想到他竟然意外地很感兴趣，还说想去看看现场。我准备最近就带他过去，到时候可能会想出什么也不一定。"

"那还真是值得期待啊。不过……"内海薰歪着头说道，"确实挺意外的。"

"你是指什么？"

"虽然我还没有去并木食堂吃过饭，不过那里应该是个很有人情味的地方吧，都是些熟客在照顾着生意。汤川老师会经常光顾那里，我实在是难以想象，毕竟他那个人非常讨厌人情世故。"

"确实。"草薙明白内海想说什么，"去了趟美国，他好像就变了。你也找个时间见见他吧，见了你就知道了。"

"嗯，过几天吧。"女刑警微微一笑，喝起了啤酒。

22

一名身穿警服的年轻警员正百无聊赖地守在增村荣治居住的那间仓库管理室门前。就算不找人看看，这种地方也不会有人闯进来吧，他强忍着哈欠的脸上仿佛写着这样的想法。

见草薙他们走了过来，年轻警员的表情一下子发生了变化。他的神色紧张严肃起来，眼神中也似乎充满了力量。大概是已经听说有人要来，他的脸上并没有流露出什么惊讶的表情。

草薙掏出了警徽。"我是警视厅的草薙。"

年轻警员敬了个礼。"听说您要过来，我一直都在等您。"他转身利落地打开了仓库管理室的门锁，"您请。"

草薙从口袋里掏出两副手套，将其中一副递给了身后的汤川。汤川默默地接了过来。

算上菊野分局的调查工作，今天已经是开始侦查的第三天，而莲沼的死因依然没能确定下来。在得到间宫和菊野分局的允许之后，草薙决定带汤川去现场看看。二人取得联系之后，汤川表示希望立刻前往，所以他们上午就来到了现场。

草薙戴着手套的手拧了一下门把手，打开了房门。虽然鉴定科应该已经进出过很多次了，屋内的情况却与前几天并没有什么不同。

草薙脱掉鞋子，走进了这个地上铺着木板的小屋。

"这个屋子还挺简陋的。"汤川说着，跟在后面也走了进来。

草薙径直朝里面走去，在原本用于堆放杂物的小房间门口停了下来——这里的推拉门是打开的。

"就是这个房间吗？"汤川站到草薙的旁边，"确实挺小的。有幽闭恐惧症的人估计受不了吧。"

"那就因人而异了。"草薙说道，"这个世界上还有人住在胶囊旅馆里也觉得很不错呢。莲沼应该就是在这儿铺了一块苫布，然后放上床垫和被子，舒舒服服地睡下的。"

"你好像觉得莲沼是个丧心病狂的人啊。"

"没错。"

"我可以进去吗？"

"请进。"

汤川走进房间内，站在中间缓缓地朝四周看了看。最终，他的目光停留在了那扇推拉门上。

"怎么了？"

汤川抽出门，伸手摸了摸门上用来挂锁的插销。"这扇门是从外面上锁的啊。"

"这里原本是用来放东西的，外面上锁应该是出于防盗的考虑。"

"那锁呢？是被鉴定科的人拿走了吗？"

"一会儿我去问问，不过没听说发现有锁。"

汤川开始仔细地观察起门上的拉手配件，这个配件是在推拉房门时用来钩住手指的。他来来回回地对推拉门的正反两面进行着确认。

"能让外面的警员帮忙买个东西吗?"汤川问道。

"买东西?"

"我想让他帮我去便利店买一套螺丝刀回来。"

"螺丝刀?干什么用啊?"

"想稍微确认一下。不行的话,我就自己去买。"汤川的视线并没有离开门上的拉手,他的侧脸看上去颇有科学家的风范。

"好的,我去说一下。"

草薙走出小屋,问了问门外的警员。对方一脸不解,但还是爽快地同意了。草薙返回房间的时候,汤川正坐在床上,双目紧闭,似乎是在默默地思考着什么。

"已经去买了。"

"谢了。"汤川依然没有睁开眼睛,"据说没有什么反抗的迹象,是吧?"

"嗯?"

"我是说莲沼。他的身上并没有发现打斗或者反抗的痕迹?"

"是的。他是仰躺在被子上的,身上的衣服也很整齐。"

汤川睁开眼睛,起身将推拉门关上,沿着门框仔仔细细地看了一圈。

"你在看什么?"

"气密性。我在观察房门紧闭状态下的空气流通程度。"汤川打开了推拉门,"就算房门紧闭,门框之间也存在着缝隙,看来这里的气密性谈不上很好。不过要是能用布基胶带之类的东西把这些缝隙贴上,那就另当别论了。"

"如果气密性好会怎么样呢?"

"如果能够彻底密封,趁莲沼睡着的时候关门上锁就行了。由于房间里没有氧气供给,二氧化碳会逐渐增多,人随之就会窒息。"

"原来是这样。不过……"草薙有些不解,"要是喘不上气,人不就醒过来了吗?"

"你说得没错,人应该是会醒过来的。"汤川淡然地说道,"虽然这个房间很小,但是缺氧也不可能是突然发生的事情。一开始身体还能动,他应该会想打开房门。如果房门上了锁,他还可能会用身体去撞门。"

"那就不对了啊,和现场情况不符。"

汤川竖起食指,在眼前左右晃了两下。"你还是这么急躁。凡事都讲究顺序,我先提一种最简单的方法,然后再一点点追加补充,发散思维。既然单纯地关紧房门不会造成人体迅速缺氧,那么就要考虑怎么做才能达到这种效果。"

"应该怎么做啊?"

汤川皱起了眉头。"你不想自己先考虑下吗?"

"我为什么要考虑呢?你想想看,我带你过来是为了什么?"

汤川一脸感慨地摇了摇头。"让他服下安眠药的方法,你有什么看法吗?"

"一筹莫展。"草薙摊开双手,"时间、地点、方法,我都不知道。"

汤川指了指房间一角,那里有一台迷你冰箱。"里面的东西你查过了吗?"

"当然。鉴定科的人把里面的东西都带回去调查了,结果没有发现异常。"

冰箱里的饮料无非就是些开了封的瓶装乌龙茶和矿泉水,而且都没有检测到安眠药的成分。

"不过我注意到了一点。"草薙说道,"法医表示莲沼极有可能喝了啤酒,他血液中的酒精浓度有些偏高。据说他这个人嗜酒如命,要是有人劝酒，就算他不渴也会喝上两杯。不过也还是要看劝酒的人是谁。"

"如果是这个房子的住户，应该不难给莲沼下药吧？"

"确实不难，但是他没有动机啊。"草薙立刻回答道，这种可能性他已经考虑过了，"增村和并木佐织之间没有任何交集，而且早在佐织遇害近一年前，增村和莲沼就已经相识了。我们也查了增村的经历，没有发现任何关联。"

"如果凶手收买了增村……会不会太冒险了？"

"是太冒险了。凶手不知道增村什么时候会供出自己。而且就算增村守口如瓶，也还是可能会向凶手勒索钱财。"

"确实如此。"汤川小声嘀咕着，再一次望向了小房间。

"不好意思，打扰了。"过了一会儿，那名年轻的警员走了进来，"东西买回来了，您看行吗？"只见一个透明的塑料盒里放着几把种类不同的螺丝刀。

"很好，谢谢。"汤川将东西接了过来，在推拉门旁弯腰蹲下，开始用螺丝刀拧起了拉手上的螺丝。他的手法很娴熟，不愧是一名科学家。

"你要干什么？"

"看了就知道了。"

大约两三分钟的时间，房门两侧的拉手便被汤川拆了下来，露出了一个方形小孔。

"嗯，果然如此。"汤川透过小孔朝内看了看，满意地扬起了嘴角。

"喂，到底怎么回事啊？差不多也该告诉我了吧？"

"不用我说也很清楚了吧。"

汤川移到一旁，草薙便弓下身子，朝着方形小孔望去。透过小孔，小房间的墙壁清晰可见。

"哦，能看见里面。"

"是的。在门上安装拉手的时候，大多数情况下都不会在门上开洞，但是这扇门并不太厚，所以安装的时候应该就直接打通了。"

"这些我都知道，你到底说什么啊？"

"你知道《犹大之窗》这部推理小说吗？"

"不知道。"

汤川点了点头，露出一副不出所料的表情。"这扇门上有一个隐秘的小窗。"汤川将推拉门关了起来，"这样一来，就算门一直关着，通过这扇小窗也能够对屋里的人产生影响。"

"这么小的窟窿能干什么用啊？"

"我刚才不是提到了吗，怎样才能造成人体迅速缺氧。如果使用这个小孔，倒是可以想出几个方案。"

"比如呢？"

"比如，可以通过这个小孔将氧气抽干。"

"什么？"

"只抽取氧气是比较困难的，但可以直接将空气抽取出来。用一个类似于吸尘器的吸引装置，便可以顺利地将空气抽出。想要彻底抽成真空状态应该不太现实，但是让空气变得极为稀薄估计是没有什么问题的。"

"汤川，你……"草薙看着无框眼镜背后的那双眼睛，"没开玩笑吧？"

"我可没工夫和你在这儿开玩笑。"

"你觉得这个办法真的可行吗？"

"应该不行。如果空气达到这种稀薄程度就会令人窒息身亡，那些想要挑战高海拔的登山家们肯定全都死光了。"

草薙只觉得双膝有些发软。要是这样就发起脾气，他就别想再和眼前这个男人有什么来往了。"下一个方案是什么？"

"既然只要减少房间里的氧气含量就行，我们可以选择让房间变小。从物理学上来讲，就是要减少房间的容积。"

"用这个小孔吗？怎么做？"

"将门缝封死以后，从这个小孔里放一个东西进去。放进去的东西体积有多大，屋内的容积就会相应地减少多少，空气也就会被挤到外面去了。多重复几次之后，屋内的容积应该就会降低到容易引发人体缺氧的程度。"

草薙看着汤川一本正经的表情，指了指方形小孔。"什么东西能从这个小孔里放进去啊？我看最多也就是玻璃弹珠吧。就算房间再小，也得放几万个……不对，几十万个才行吧？"

"不会变形的东西可能确实如此，但是如果放进去的是气球呢？"

"气球？怎么放啊？"

"先将一个还没有充气的气球塞进小孔，球体部分在门内侧，吹气口在门外侧，然后给气球灌入空气。当气球吹得足够大以后，再将口扎牢，扔进屋内。我刚才也说过了，放进去的气球体积有多大，屋内的容积就会相应地减少多少。如果气球可以吹得很大，这样做的效率应该是很高的。"

草薙想象着气球在屋里逐渐增多的场景，要想填满这个三叠大小的房间，不知道需要用到多少个气球才够。

"我觉得你这个方案很新颖……就是不太现实。"

"你不满意吗？被埋在五颜六色的气球堆里窒息身亡不仅具有超现实主义色彩，而且还颇为幽默，我认为是一个非常有趣的方式。"

"超现实主义我是承认的，但是也不可能突然就窒息了吧？因为缺氧而喘不上气的时候，人会醒过来，要是他发现喘不上气是因为和这么多气球关在一起，肯定会把气球弄破的。"

"也许吧。那如果气球里装的不是空气呢？"

"咦？什么意思？"

汤川意味深长地笑了起来。"如果里面不是空气，气球本身都不需要了。"

23

内海薰瞪大一双凤眼。"氦气?"

"对。将推拉门关好上锁之后,用高压气瓶从那个方形小孔向屋内灌入氦气。由于氦气比空气要轻,会飘浮在房间的上方,随之推动着空气从门缝向外逸出。即使莲沼在睡觉,屋内的整体氧气浓度最终也会降低。如果他中途意识到了站了起来,因为房间上半部分的氧气含量更低,他拼命呼吸吸入的也并非空气,而是氦气,这会让他瞬间失去知觉。汤川认为,假如这种状态一直持续下去,肯定会出现缺氧症状。"草薙摆弄着喝完咖啡剩下的空纸杯,重又抬头望着几名下属。

在菊野分局的一间会议室内,草薙正在将汤川的假设讲给内海薰、岸谷和武藤听。

"真不愧是神探伽利略啊,"岸谷感慨道,"我连想都没有想过。"

"我已经和鉴定科那边聊过了,他们也觉得这种可能性很大。如果是突然失去了知觉,就能很好地说明为什么屋里没有发现打斗的迹象,也没有受害者挣扎的痕迹了。我还问了负责验尸的法医,他们也觉得氦气造成人体缺氧与验尸结果没有任何矛盾,而且这种假设还有很多值得信服的地方，比如与机械性窒息造成的死亡相比，这种情况的出血点确实会少一些。"

"要真是这样，就要考虑凶手是如何得到氦气的了。"武藤说道。

"关于这一点，汤川这位学者也给我们提供了一条很有意思的线索。武藤，这个东西你可能比较熟悉吧？"草薙操作了一番手机，随后将其递给三名下属。

"这是什么啊？"内海薰看着手机屏幕，皱起了眉头。

"是……青蛙吗？"岸谷也有些莫名其妙。

武藤一下子笑了出来。"大家都这么说。我第一次见到的时候，也是这么觉得的。"

"这是巡游时的吉祥物，据说名字叫菊小野。"草薙向内海薰和岸谷解释道，"按照惯例，这个吉祥物每次都会在巡游最后出场。正像你们所看到的，它其实就是一个巨大的气球，应该在十米左右。要充满这么大的气球，显然会用到大量氦气。虽然气瓶的尺寸各有不同，但是汤川估计一两瓶高压氦气肯定是不够的。"

"也就是说，其中一瓶可能会被用来犯案？"岸谷问道。

"我觉得有查一查的必要。"

"好的，我立刻找人去查。"岸谷转身开门，走出了会议室。

"警部，如果真是这样，还有一些东西也应该查查吧？"武藤说道。

"哦？"

"参加巡游的大型气球确实只有菊小野一个，但是往年有很多队伍也会用到小型气球作为道具。虽然我没能去看，不过估计今年也差不多。除此以外，会场里还有几个地方会给孩子们分发一些免费的气球来玩，那里肯定也有氦气瓶。"

"原来如此……"

巡游是祭典的一部分，而祭典自然少不了气球。

"不过，"武藤谦虚地继续说道，"就算真的用到了氦气，我觉得凶手去偷气瓶的可能性也不是很大。"

"为什么呢？"

"因为氦气这种东西很容易就可以买到。我家孩子小的时候，我们经常会办些生日聚会什么的，那时候我妻子就经常在网上买些氦气吹气球用。"

"我在朋友家也见过类似的情况。"内海薰表示赞同，"我见房间里飘着很多气球，问朋友怎么回事，她说是给孩子办生日聚会的时候剩下的，也说到买了氦气瓶给气球打气。"

"哦。"草薙回头看了看女部下的表情。从年龄上来看，她的大多数朋友应该都已经当上母亲了吧？虽然草薙心里一再浮现出这样的想法，但是考虑到与案情无关，他乖乖地闭上了嘴巴，毕竟这也算是一种性骚扰了。

"这种气瓶都是用完就扔的，也不用归还，差不多五千日元就能买到。"武藤说道。

"五千日元……那还真是挺便宜的。"

"如果真有预谋，凶手应该会提前买好吧？"

"确实有这种可能。这样一来，想找到氦气的来源可就非常麻烦了。"草薙陷入沉思，又突然想到了另一个问题，"等一下。如果不用归还气瓶，凶手用完之后会如何处理呢？"

"这种气瓶个头不小，而且很重，对于想要尽快逃离现场的凶手来说应该是个累赘吧？"似乎是已经明白了草薙的意图，武藤站起身来，"我这就去找些手上没活儿的，一起去现场附近看看。"说着，他三步并作两步冲出了会议室。

内海薰也向草薙敬了个礼，转身朝外走去。刚走到门口，她突然停下脚步，回过身来，看起来欲言又止。

"怎么了？"草薙问道。

"为什么凶手要选择这么复杂的方法呢？"内海一脸不解地说道，"先是让莲沼服下安眠药，趁他睡着的时候再往密闭的房间里灌入氦气，最终令他窒息身亡……您不觉得这样做太大费周章了吗？"

"啊，"草薙望着女下属，眼神中流露出意外的神色，"没想到你会质疑汤川的推理，真是罕见啊。"

"不是，我只是不明白凶手这样做的目的。"

"是为了不让人知道死因吧。验尸报告上也写了，死者也可能只是死于原因不明的心力衰竭。事实上，我们目前没有掌握莲沼死于他杀的证据，搜查本部也还没有正式成立。"

"死的要是个普通人，我可能也就同意这种看法了。但是死的人是莲沼，被人发现尸体的可是那个莲沼啊。"

"你到底想说什么？"

"只要凶手不是过分乐观，他肯定知道莲沼一死——就算具体死因不明——警方一定会从他杀的角度来展开调查的。既然如此，凶手选择一种更为简便的杀人方法不也一样吗？"

草薙一时语塞——内海的看法很妥当，合乎逻辑。

"你的意思是，凶手这样大费周章，其实另有他意？"

"我觉得应该是的。"

"好的。"草薙说道，"你这个问题我会记下来的。"

内海薰默默地鞠了一躬，走出了会议室。

大约两个小时以后，岸谷愁眉苦脸地回来了。他带来了一个令草薙颇为失望的消息。

原来，用于大型气球的氦气瓶并未出现过丢失的情况。

"要给这个菊小野充满气,需要用到装有七千升氦气的高压气瓶四罐,充满气之后,气瓶几乎会全部用空。今年的巡游也是一样,空瓶都在第二天还给了店家。"

"有没有可能是有人先擅自拿走了气瓶,然后又悄悄还回去了呢?"

岸谷摇了摇头。"负责看管气球的人一直都在旁边看着。"

"嗯……"草薙咂了咂嘴。也许武藤的说法是对的,他想道,自己买要比偷更保险,更安全。

"去找有卖氦气的店家问问情况,查查有没有人最近用假名买过氦气。"

"是。"

岸谷正准备离开会议室,没想到武藤这时候开门闯了进来,脸色微微有些涨红。

"警部,有发现了。"

"什么发现?"

"气瓶,我们找到了氦气的气瓶。"

24

头发花白的店主正在吧台默默地擦着玻璃杯。他身后的酒瓶琳琅满目，不仅有威士忌、白兰地，还有伏特加和龙舌兰。如果今天晚上不用回菊野分局，草薙倒是希望能好好地品品这些烈酒。

眼看着就要到夜里十一点钟了，一直坐在吧台的那对情侣终于离开，这里没有了其他客人。

草薙抬头望着贴在墙上的老式电影海报，一边品尝着杯子里的健力士黑啤。就在他喝到差不多一半的时候，店门吱呀一声被人缓缓打开，一身西装的汤川走了进来。

草薙微微地抬手示意了一下。

汤川饶有兴致地环顾着店内的情形，朝草薙所在的小桌走了过去。"没想到镇上还有这么一家别致的小店。"他在草薙对面坐了下来。

"我问菊野分局的人，附近有没有能让人踏踏实实喝点酒、开到很晚的地方，他们就告诉了我这里。这家店的酒种类也很丰富。"

介绍这家店给草薙的武藤还说，如果经常光顾，要是被店主记住了你对酒的喜好，他还可能会请你喝上一杯别具匠心的独创鸡尾酒。

汤川看了看架子上陈列的各色酒水,点了一杯阿德贝哥的威士忌苏打水。

"好的。"头发花白的店主眯起眼睛应道。

"你还挺忙的啊,做研究做到了现在?"草薙说道。

"忙是不忙,就是让几个助手做的实验一直出问题,没有把今天必须要确认的数据做出来。没有办法,我就待在屋里和电脑下了会儿国际象棋。明明电脑设定的只是初级程序,结果下了三盘我还是全都输了。非专业人士想要战胜人工智能真的太难了。"汤川耸了耸肩膀,叹了口气。

"那可真是辛苦你了。"

"倒是你,这么晚了怎么还在镇上啊?难道你最近一直都住在这边吗?"

"嗯,估计暂时是要这样了。"

汤川一脸困惑地眨了眨眼睛。"刚才你在邮件里说,想要为了查案的事跟我道谢,让我今晚还在菊野的话记得和你联系。看来我的建议有点用。"

"是帮了我大忙。"草薙指着汤川的胸口,"不愧是神探伽利略,慧眼不减当年,这次又被你说中了一半。"

"一半?"汤川有些诧异地皱了皱眉毛,"是有什么不对吗?"

"用到了氦气是没有问题的,气瓶也找到了,不过不是用来给大型气球打气的那种很大的高压气瓶。"草薙从怀里掏出手机,点开一张照片后将手机放到桌上,"案发现场的建筑后面有一条小河流过,菊野分局的侦查员发现,这个东西被扔在了距离河边二十米左右的草丛里面。"

手机屏幕上是一个高约四十厘米、直径在三十厘米左右的气瓶。为了更直观地看出大小，气瓶旁边还放着一听罐装啤酒作为对照。

"这个气瓶被用过，里面的氦气都已经空了。气瓶上还发现了多个指纹，目前正在找人鉴定。"

"就是这个吗？"汤川盯着屏幕，似乎有些不解，"有几个？"

"什么几个？"

"我问的是数量。这种气瓶，你们找到了几个？"

"就一个啊，怎么可能有好几个那么多？"

"一个？那不对。"

就在汤川表示否定时，店主静静地走了过来，将杯垫和平底玻璃酒杯摆到桌上。杯中的液体不时地冒着一个个细小的气泡。

"好喝。"尝过一口之后，汤川的表情柔和了许多。他抬头望着店主："这酒调得真好。"

店主心满意足地笑了笑，转身回到了吧台。

汤川放下酒杯，指着桌上的手机道："为慎重起见，我还是问你一下吧，这个气瓶的容量是多少？"

草薙从口袋里掏出记事本。"重量约为三千克，可以充满氦气四百升。"

汤川轻哼了一声。"太傻了，不可能。"

"怎么了？"

"你算一下现场那间小屋的容积就知道了。如果小屋长为二点五米，宽二米，高也是二米，屋内的容积就是一万升。往容积一万升的房间里灌进四百升氦气，人不太可能会缺氧而死。要想置人于死地，凶手必然会选择工业用的高压气瓶。但是这种东西很难匿名购买，所以我才怀疑他是借用了大型气球用的气瓶。"汤川的语速变得很快，似乎有些急躁。

"确实如此,不过重要的事我还没说呢。"草薙拿起桌上的手机,揣进了怀里,"发现气瓶的时候,它被装在一个容量为四五升左右的垃圾袋里。"

"垃圾袋?"汤川一脸疑惑。

"调查后我们还在里面发现了其他东西。"虽然草薙并不觉得店主会竖起耳朵偷听他们说话,他还是压低了声音,"我们找到了头发,虽然只有两根,不过用来鉴定已经够了。"

"头发?"

"应该是莲沼的头发。"

汤川表情严肃地喃喃着什么,随后缓缓地点了点头。"我懂了,原来是这么回事啊。"

"你想明白了啊?"

"凶手应该是趁莲沼睡着的时候将垃圾袋套在了他的头上,然后在脖颈处将袋口扎好,再从袋口的缝隙向内灌入氦气……"

"没错。"草薙砰地拍了下桌子,"据说十秒钟左右人就会失去知觉,不久就会一命呜呼。而且这一观点也得到了法医的认可。"

汤川端起酒杯喝着威士忌苏打水,一边望着半空中出神。

"怎么了?"草薙问道,"你这表情好像有些不满啊,是有什么事情不合逻辑吗?"

"没有。"汤川微微地摇了摇头,"逻辑上没有问题,但是我不明白凶手的目的是什么。为什么最后会选择这种方式呢……"

"你推理出来的作案方式不也一样吗?内海当时跟我说,她想不明白凶手为什么要如此大费周章。"

"我说的作案方式是有着重要内涵的。我的推理建立在那些对莲沼怀恨在心的人想要报仇雪恨这一前提之下。"

"什么内涵?"

"执行死刑的内涵。我认为,凶手是希望能够代替政府对莲沼实施处决的。处决的方法多种多样,日本是处以绞刑,美国过去是使用电椅,现在主要是通过注射药物,还有的州是利用毒气室来执行死刑的,不过最近刚刚废止。如果使用毒气室这种方法,犯人会被关进一个狭小的房间,吸入氢氰酸气体而死。"

"关进房间……"草薙的脑海中浮现出了莲沼死在小屋里的模样,"你的意思是说,凶手想要通过毒气室的方式来执行死刑?"

"这只是我的想象。这种方法对于凶手来说是有好处的。"

"什么好处?"

"凶手完全不需要与莲沼发生直接接触。推拉门已经上锁,就算莲沼中途醒来,凶手也能继续实施犯罪行为。然而,如果采用垃圾袋套头的方法使莲沼吸入氦气,他醒过来之后很可能会反抗。为了避免这种情况,就需要让莲沼睡得很沉,但是这样一来,凶手又何必再使用氦气呢?捆了他的手脚之后,勒死也好,捅死也罢,很快就可以解决了。你不这样认为吗?"

草薙感叹不已,汤川学滔滔不绝的话语依然逻辑清晰,无可辩驳。"说实话,我也不知道凶手的目的是什么。"他略显无奈地说道,"也可能是有什么原因,使得凶手必须要使用这种特殊的作案方式吧。不过现在我们也没有必要考虑这些。先抓住凶手,再让他自己招供不就行了吗?"

汤川干脆地点了点头。"确实,你这个做法最保险,也最合理。"

"关键是,现在终于可以认定莲沼是死于他杀了。刚才我说可能这段时间都需要住在这边,其实是我们在菊野分局正式成立了搜查本部。明天开始我就更忙了,想着可能没什么机会和你好好聊天,所以今天晚上我才找你过来的。"

"原来是这样。"汤川脸上的表情柔和了许多,他拿起酒杯,继续说道,"毕竟你现在也是搜查一科的警部大人了嘛。"

草薙皱起了眉头。"快别这么说。"

"希望你们顺利破案。"汤川将酒杯伸了过去。

草薙端起杯子正准备和汤川碰一下,却发现杯中的黑啤已经被自己喝了个一干二净。他叫来店主,续了一杯。

25

就在草薙与汤川喝完酒的第二天上午，通过数据库，警方找到与河边草丛中的氦气瓶上附着的指纹相一致的记录，并查明了指纹的主人。

此人便是北菊野汽车修理厂的厂长森元，过去曾因超速驾驶被警方逮捕。

草薙派侦查员对森元的周边情况进行了调查，却没有找到他与莲沼之间存在什么关联，也没有发现他和并木佐织及其家人有过什么接触。

另一方面，警方还发现了一件颇有意思的事。作为北菊野镇町内会的成员之一，森元在巡游当天参加了金曲大赛的运营工作，在现场还准备了很多免费的气球分发给孩子们。

草薙决定将森元叫到菊野分局进行详细的讯问，不过，他估计森元本人应该是与案情无关的。毕竟一个人如果能想出使用氦气来杀人，又怎么会做出直接用手接触气瓶这么草率的事呢？

话虽如此，既然在"凶器"上发现了指纹，也不能单纯地按照对待证人的方式对待他。草薙调派了若干名警员去"请"森元，原因在于真凶很可能会在警方要求协助调查时妄图逃走。对于森元来说，这种可能性目前还不能完全排除。

不过，草薙还是多虑了，一脸困惑的森元乖乖地被带回了警察局。

草薙让岸谷负责讯问森元，而他与武藤、内海薰在搜查本部的大会议室里开始了第一次侦查会议的准备工作。

"现场周边的监控视频是指望不上了。"武藤皱着眉头说道，"旁边倒是有一个付费停车场，但是那边的摄像头也没拍到什么可疑车辆。"

草薙轻轻哼了一声，转头看向旁边的内海。"复仇小组的动向呢？监控拍到了吗？"

"拍到了一部分。"内海薰在面前笔记本电脑的键盘上敲了几下，随即将屏幕转向草薙。

出现在屏幕上的，是一派人头攒动、比肩接踵的热闹场面，看起来是马路上的监控摄像头所拍摄的。

"监控位于巡游终点附近，这个身穿藏蓝色外套的男子应该就是高垣智也。"内海薰指着画面上的一点说。

草薙只看过高垣智也的照片，而且电脑屏幕上的图像画质也并不清晰，不过他还是觉得这个人就是高垣。画面中的高垣并没有目视前方，而是扭头看向了马路，大概是边走边看巡游的缘故吧。

根据画面一角显示的数字来看，拍摄时间是在下午两点多。

"和他并排走在一起的那对青年男女，应该就是他的同事。监控视频里可以看到他们交谈的样子，您需要确认一下吗？"

"不用了。没有再晚一些的图像吗？"

"菊野分局正在核查，目前还没有发现。"

"哦。"草薙再次盯着画面仔细看了起来。

高垣智也的手上空空如也，并没有拿着书包之类的东西。和他一起的两个人也没有什么大件物品，只有女孩的肩上背了一个小挎包。

从内海薰前几天的报告来看，高垣智也在下午三点多到四点的这段时间里是没有不在场证明的。然而，这么短的时间之内，他又能干些什么呢？

"复仇小组的其他几人呢？"草薙问道。

"复仇小组"这个名字是草薙起的，指的是那些对莲沼杀害了并木佐织一事深信不疑，并且极有可能去找莲沼报仇雪恨的成员。并木一家、并木佐织的男友高垣智也，还有为了帮助佐织成为世界级歌手而尽心培养的新仓直纪等人均在此列。

内海薰在电脑上操作了一番，调出了另外一张图像。这张图像显示的位置与之前的有所不同，画面的右侧似乎是邮局大楼的入口。

"这就是新仓夫妇。"

在内海薰指向的地方，一个穿着褐色夹克的中老年男子和一个身着淡紫色毛衣开衫的女子并排站在一起。二人都在看着马路，手上也没有拎东西。草薙看了看他们的脚边，同样没发现有什么物品。图像上的时间为下午两点二十五分。

"从时间上来看，当时正好是菊野队在演出。"内海薰说道，"不知道是不是这个原因，之后新仓夫妇便开始走动起来，似乎是在跟着菊野队一路向前。因为菊野队是最后一个出场的，很多游客也和他们一样，都在跟着队伍一起往前走。"

"这条街上应该还有几个监控摄像头才对。"武藤在一旁说道，"仔细查查的话，可能会发现新仓夫妇此后的去向，高垣智也那边也一样，我找几个手上闲着的一起看看吧。"

"那就麻烦你了。"草薙扬起嘴角点了点头。就在他将目光重新转回屏幕的瞬间,脸上的表情又突然严肃了起来。

让草薙颇为在意的是,无论是高垣智也还是新仓夫妇,他们的手里都没有较大的物品。杀莲沼必然会用到氦气,想搬动这个高约四十厘米、直径约三十厘米的氦气瓶,显然要用到一个非常大的书包或者袋子。当然,凶手也有可能是先将气瓶藏在了什么地方,等到动手之前再去取的。到底会藏在什么地方呢?"武藤!"草薙招呼道。

"查监控视频的时候,让他们注意看一下有没有人正在搬运较大的物品,具体的尺寸以能装进那个氦气瓶为准。"

武藤好像明白了草薙的意图,睁大双眼答了一句"明白",便大步流星朝外走去。

武藤离开之后,草薙与内海薰二人开始整理侦查会议上所用的资料。正在这时,岸谷录完口供回来了。

"虽然还需要取证核实,不过森元应该是清白的。从鉴定结果来看,气瓶上附着的其他指纹应该都是森元本人的,但我有一个重要的发现,"岸谷的眼神中流露出取得成果的满足感,"那个气瓶果然是被人偷走的。"

"什么意思?"

"当天森元负责在举办金曲大赛的那个公园里给孩子们发放气球,从下午三点半开始。当时他准备了将近一百个气球和三瓶氦气。一瓶氦气差不多能吹四十个气球,他在准备时算是留了些富余。我给森元看了草丛里的气瓶照片之后,他表示和他当时用的一模一样。"

岸谷看着记录,继续着他的汇报。

作为镇上町内会一员的森元因为杂事颇多,中途离开过几次。

当时负责气球的工作人员只有他一人，他便将没开封的气球带在身上，气瓶则留在了原地。

森元第一次离开是在下午四点半左右，大约十五分钟以后返回了现场，但在准备重新分发气球的时候，他发现了一件怪事——明明不久前才换了一瓶新的氦气，却怎么也打不出气来。森元仔细看了看才发现，手上拿的竟是第一瓶已经用完的氦气。他觉得奇怪，又拿出一瓶新的，继续分发气球。当天发放的气球一共有六十个左右，氦气始终很充裕，也并没有遇上什么麻烦。

"尽管森元意识到，当天的第二个气瓶应该是在他离开的时候被人拿走了，不过因为氦气并没有因此而不够用，他也觉得没有必要把自己的疏忽特意告诉别人，所以一直都没有对外提过这件事。"岸谷从记录上抬起头来，"他的描述还是非常有说服力的，我觉得他应该没有说谎。"

草薙将刚刚听到的内容在脑海中梳理了一遍。"那么，气瓶是在下午四点半到四点四十五分之间被人偷走的。举办金曲大赛的那个公园距离案发现场有多远？"

"大约三公里。"似乎是对草薙的这个问题早有预料，岸谷立刻回答道，"莲沼的尸体是在下午五点半被人发现的，如果不开车，应该赶不及。"

"嗯……"

这样一来，高垣智也这条线就彻底断了，草薙暗暗想道。当天下午四点，高垣智也和同事一起待在餐厅，而新仓夫妇也同样摆脱了嫌疑。金曲大赛是在当天下午五点开始的，新仓夫妇从五点起便一直在会场担任评委，就算车开得再快，这么短的时间也是来不及犯案的。

"先找找目击证人吧。如果有人目击了偷气瓶的过程是最好的，就算没有，应该也有人看到了可疑物品的搬运过程，毕竟在会场上拎着一个大袋子还是很醒目的。另外，查一下公园及周边的监控摄像头。付费停车场这种地方肯定装有摄像头，可以先从这里入手。如果发现可疑人物，把他们给我一个个地挖出来。"

"是。"岸谷掏出了记事本。

"内海！"草薙朝着旁边的女下属喊了一声，"你还有什么想法吗？"

"当天因为要举办巡游，主要道路都实行了交通管制，"内海薰冷静地说道，"而且往来的行人很多。如果从公园开车赶往案发现场，能走的路线十分有限，很可能会被某个地方的 N 系统抓拍下来。"

"没错。你和菊野分局的同事一起，把当天下午四点半到五点之间案发现场周边的 N 系统抓拍到的车辆全都调出来。"

"是。"内海薰答道，但还是有些无精打采，似乎在考虑其他事情。

"怎么了？有什么疑点吗？"

"是的。我还是有点想不明白，为什么凶手会兜这么大一个圈子。"

"还是这个老问题啊。"草薙皱起了眉头，"先别管这些了，等抓到了凶手，让他自己招供就行了。连汤川都认可了我这种想法。"

"汤川老师？"

"昨天我们刚见了一面。"

草薙将他们在那家精致酒吧里的对话告诉了内海。

"既然找到了物证，接下来就要不顾一切地往前冲了。咱们用人海战术想方设法也要把那个人给揪出来，看看到底是谁把氦气瓶从公园运到了案发现场。"

在给部下们鼓足了干劲之后,草薙转头看了看时间。既然搜查本部已经正式成立,想必间宫很快就要来了。要是不能汇报出一些成果,那可真是没脸见人了,草薙暗暗想道。

26

内海薰抬头望着这栋灰色的大楼,做了一个深呼吸。为什么会如此紧张,她自己也不太清楚。即使在审讯态度顽劣的嫌疑人时,她都不曾如此畏惧。

内海走近大楼入口,看了看贴在墙上的牌子,上面写着"帝都大学金属材料研究所"几个冷冰冰的粗体大字,颇有些挑剔来访者的意味。

走进大楼,右手边是一个保安室的窗口,里面坐着一个头发花白的门卫。

内海按照要求办好手续,接过出入证挂在了脖子上。她向门卫咨询了一下目的地的位置,对方态度生硬地告诉她:"三楼往里走。"

内海坐电梯上到三楼,沿着长长的走廊向前走去。一路上,她迎面遇到了好几个身穿工作服的人。见他们穿的并不是白大褂,内海不由得感到有些新奇。

并排的房门上都写着"磁性物理学研究小组"几个字,下方分别标有"第一研究室""第二研究室"等字样。内海停下脚步,打开邮件确认了一下。她要去的房间，应该标着"磁性物理学研究小组主管办公室"。

正如门卫所说，这个房间位于三楼尽头。内海薰又做了一个深呼吸，抬手敲响了房门。

"请进。"一个熟悉的声音在她的耳边响起。

"打扰了。"内海打开房门。她的面前是一张沙发，想来应该是会客用的。在这张沙发对面的桌子前，一把椅子转了过来。

"欢迎。"

内海薰停顿了一下。"好久没见到您了。"她低头鞠了一躬。

汤川学缓缓地站起身来。"我没想到你会主动和我联系。毕竟搜查本部成立之后，你应该也挺忙的吧？"

"是的。我在邮件里也写到了，今天来找您不只是单纯来跟您问好的。"

"不必寒暄，直接说正事吧。"汤川在沙发上坐了下来，伸手示意内海坐到对面。

"谢谢。"内海说着坐到了沙发上，"凶手杀掉莲沼宽一的方式，想必您已经听组长说过了吧？"

"你用组长这个词，我倒不知道你说的是谁了。"汤川镜片后的眼睛眯了起来，"不过我确实听说了，是用到了氦气和塑料袋，对吧？"

"您觉得这个方法怎么样？"

"怎么样？如果你是想问方法是否合理，我觉得可以说非常合理。"

"但是这个方法与您的推理之间是存在细微差别的。"

"那也很正常。科学的世界里有无数的假设，而其中绝大部分都会被人否定。"

"您不觉得有什么问题吗？"

"问题？什么意思？"

"您觉得凶手真的是用这个方法杀死莲沼的吗？"

汤川的下巴微微抽动了一下，流露出学者的目光，仿佛在仔细观察着内海。

"您怎么了？"

"我听草薙说，你对我推理出来的方法提出了异议，想不明白凶手兜这么大的圈子究竟有何目的。"

"我是这么说的，不过听了组长的话后我就明白了。您推理出来的方法确实对凶手而言有一定的好处。您认为凶手是将现场设成了一间毒气室，这样的推理我觉得很了不起。"

"承蒙夸奖，非常荣幸。不过，无论是多么精彩的推理，如果没有猜对，也只是徒劳一场罢了。"

"没有猜对……难道真的不对吗？我觉得您的推理是正确的啊。"

汤川做了一个深呼吸，胸口一阵起伏。他目不转睛地盯着内海："说说你的根据。"

"首先是安眠药的药效和含量。从死者血液中检测到的成分来看，莲沼服下的安眠药效果并不太强，含量也并不太高。就算当时莲沼睡着了，也远远没有达到昏睡不醒的程度，如果当时有人碰他，他是极有可能清醒过来的。凶手考虑到了作案过程中莲沼可能会醒，从这一点来看，您想出的方法确实更为稳妥。不仅如此，我甚至觉得，凶手在将推拉门锁好之后，存心制造出了很大的声响，故意吵醒了莲沼。"

"故意吵醒莲沼？"汤川皱起了眉头，"目的呢？"

"为了让莲沼感到恐慌。"

"恐慌？"汤川双目圆睁，坐直了身体，"你的想法很新颖。"

"这些都是在假设凶手杀莲沼的动机是为了报仇的基础上提出来的。我试想了一下如果是我的家人遇害，我会如何报仇。如果是我，像这种在头上套着袋子，然后灌入氦气使其缺氧而死的方式，我肯定不会选择。不过，我的理由并不是因为兜圈子或是太麻烦。您觉得我是因为什么呢？"

"不知道。"汤川摇了摇头。

"最近网络上出现了很多使用氦气自杀的事，您知道为什么吗？"

汤川稍加思考，喃喃道："因为没有什么痛苦……是吗？"

"正是。"内海薰重重地点了点头，"如果快的话，吸上一口就会失去意识，一命呜呼。这种死法之所以会受到关注，就是因为几乎不会有痛苦。为了杀一个痛恨的人，您觉得复仇者会特意选择这种方式吗？如果是我，一定会选择一种更能让对方感到恐惧和痛苦的方式下手。"

"有一定的道理。"汤川跷起了长腿，"不，应该说你的想法非常合理，很有说服力。"

"所以我觉得您的想法应该是正确的。故意先把莲沼吵醒，再往屋子里灌入氦气。随着氧气浓度逐渐降低，不一会儿莲沼就会感到头疼和恶心，加上他又被锁在屋子里，一定会觉得非常恐慌。"

"就是说，这是一种非常适合处决穷凶极恶的犯人的死刑方式。这种想法确实颇为独特，但是存在一个难点——凶手必须要用到大量的氦气。"

"是啊，还是回到了这个问题。"内海薰咬了咬嘴唇，"给大型气球充气用的气瓶没有发现什么问题，如果是凶手自己购买高压气瓶，按理说又应该留下什么痕迹才对……"

不知道为什么，汤川的表情在这时突然柔和了下来，看起来颇为开心。

"怎么了?"

"没什么,就是觉得好久都没见年轻漂亮的女刑警在我面前冥思苦想了,很怀念。"

"我已经不年轻了。"

"漂亮你倒是不否认啊。"

内海薰盯着这位与自己相识已久的物理学家。"您要是拿我寻开心,我就先走了。"

"你们找到的那个气瓶,查出来什么了吗?"汤川没有理会内海的话,开口问道。

"已经查出那是巡游当天在菊野公园使用过的气瓶,也查清了气瓶被盗的大致时间。用过那个气瓶的人是有不在场证明的。"

"这可称得上是一个重大的发现了,不过你好像并不这样认为?"

内海薰叹了口气。"我从昨天开始就一直在查有没有人目击到气瓶被盗;有没有相关的信息能够表明,曾经有可疑人员搬运过可以塞下气瓶的大件物品;附近的监控摄像头会不会拍到了类似的画面等等……今天也是从早上开始就一直在调查这些,但依然没有什么收获。"

"那很辛苦吧。毕竟那天观看巡游的人上午就已经蜂拥而至,一路上都人山人海。你这种查法堪比大海捞针啊。"

"如果真的是用那个气瓶来杀人,从时间上考虑,凶手肯定是需要开车的。从公园开车前往案发现场的路上,必然会横穿几条公路干线。各路口都装有 N 系统的监控摄像头,我们现在正在调查相应时间段内通过车辆的车主信息……"

"没有找到可能会与案件有关的人吗?"

"没有。您刚才说这是一个重大的发现,我的感觉却恰恰相反。自从发现了那个气瓶以后,调查更像是陷入了僵局。"

汤川抱起胳膊,身子靠在了沙发上。"这句话很重要。"

"有些话,我也就跟您在这儿说说,"内海薰压低了声音,"您听说了氦气瓶是在哪儿被发现的吗?"

"听草薙说是在某个地方的草丛里吧。"

"是在距离案发现场大约二十米的草丛里。如果搜寻什么东西,二十米的范围警方肯定会查到,所以给人的感觉就像是有人希望被警方发现一样,而且袋子里还留有莲沼的头发。气瓶上附着有指纹,被盗的地点和时间也都很容易查清。所有的这一切,我觉得实在是太过顺利了。如果基于这些证据来对凶手的行动时间进行推断,有着不在场证明的人也一个个冒了出来,比如并木食堂的那些熟客。"

"你这些话确实也只该在这儿说,毕竟我今后还打算继续光顾并木食堂呢。"

"不好意思。我听组长说,您现在也是那边的熟客了。"

"他们家的炖菜拼盘确实一绝。"汤川面带柔和的表情说完这句话,又严肃起来,"你的意思是,之前发现的氦气瓶其实是凶手干扰警方的障眼法?"

"我觉得应该是这样的。在我看来,本案所用的其实是另外一个氦气瓶,而且那个气瓶肯定已经在别的地方被处理掉了。不过……"内海歪着头陷入了沉思,"即便如此,具体的杀人手法还是存在疑点。我在想,为什么凶手要执意使用氦气呢……必须要用这种东西的原因到底是什么……"

"为什么一定是氦气……"话音刚落,汤川倒吸了一口凉气。他紧紧地盯着半空中出神,眼神颇为严肃,最后长长地呼出了一口闷气。

"怎么了？"内海薰问道。

"现场的情况是这样的吧？地上铺着一块苫布，上面是床垫和被子，莲沼就倒在那儿。"

"嗯，应该是的。有什么问题吗？"

汤川并没有立刻回答内海，而是陷入了沉思，表情颇有些科学家的风范。

"汤川老师……"内海唤了一声。

"等一下。"物理学家扬起了手。

就在这个动作持续了一分钟左右后，汤川抬起头来。"我有点事情想让你查一下，应该去找鉴定科确认一下就能查出来。"

"什么事？"内海薰赶忙掏出了记事本。

"有好几件事，稍后我整理一下再告诉你。不过有件事我想先问问你——关于这次的案子，我看草薙已经认定了与并木佐织遇害一事有关，其他的可能性就不讨论了吗？"

"其他的可能性？"

"我的意思是，对莲沼深恶痛绝的应该还有别人。再说了，草薙本人也对莲沼抱有一种特殊的感情吧？"

内海明白了汤川的意思。

"二十三年前的那个案子……"内海翻开记事本，确认了一下受害者的名字，"您是指本桥优奈一案的受害者家属吧？"

"有这种可能吧？"

"有是有，不过我觉得可能性很小。"

"理由呢？"

"理由很简单，因为已经过去很久了。那个案子确实让人痛心，判决结果也不合理，想必受害者的家属一定心有不甘。但也正因如此，如果真的想要寻仇，肯定会在早些时候就动手了，为什么要等到今天才想到报仇呢？"

"那你就要去问问他们了，也可能是遇到了什么事情吧。不管怎么说，我都不赞成将这种可能性排除的做法。今天你来找我的事，草薙知道吧？"

"当然。"内海薰答道，"我没有隐瞒的理由。"

"那就帮我带句话吧，告诉他就算没什么兴趣，也该去查查二十三年前那个案子的受害者家属和相关人员的现状。解决此案的关键可能就在其中，不，应该是肯定就在其中。"

汤川言之凿凿，内海不禁感到有些别扭。"您为什么这么有把握呢？方便透露一下如此断言的理由吗？"

"理由就在于——"汤川竖起食指，"如果我新提出的这个假设没有错误，目前这幅拼图只缺少最后一块，而这最后一块拼图只会存在于过去之中。"

27

听到头顶传来一阵哄堂大笑,夏美的目光从一直在玩的手机上移开,抬头朝电视望去。屏幕上,一个搞笑艺人正在一条脏兮兮的河里游泳。在这档据说收视率很高的电视节目中,艺人会对策划的各种活动发起挑战。今晚是夏美第一次调到这个频道,不过她觉得节目颇为无趣,立刻就打开社交网站开始上网。

夏美看了看时间,马上就要到晚上八点钟了。即便没有客人,电视也要一直开着——这是并木食堂多年以来的惯例,为了让来店里的客人不会觉得气氛太过冷清。往常的这个时候,电视都会被调到 NHK 频道,今天之所以没有,是因为夏美并不想看新闻类的节目。就算与她无关,她现在也不太希望听到任何有关案件和事故的话题。

自从莲沼死后,店里的客人突然减少了许多。晚上七点钟前后还有零星几个人进店,其他时间几乎完全看不到人影。也许在人们看来,一个命案嫌疑人经营的餐馆自然令人想要敬而远之。尽管如此,要在店门口挂上一块写有"本店员工均有不在场证明"的牌子却也不太现实。

就在这时,推拉门背后出现了一个人影。在门被打开之前,夏美已经从椅子上站了起来。进来的人是汤川。

"欢迎光临。"夏美勉强打起精神,还算热情地打了个招呼。

汤川环视了一下店内的情形,挑了一张四人桌坐了下来。"给我来一瓶啤酒,一个炖菜拼盘,再来一份酱焖鲭鱼套餐。"汤川用夏美放好的毛巾擦着手,开口说道。

"好嘞。"

夏美走到厨房,将菜品告诉祐太郎,然后用托盘端着小菜、啤酒和酒杯送到了汤川的位子上。今天的小菜是香辣魔芋。

"真难得啊,您会在这个时间过来。"

"和一个几年没见的访客聊得太入神了,所以有些晚了。"

"原来是这样。会去找您的客人,应该也是物理学家吧?"

"没有,应该说是和我们完全不同的一类人。"汤川摘下眼镜,从怀里掏出一块眼镜布擦起了镜片,"访客是个刑警。"

"咦……又有刑警过去找您了啊?"

夏美前几天听说,刑警曾去找过汤川,确认夏美在巡游当天的不在场证明是否属实。

"就像刚才说过的,这个人已经几年没有见了,是别的刑警,以前我们就认识。"

"哦……"物理学家与刑警,夏美思考着二者之间会存在怎样的关联。

"对了,户岛社长今天晚上来过了吗?"汤川戴上眼镜,开口问道。

"户岛叔叔?没有,今天还没有来过,可能再过一会儿就要来了吧。您找他有什么事吗?"

"没什么,就是想找个人聊聊天而已。要说这个时间会过来的熟客，大概只有他吧。"

"是啊。"

莲沼死了以后，户岛依然会每天都来店里坐坐，他还曾问过夏美有没有遇到什么反常的事情。虽然他并没有说得十分具体，不过应该是在用他自己的方式关心着店里吧。真的太感谢他了，夏美暗暗想道。

话题的主角出现时，汤川已经快吃完套餐。

"晚上好。"户岛走进了店里，"哦，是教授啊。我和你坐一起吧。"说着，他拉开了汤川对面的椅子。

"请坐。"汤川笑着点了点头。

户岛还是像往常一样，点了一瓶啤酒。

"教授好像一直都在等您呢，说是想找个人聊聊天。"

夏美话音刚落，户岛便大笑起来。"那可真是太荣幸了。你要是不嫌弃我这个糟老头子，我随时奉陪。不过，我这个人没有什么话题可聊，赌钱的事情我不干，特别的兴趣我也没有。"

"工作算是兴趣吗？"

"说得好听一点，确实算吧。"户岛向后捋了捋他的背头发型。

见夏美端上啤酒，户岛将酒倒进杯子，和汤川碰了一下。

"那咱们就聊聊工作吧。"汤川说道，"您那家公司是做食品加工的吧，不知道特色产品都有些什么呢？"

"就聊这个吗？"户岛享受地喝起了啤酒，"要说现在最赚钱的，那还得是速食餐包。这种东西常温就可以保存，所以很适合网络购物盛行的当下，味道也还算讲究。虽然和并木食堂的饭菜肯定没法比，不过和普通小店的味道应该是不相上下的。"

"这样啊。那冷冻食品呢？"

"当然也在做。"户岛点了点头，"和速食餐包一样，都是我们公司的主要产品。尤其是炒饭和饺子这类，卖得很不错。"

"你们用的是什么类型的冷冻机呢？"

"啊，冷冻机？什么类型……"

"冷冻机有很多种吧，比如螺旋式的和推进式的。您那家工厂用的是哪一种呢？"

"哦。"户岛向后仰了仰身体，"学者感兴趣的东西就是和一般人不一样，这些事情你也关心啊？"

"不好意思，他们都说我是个怪人。"

"你可真幽默。对了，刚才你问我什么来着？"

"冷冻机的类型。"

"哦，对。我们主要用到的是螺旋式冷冻机。"

"就是说，你们的冷冻机还有其他的类型？"

"嗯，要看具体是什么用途……"

"急速冷冻的状态能够使食物的细胞膜不易遭到破坏。对于高级食材，应该会用到一种特殊的冷冻机吧？"

"嗨，你知道得还真不少。"户岛的声音听起来似乎有些低沉。

正在这时，推拉门哗啦一声响了。夏美朝门口望去，一名中年女子走进店来。这位客人偶尔会来，不过还谈不上是熟客。客人伸出四根手指，开口问道："我们是四个人一起的，有位子吗？"

"有的，请进。"夏美将客人带到了一张六人桌旁边。

只见三名年纪相仿的中年女子跟在这位客人的身后走了进来。待客人们在位子上坐好之后，夏美便将擦手毛巾递了过去，等着她们点餐。听她们的语气，应该是关系很好的朋友，刚一起看完话剧回来。不知道是不是过于兴奋的缘故，她们说话的声音很大，而且滔滔不绝。

随着夏美在厨房与几位客人的座位之间来回奔波的次数越来

越多，她已经完全听不到汤川和户岛随后都谈论了什么。在她看来，这两个人好像聊得并不怎么起劲，户岛的表情似乎还变得有些严肃了。

不久，汤川抬手叫住了夏美，说是要结账。

付完钱后，这名物理学家对户岛说了一句"谢谢您的高见"，转身走出了店外。

"小美，结账！"见户岛也招呼自己过去，夏美便算好饭钱，将记有金额的小票拿到了户岛的位子上。

"教授是几点钟过来的？"户岛从钱包里掏出几张一千日元面值的纸币，低声对夏美问道。

"应该是八点钟左右吧。"

"他平时不都是来得更早吗？"

"是啊，不过他说今天和一个老朋友聊得太入神了，所以就晚了一会儿。"夏美也跟着压低了音量，"那个老朋友，他说是个刑警。"

"刑警？"户岛的眉毛微微抽动了一下，"学者和刑警能有什么好聊的？"

"那我就没问了……"

户岛陷入沉思，半天没有说话。

夏美将找好的零钱递了过来，户岛看也没看就直接塞进了钱包，随即一言不发地朝里走去。他隔着柜台与正在厨房的祐太郎似乎说着什么。

又过了一会儿，户岛离开了柜台。"多谢款待，晚安。"在对夏美说完这句话后，他转身走出了店外。

夏美偷偷地窥探着厨房，祐太郎正在炸东西。

"爸爸，您刚才和户岛叔叔聊什么呢？"

"没什么，闲聊而已。"祐太郎的手上依然忙个不停。

夏美与站在里面的真智子四目相对，发现她也表现出有些纳闷的样子，似乎也没有听到祐太郎与户岛之间的对话。

"喂，你在发什么呆呢？"祐太郎对真智子说道，"还不赶紧，一会儿就该凉了。"

"啊，好……"真智子正在给日式高汤煎蛋卷装盘。

"你看，都炸好了。夏美，赶紧端过去。"祐太郎不悦地说着，将盛有炸牡蛎的盘子放到了柜台上。

28

智也在房间里换好运动服走回餐厅，看到桌上已经摆好了菜肴。大盘子里装的是日式生姜烧肉，小盘子里是凉拌菠菜，旁边还有一碗豆腐味增汤。这种搭配，堪称日式家常菜的标准范本。

智也在椅子上坐好，将手机放到桌上，然后双手合十，说着"我开动了"。

"辛苦了。"里枝将一碗米饭放到儿子的面前，"挺少见的啊，这么晚才回来。"

"快要下班的时候科长突然变卦了，他跟我道了个歉，说想让我明天早上之前就把设计方案弄完。我知道他可能是想讨好客户，不过也应该站在我的角度想想吧。"智也叹了口气，朝着生姜烧肉伸出了筷子。

墙上的时钟马上就要指向十点了。这种两个小时以上的加班，智也确实很少碰到。

"那还真是挺辛苦的。"

里枝早先已经吃过了晚饭，此时正站在洗涤池旁边刷碗。智也发现好像很久都没有看到过母亲这样的背影了。上个月里枝刚刚过完五十岁生日，头上却已然新添了几根白发。想来是因为太过忙碌，没有时间去做头发吧。

里枝很擅长烹饪。今天晚上的生姜烧肉微微有些偏咸，不过配上摆在旁边的满满一堆圆白菜丝，味道却相得益彰，非常下饭。

就在智也将第一碗饭的最后一粒米扒进嘴里的时候，桌上的手机突然嗡嗡地振了起来。他看了一眼屏幕上的来电显示，不由得吃了一惊——是户岛打来的电话。

智也站起身来，拿着手机走到了过道。

"我是高垣。"智也小声说道。

"我是户岛。你现在方便吧？"户岛的声音很低，让人觉得似乎是有什么大事。

"方便。有什么事吗？"

"后来你那边有什么异常吗？比如刑警上门找你之类的。"

"没有，从那以后就再也没有了……"

"哦，那就好。"

"是出了什么事吗？"

"嗯。"户岛尴尬地顿了一顿，继续说道，"是教授。"

"教授？"

"就是汤川教授，在并木食堂经常能碰到的那个人。"

"哦……"户岛说出的这个意料之外的人，让智也多少有些困惑。说起汤川，他确实很熟悉。那个人虽然稍有些奇怪，不过知识渊博，说话也很含蓄。"他怎么了？"

"你还是对他留点神吧。"

"啊？留神？"

"他好像正在想方设法查这次的案子。据我所知，刑警里也有他的熟人，说不定就是让他到我们这里来当卧底的。"

"他吗？"智也的脑海中浮现出了汤川的模样。在他看来，对方不太像是能做出这种事情的人。

"你最近有去并木食堂的打算吗？"

"并木食堂？不，我还没有想过。"

"那你暂时就先别过去了，要是碰上那个人……要是碰上教授，他可能又会找你各种试探了。你觉得说的东西好像都和案子扯不上关系，但他突然就会问你一些直击要害的问题，比如巡游当天都做了什么之类的，不经意间就提出来了。"

"他就是这样问你的吗？"

"算是吧。他是突然问起来的，所以我有点乱了阵脚。更让我吃惊的是他甚至提到了那个玩意儿，还问我工厂的冷冻系统什么的。"

"他为什么要问这些啊……"

"不知道。总之事情就是这么回事，你先离他远点吧。就算他主动找你，说要和你见面之类的，你也找个适当的理由回绝掉。"

"好的，我会留神的。"

"嗯，那我先挂了。"户岛正准备挂断电话。

"啊，户岛，等一下。"智也急急忙忙地叫住了他，"我还是有些担心。"

"担心什么？"

"就是……到底发生了什么？究竟是谁干的，又干了些什么？"

听筒那边传来了一声重重的叹息。"我不是已经解释过很多遍了吗？你还是什么都不知道最好，这也是为你着想。"

"可是……"

"行了，高垣。"智也还没说完，户岛便抢过了话头，"就像我一开始告诉你的，万一出了什么事情，你直说就行，一不用撒谎，二不用隐瞒。多余的事情还是不知道最好,懂了吗?就这样吧,我先挂了啊。"

智也无法老老实实地回答一个"好"字,但也同样没有想出什么反驳的话。他心里非常清楚,户岛说这些话确实是为了他好。

智也保持沉默之时,户岛挂断了电话。智也的眼前仿佛浮现出户岛面对着他这个毛头小子的满腹牢骚时,一脸无奈的烦躁表情。

智也蹑手蹑脚地走回了餐厅,心里不由得一阵紧张。里枝正坐在餐桌的一侧,一双眼睛直直地盯着他。

"碗都洗完了?"智也回到位子上拿起了筷子。

"谁来的电话?"里枝问道。

"公司同事。跟我一样,他也被科长摆了一道。"

"为什么要骗我?"里枝向上翻着眼睛,仿佛是在对他怒目而视。

"我没骗您啊。"智也的视线有些躲闪。

"我听到你说并木食堂了。"

智也的身体猛然间一阵发热。"您听错了吧?我怎么可能会说这些?"

"那你本来说的什么?告诉我。"

"您真烦啊。"智也没有去看里枝的表情,"事情又和您没有关系,您管这些干什么?"

"现在我儿子可能已经惹祸上身了,我这个当妈的怎么能不管?"

"什么惹祸上身啊。"智也抬起头来望向里枝,只见母亲的一双眼睛红通通地布满了血丝。智也心下一惊,不由得打起退堂鼓来。

"我就是在问你,你到底干什么了?惹上什么事了?"里枝的声音有些发颤,"你还说你会留神,你要留神什么?"

智也再一次从母亲的脸上移开了视线。"您不用操心。"

"那你告诉我啊,和我说实话。"

智也放下了筷子。"我吃饱了。"他站起身来,已经没有了任何食欲。

"求你了,告诉我吧。"里枝恳求似的说道,"之前发生的案子,就是杀害佐织的凶手突然死了的那个案子,和你没有关系吧?"

"……那还用说吗?"

智也再次说了一句"我吃饱了"后,背对着里枝走到了过道。他朝着自己的房间走去,心中五味杂陈。

那你告诉我啊,和我说实话——智也的脑海中回响着里枝的话,而这同样也是他想问的。

29

新仓正坐在客厅的沙发上打电话,和他通话的人是户岛。

留美从丈夫的表情里能看出,二人所谈的内容应该不是什么好事。在新仓看着手机屏幕嘟囔着户岛这个名字的瞬间,她就已然萌生出了一种不好的预感。

"你说的教授,是那个姓汤川的人吗?为什么他要问这些事情……"新仓皱起了眉头。

留美完全不知道这两个人正在聊些什么。那个姓汤川的人,应该就是在并木食堂经常会碰到的那位学者吧,他是有什么问题吗?丈夫的表情依然一片阴沉,怎么看也不像是在单纯地闲聊。

留美站在厨房,她不想再看着丈夫浑身上下散发出那种阴郁的气息了。挂断电话以后,新仓肯定会告诉她一个重大的消息,想到这里,留美决定动手泡一壶茉莉花茶,以便到时候让自己的情绪得到一些缓解。

她按下电热水壶上的"再沸腾"键,将一套玻璃茶具放到桌上。架子上摆放着各式各样的茶叶罐,留美将喜欢的茉莉花茶取了下来。然而,正要打开盖子时,她的手滑了一下,茶叶罐应声跌落,茶叶洒得满地都是。

望着地上的一片狼藉，留美的情绪越发低落了。她没有什么心情马上收拾，整个人只是呆呆地站在那里。

为什么事情会变成这样，明明是那么充实的生活，明明每天都过得很精彩……

留美家里并不富裕。她的父亲是一个开出租车的个体户，也许是不得要领的缘故，按照留美母亲的说法，"跑的净是些没有客人的地方"。就这样，在留美读小学四五年级的时候，母亲认为自己也必须工作赚钱，于是去附近的超市打起了零工。

那个时候，一个正在念高中的邻居姐姐总是会将她听腻了的CD送给留美，所以留美经常会听着音乐来度过那段独处的时光。尽管那些CD并不是当时流行的曲目，但留美的心里依然十分高兴。她一遍又一遍地听着那些歌曲，歌词和旋律也都深深地印在了脑海之中。而那台恳求母亲买的随身听，更是留美心尖上的宝贝。哪怕只是出门短短一会儿，她也会将这个宝贝放在包里随身携带。

升入初中以后，留美与学习钢琴的女同学久美子成了朋友。一天，两个女孩正聊着各自喜欢的歌曲时，久美子突然提议一起去唱卡拉OK。听了久美子的话，留美稍稍有些吃惊。尽管她跟着父母去过几次KTV，但从来没有想过她一个孩子可以自己去。

"无所谓，再说白天还便宜。"久美子一副熟门熟路的样子。

于是，二人在一个周六的白天走进了车站旁边的一家KTV。久美子示意留美先唱，留美略有些迟疑地选择了一首喜欢的歌唱了起来。这是留美第一次在父母以外的人面前一展歌喉。

久美子双眼放光，拍着手说："你唱得太好了，我都震惊了。"留美觉得这不过是一时客套，但仍不由得害羞起来。然而，久美子眼神中透着认真,问道:"你还擅长什么歌吗?再来一首吧!"

没有人不喜欢被夸奖,更何况留美原本就非常喜欢唱歌。"这首你会唱吗?"留美正在犹豫到底该唱什么,久美子已直接帮她选定了一首。这首歌一度很流行,而且难度颇高,对于演唱者的高音水平有一定的要求。

"这首歌我没有唱过,不过应该也差不多吧。"说着,留美握住了话筒。事实上,和着音乐放声歌唱不仅能令留美感到愉悦,还会让她萌生一种身体与旋律协调一致、彼此交融的感觉。

一曲终了,久美子拍手叫好,称赞她"唱得好听,简直就是专业级别的,以后肯定能成为一名职业歌手"。而她接下来所说的话,改变了留美的人生。

"咱们一起成立支乐队吧,我其实一直在找像你这样的人。"

留美大吃一惊。虽然她确实喜欢唱歌,但从来没有考虑过从事音乐方面的活动。然而,在听了久美子描述她的热切期盼之后,这个想法在二人交谈间也渐渐成了留美的梦想——一个具体而又迷人的梦想。

久美子说要成立的乐队,其实不过是一个只有主唱和钢琴的组合而已。她们将二人的名字拼在一起,给这个组合取名为"牛奶乐队"。[①]一开始她们也参加了一些业余比赛,不过二人都强烈地意识到演唱现有曲目并不能得到外界的赏识,于是试着开始了原创歌曲的创作。久美子主要负责作曲,而留美则需要给谱好的曲子填上歌词。虽然留美也不知道填的词有没有文采,只是为了方便演唱而对词句进行了简单的排列,久美子却表示没有关系。

尽管二人考进了不同的高中,牛奶乐队的活动却依然在继续。

---

①日语中,"美留久"与"牛奶"发音相同。

不过，就在她们升入高三的时候，久美子突然提出了解散，理由是备战高考。留美感到有些不解——之前两个人一直在讨论将来要往乐坛发展，所以留美从来没有想过要去考什么大学。

"真能往乐坛发展也行，不过还是要给自己留条后路的。"

久美子表示，她给自己留的后路是当一名教师，所以要努力准备，争取考进教育学系。

一直以来，久美子都是一个冷静而理性的人。梦想是梦想，现实是现实，这一点她是非常清楚的。留美却不同，她感觉挚友已然离她远去，只留下了她孤身一人。

留美也曾和父母聊过自己未来的去向，他们好像都没有太指望她能考上大学。一方面留美在学校的成绩确实不好，另一方面他们似乎觉得让孩子去读一所学费昂贵的私立大学并没有什么好处。留美自己也是这样认为的，除了音乐以外，她别无所求。

就在这时，一家她们之前去过多次的小型演出机构主动与留美取得了联系，说是有人想打听一下牛奶乐队的联系方式，问她是否方便告知。据说这个人是一名歌手，现在正想寻找一个年轻的女主唱。

留美对此很感兴趣，同意了对方的请求。就这样，她见到了新仓直纪。

新仓当时在多支乐队里担任调音师，还会亲自填词作曲，给其他歌手写歌。留美后来才知道，新仓在音乐圈里也算得上是颇有名气的一号人物了。

据说新仓已经看过了好几次牛奶乐队的现场演出，只是留美并没有发现而已。后来恰巧有人提出要组建一支新乐队，新仓便想到了找她来担任主唱。

留美对久美子说了此事，对方也显得很开心，连连称好的同时还表示，"能和真正的专业人士组建乐队，那真是再好不过了"。久美子看起来似乎安心了不少。也许她心里还是会因为牛奶乐队重组无望，而对留美怀有一份愧疚之情吧。

新仓断言要将留美培养成一名代表日本的女歌手。他毫不避讳地表示，留美身上不仅具备这样的能力，而且只有她能将自己创作的歌曲准确地演绎出来。能得到新仓如此高的评价，留美自然也是干劲十足。她下定决心，一定不会辜负对方的期望。

经过大约一年的准备，这支新乐队在一家知名唱片公司发行了第一张专辑，虽然没有激起太大的水花，不过接下来推出的单曲却被一部动画用作了片尾曲，取得了还算不错的成绩。

自觉成功在即，梦想也越发膨胀起来。他们幻想着在偌大的场地上举办演唱会的情景，幻想着在数万观众面前一展歌喉的样子，不禁感到一阵沉醉。

然而，现实并没有那么美好。渐渐地，他们即使推出新曲，也都只是反响平平。演唱会门票滞销，CD的发行量也很有限。

即便如此，他们还是紧紧地抓住了每一次演出的机会。新仓坚信，迟早有一天他们会得到外界的认可。

"留美身上的特质，是不可能被埋没的。"这是新仓喝醉酒时最爱说的一句话。

他们坚持了整整十年。就在留美即将迎来三十岁生日之时，新仓提出了两个方案，其中之一便是要退出演艺活动。

"没有能够充分地挖掘出你身上的才华，是我的责任。遗憾的是，我觉得现在已经超过了我预期的时间。如果你还想和别人搭档演出，我不会拦你。要是有想认识的人，我也会试着帮你联系。不过，我已经决定不再亲自登台了。"

留美沮丧地接受了新仓的决定。新仓的话让她感到羞愧。虽然他说这是他的责任，但是留美心里最清楚，这件事不能怪他。在留美看来，正是因为自身能力不足，才会让新仓创作的那么多精彩绝伦的歌曲没能得到世人的认可。

"对不起。"留美哭了起来，"对不起，是我辜负了你的期待。我从来没有想过要和别人搭档。如果你决定隐退，我也不会再登台了。"

于是，新仓提出了另一个方案，一个关于两人未来的方案。他说，我们结婚吧。

在此之前，他们之间并不是男女朋友的关系。虽然留美对于新仓的仰慕之情也可以称得上是一种爱恋，但她一直在极力掩饰着自己的情感。留美知道，新仓很不喜欢乐队内部有情侣出现。

虽然新仓决定退出舞台很令人惋惜，但第二个方案不仅冲淡了这份遗憾，还给留美带来了更大的惊喜。她当即接受了新仓的求婚。

从那一天起，留美便与新仓过上了夫唱妇随的生活。新仓开始投身于青年才俊的挖掘和培养工作，赚不赚钱倒是次要的——他的家族资产丰厚，这样做自然不成问题。留美在背后默默地支持着丈夫，婚后的第二次人生过得也还算不错。他们唯一的遗憾是没能生下一儿半女，不过在将亲自挖掘的青年才俊们一个个送入歌坛时，也会萌生一种自家孩子长大成人的充实与欣慰感。

不久以后，二人遇到了一块世间罕见的璞玉——并木佐织。她的歌声带来的那份冲击与震撼，留美永远都忘不了。

无论是嗓音还是实力，佐织都要远胜于留美。留美体会到了她与佐织之间的巨大差距，深感佐织这样的人才是一名真正的歌手。与此同时，一旁的新仓所传达出来的情绪也深深地触动着留美的心。

她知道，新仓现在正处于一种前所未有的兴奋当中，如获至宝的喜悦情绪肯定让他全身上下的血液都在飞速流动。留美偷偷地看了看丈夫的侧脸，他的脸上却并没有什么表情，脸色也是一片苍白。

她第一次知道，在受到的冲击过于强烈的时候，人是无法将自己的情绪表达出来的。

"咱们把这个孩子培养出来吧。"从那场发现了佐织的文化节活动离开以后，新仓在回家的路上这样说道。他的语气并没有什么起伏，但依然能够让人感受到其中蕴含的巨大决心。

在佐织的身上，新仓投入了十二万分的热情。他希望能够使这个新徒弟的能力发挥到极致，为了实现这个目标，押上人生的一切也在所不惜。望着新仓的身影，留美不由得将他与昔日里指导自己的那个他重叠在了一起。留美深信不疑，这次一定会实现当年未曾实现的梦想。

当然，留美也在全力配合着丈夫。将佐织培养成一名出类拔萃的歌手成了她的头等大事。虽然夫妻二人相处的时间削减了很多，不过这也是没有办法的事情。尽管新仓的眼中只剩下了佐织，留美对此毫无怨言，她知道丈夫并没有把学生当成异性来看待，自然也不会嫉妒。

在新仓的辅导下，佐织的实力与日俱增。她的吸收能力异常惊人，普通人需要几个月的时间才能学会的演唱技巧，她轻轻松松便可以运用自如。所谓天才就是如此吧，留美感到惊叹不已。

就差一点点了。通往成功的大门近在咫尺，无论是对于佐织还是新仓、留美而言，一旦打开了这扇大门，众人的面前便会铺开一条通向未来的闪耀之路。接下来要做的，便是在这条路上果断坚决地前行。

然而,她与新仓的这块至宝突然间被人抢走了。留美心中的那份绝望,现在想来依然令她颤抖不已……

"你怎么了?"新仓的关心让留美一下子回过神来。不知不觉间,她竟然在厨房里蹲了下来,手里依然拿着那罐茉莉花茶。

新仓露出担心的表情,站在她旁边。"是身体不舒服吗?"

"啊……我没事。"留美动手将洒在地上的茶叶收起,"电话打完了?"

"嗯。"

即便是一句简短的回答,听起来也颇为阴郁。

"听说了一件让人有点……不,应该是让人非常犯难的事情。"

"什么事啊?"

"留美,你知道汤川吧?经常会在并木食堂碰到的那个人。"

留美停下了手上的动作,抬头望向丈夫。"知道啊。"

"据说他今天晚上在并木食堂问了户岛一大堆问题。"

"他吗?为什么啊?"

"听说他在警方那边有熟人。"

"啊?"

"就是说,警方可能发现了莲沼死亡的真正原因,至于那个氦气瓶的障眼法,估计也已经被他们识破了。"

留美倒吸了一口凉气,用右手捂住了胸口。心脏的剧烈跳动让她觉得有些难受。

新仓走了过去,将留美的头揽到自己的胸前。"没事的。"他对妻子说道,"你放心好了。"

30

儿时经常走的那条路，长大以后再去看，往往会觉得比记忆中窄很多，似乎是与当时的个头有关。如果是成年之后走的路，就算是多年后再次走过，一般也不会觉得与印象中有什么不同。

然而草薙今天所走的这条路，却让他觉得似乎比二十多年前狭窄了许多。他一边走着，一边环顾四周，终于发现了原因所在。

过去曾经是乡镇工厂和仓库的地方，现在建成了一座座高大的楼房。这些高层建筑相互交叠，远处的风景便再也无法尽收眼底了。正因如此，现在周围的环境不仅让人更为压抑，本就不宽的道路也让人产生了越发逼仄的错觉。

草薙在这条窄道旁的一栋小楼前停下了脚步。第一次来的时候，四周还是一片乡间景色，这栋白色洋楼显得颇为别致。然而时至今日，在周围一片摩登建筑的包围之下，这处房子已然让人觉得有些过时了。

"应该就是这儿吧。"站在草薙旁边的内海薰望着嵌在门柱上的石制门牌说道。门牌上写着"泽内"二字，十九年以前，这里刻着的名字还是"本桥"。

"嗯，没错。"不过感觉已经很不一样了——草薙将后半句话咽了回去。

内海薰按响了对讲门铃。

"哪位？"不久，传来一个女子的声音。

"我是上午给您打过电话的内海。"

"好的。"

二人在大门旁边等待，院子那头的玄关门吱呀一声开了。一个满头银丝的短发老妪走了出来，她身材矮小，戴着一副圆圆的眼镜。老人的表情略显僵硬，不过草薙见她嘴角挂着微笑，便稍稍放下心来。

这个老人名叫泽内幸江，是本桥诚二的亲妹妹。草薙翻出以前的资料研究过，发现本桥优奈的遗骨被人找到的时候，本桥诚二已经五十二岁，如果他现在还活着，今年应该有七十一岁了。

然而，内海薰核查后发现，本桥诚二早在六年前便已经撒手人寰，公司的管理人也发生了变更。他们还查到，本桥诚二的妹妹和妹夫在十年前搬进了本桥一家曾经住过的房子，所以此处住宅得以保留至今。

老人将草薙二人带到了摆放着偌大真皮沙发的客厅里。

在沙发上坐下之前，二人拿出了一盒事先准备好的点心。泽内幸江见状赶忙连连摆手。"不用这么费心。"

"不不，是我们突然到访，实在不好意思。"

"没关系的。那我就不客气了。"泽内幸江鞠了一躬，将点心收了下来，"我这就去泡茶，你们先坐一会儿。"

"您别麻烦了，我们是来办公事的。"

"是我想喝。能有客人陪我一起好好地喝杯茶，这种机会可不多啊。"泽内幸江笑着走了出去。

草薙叹了口气，转头看向下属。"坐吧。"

"是。"内海薰答道。

草薙在沙发上与内海并排而坐，随后便打量起了屋内的陈设——一个质感浑厚的书架上摆放着许多硬皮精装的书，似乎还有几本是外文原版。墙上装饰有一幅镶框的花卉画作，估计也是出自某位名家的手笔。

"怎么样？"内海薰问道，"和您以前来的时候有什么不同吗？"

"嗯。"草薙重又环视了一下四周，"准确地说，是完全不一样了。"

"是吗？"

"你想想看当时的情况。本桥家里一共就只有两个大人和一个独生女。这个女孩在十二岁时下落不明，过了不久女孩的母亲也跟着自杀了。又过了四年，女孩的遗骸被人发现，也就是在那个时候，我来过这里一次。虽说家里就只剩下一个人了，但你觉得本桥会把妻子孩子的随身物品和玩具之类的东西收起来吗？"

"嗯，"内海薰心领神会地点了点头，"应该是正好相反吧。这些满是回忆的东西很可能会被他摆在外面。"

"你说得很对。特别是和本桥优奈有关的东西，一直都保持着她失踪前的样子。"草薙指了指书架，"那边放着一架立式钢琴，上面还摆着他们一家三口的合影。不管怎么看，这儿都像是一个小学女孩家的客厅。本桥先生的时间已经永远定格了。"

草薙不禁想起十九年前来到这里时的情景。当时他是与间宫一起来的，目的是将莲沼被捕的消息告知家属。莲沼面临的将会是法律的严惩——间宫这番强硬的表态依稀还在耳畔，仿佛就发生在昨天。

草薙做梦也没有想到，十九年后的今天，他居然会在这种情况下再次敲开本桥家的大门。那是一段痛苦与悔恨交织的经历，不过他已然放弃了，毕竟也不会再与当年的案子有所牵扯。

当草薙从内海薰的口中得知她已经见过汤川的时候，心里其实并没有太过惊讶。这两个人原本就是旧识，如果知道彼此都在同一个镇上，约时间见一面也很正常。再说他们还有一个共同的话题——莲沼的非正常死亡。如果没有汤川的推理，警方可能需要花费更多精力才能将作案方式最终确定下来。

然而，在听说汤川建议他去查一查与二十三年前那个案子有关的人员情况时，草薙却感到了一阵深深的困惑。本桥优奈被害案的相关人员中，确实可能有人至今仍对莲沼怀恨在心，但是为什么会选择现在这个时机呢？如果想要报仇，在此之前应该就有动手的机会。

不过听内海薰说，汤川甚至还提到"最后一块拼图只会存在于过去之中"。内海问他具体是指什么，他只是表示"与人有关"。

"我不想让你们心怀成见，不过有一点我可以告诉你们——过去的案件与现在的案件之间必然有所关联，而且这种关联是由某个人造成的。"

虽然汤川还是一如既往地古怪，不过草薙也承认，这位学者的推理能力确实了得。既然他能把话说得如此坚决，想来一定有某种理由。

草薙很想知道汤川新提出的是怎样的假设，因为警方虽然对草丛里发现的氦气瓶展开了调查，但没有取得任何成果的迹象。

菊野公园附近装有若干监控摄像头，拍到了人们进出公园时的样子。调查范围限定在了下午四点半气瓶被盗后的十五分钟之内，但是监控图像的数量依然十分庞大，草薙调派了数名侦查员一同核查与比对。然而，他们并没有发现有人将可能塞了气瓶的书包、袋子或箱子等物品运出过公园。警方目前认为，凶手也许是注意到了摄像头的存在，有意选择从监控的死角离开了公园。

考虑到凶手是从公园驾车赶往案发现场的，警方也对主要道路附近的N系统记录下来的画面进行了解析。当天实行了交通管制，车流量并不大，但依然一无所获。

警方还考虑到凶手可能没有驾车，而是使用了自行车搬运，于是进一步扩大了监控摄像头的范围，对视频进行了确认，不过目前也还没有发现可疑自行车的相关情况。

就在调查停滞不前的时候，内海薰谨慎地说道："发现的气瓶有没有可能是凶手设下的障眼法呢？"她的观点引起了草薙的注意。草薙询问后得知，原来汤川也是这样认为的。

可以说，草薙之所以会听从汤川的建议，决定对二十三年前那个案子的相关人员进行摸排，主要是因为警方的调查陷入了僵局。

房门开了，泽内幸江推着一辆餐车走了进来。在这辆木制的餐车上，水壶、茶壶、茶杯等一应俱全。看来想和客人好好地喝杯茶，也许是她的真心话。

泽内幸江坐到草薙二人对面，专心致志地开始泡茶。她先是娴熟从容地将热水倒进了茶壶，随后又将冲好的日本焙茶倒进了茶杯。

"请用茶。"

一只白色的茶杯被放到草薙的面前。"我不客气了。"他品了一口茶。

"听说那个人已经死了？"在内海薰的面前摆好茶杯，泽内幸江开口道，"就是那个姓莲沼的人。他曾经因为优奈的案子被警方逮捕，后来判了无罪。"

"您已经知道了吗？"

"嗯。"面对草薙的问题，幸江小声地回答道。

"我平时不太爱看电视，对上网什么的更是不感兴趣，不过周围的邻居已经告诉我了。虽说都是二十多年前的事了，还是没想到世界上会有人这么好心。"说到"好心"两个字时，她的语气里明显带着些嘲讽的意味，"在今天早上的电话里，我一听是警视厅的人打过来的，心想果不其然，警察还是找上门来了。"

"实在抱歉。"内海薰说道。

数天以来，莲沼宽一的死引发了网友们的广泛关注，草薙心里非常清楚。莲沼在几个月前曾因涉嫌杀人被警方逮捕，又因证据不足被放了出来，想必这一情况在网上同样广为人知。当然，也有越来越多的帖子开始提到二十三年前那桩命案的无罪判决。老人之所以会对莲沼的死讯有所耳闻，应该就是看了帖子的"好心"邻居跑来告诉她的。

"在得知莲沼的死讯之后，您有什么看法吗？"草薙问道。

泽内幸江冷冷地看着草薙。"我没有看法。或者说，我心里根本就不愿意去想那个人的任何事情。他是死是活与我无关，我这辈子都不愿意再想起他了。因为他的出现，有多少人遭遇了不幸，又有多少人悲痛欲绝——"老人的声音越发尖锐起来，脸上也开始有些泛红，"不好意思。"也许是觉察到了自己的失态，她低下了头，小声地道了声歉。

"您哥哥……本桥诚二在六年前就已经去世了……"

"是的。"白发老妪点了点头，"他得了食道癌，临死之前瘦得皮包骨头……不过对他来说，能得到解脱也许是件好事。他以前一直在说，人生已经没有了任何乐趣……"

老人的话重重地敲打在草薙的心上。"是吗……"

泽内幸江环视了一下屋内的摆设。"因为那个案子，我哥哥失去了一切。这么大的一个家，他却一个人孤零零地守了那么多年。终于等到六十岁的时候，他才有机会退出公司，搬进了专供老年人居住的公寓楼里。但是这块地是祖上传下来的，他觉得出手卖掉于心不忍，所以就提出让我们夫妇俩搬到这边来住。按照我丈夫的规划，我们家之前一直都租房住。我们只有一个儿子，当时他刚刚开始独立生活，我们正商量着不如趁这个机会搬去乡下，哥哥就是在这个时候找到了我们。两年前我丈夫过世，现在就只剩下我一个人了。在这段日子里，我体会到了哥哥当年的那份孤独。当然了，他心里到底有多痛苦，肯定是我所想象不到的。"

"您哥哥……本桥先生和您聊起过有关案子的事情吗？"

"法院刚刚下达无罪判决的时候，他和我聊过很多，还说想要发起一个签名活动，请求法院对案子重新审理。不过，这个活动没有办成，后来支持我们的人也都一个个离开了。哥哥当时还有工作要做，所以这件事情我们也没有主动再提，而且他自己也不愿意再说了。"

"那在他离世之前呢？"

"嗯……"泽内幸江歪着头想了想，"他应该回想了很多过去的事情吧？也许他没有一天不在心里想着当年的案子，但是从来没有在我们面前提起过。可能他觉得，说出来反而会更加难过吧。"

听了幸江的话，草薙只觉得胃里像吞了铅块一般沉重不已。明明心爱的家人被夺去了生命，却没有一个人因此受到制裁，甚至到死都依然对真相一无所知——本桥诚二心中的郁结，早已是常人所无法想象的。

"我就开门见山地问您了。"草薙看着幸江的眼睛说道，"关于亲手报仇的事情，本桥先生是否曾考虑过呢？"

面对草薙这个出其不意的问题，泽内幸江睁大了圆框眼镜后的双眼。她摇了摇头，开口问道："你是说要给优奈报仇，杀掉那个姓莲沼的男人吗？"

"是的。"

泽内幸江微微歪了歪头，眼睛朝斜下方看去。不一会儿，她又转头望向了草薙。"他确实说过几次想要杀了莲沼，不过我觉得他应该没有考虑过真的动手。其实就是因为不会真的动手，才会把杀人挂在嘴边吧。"

"的确。"草薙认为她的这一回答很有说服力，"那您觉得，有没有人虽然没把杀人挂在嘴边，但很有可能会对莲沼动手呢？"

"你是说可能会去寻仇的人，是吧？唉，谁知道呢。"她的头歪得比刚才更厉害了，很快又来回摇了摇，"我有点想不出来。当时大家确实都很生气，但毕竟不是当事人，应该不至于吧……"

草薙也认为她说得没错。想替别人家孩子报仇的人，恐怕没有。

"我可以占用一点时间吗？"坐在旁边的内海薰向草薙问道，似乎是想提问。

"嗯。"草薙微微点了点头。

内海薰将脸转向泽内幸江。"最近这段时间，您有没有碰到什么契机让您想起优奈的案子呢？比如有人跟您说了什么，又或是有人找您问了些什么事情。"

内海的话还没有说完，泽内幸江便摆起手来。"就像我刚开始说的，昨天我听邻居说莲沼死了，才想起了那段不愉快的往事。真的已经有很多年没有这样了。"

"您有没有和亲戚们说起过案子的事情呢？"

"都已经过去二十多年了，知道当时那件事的人已经不多了。那个时候我儿子还小，应该都不记得曾经有过优奈这么一个表姐了。"

"优奈在世的时候,您觉得有谁是特别疼她的呢?"

"这个啊,"泽内幸江一下子笑了起来,"应该是我吧。毕竟在优奈两岁以前,我还是一直住在这个家里的。在由美子看来,我大概就是个迟迟嫁不出去的烦人小姑子吧。"

草薙翻开记事本,确认了一下本桥优奈的家庭关系。由美子正是优奈母亲的名字,她本姓藤原,在优奈失踪一个月之后便自杀了。

"其他的我就想不到了,那个时候我父母也都已经过世了。"

"好的。"内海薰朝草薙点头示意。

"由美子那边,也就是优奈母亲那边的亲戚呢?"草薙问道,"他们应该也很疼爱优奈吧?"

"没有没有。"泽内幸江轻轻摆了摆手,"由美子好像没有什么亲戚。不对,应该是有过的,不过好像已经彻底断了来往,毕竟就连他们结婚宴请的时候,她那边的亲戚也一个都没来。亲戚也就算了,她的父母和哥哥也都没有过来。"

"原来是这样啊……"

这样一个女子,究竟是在哪里,又是通过什么样的方式,才会结识到一个将来要子承父业的公子哥儿呢?虽然草薙对此有些怀疑,不过考虑到似乎与案情无关,他没有当场问出口来。

就在这时,草薙上衣兜里的手机突然振动起来。他看了看来电显示,是岸谷打来的。"不好意思我接一下电话。"他和泽内幸江打了声招呼,便接通了电话。

"怎么了?"

"当年的调查资料我大致翻查了一遍,在相关人员之中,并没有找到可能与本次案件有关的名字。"

"是吗……行,那你和足立分局那边道个谢就先回去吧。"说完,草薙挂断了电话。此前，他派岸谷去足立分局对本桥优奈的案子重新进行了梳理，但是似乎并没有什么收获。

"我给你续杯茶吧？"泽内幸江朝草薙的茶杯伸出手来。不知不觉间，草薙已经将杯中的茶水喝了个一干二净。

"没事，不用了。另外问您一下，本桥先生的遗物您是怎么处理的呢？"

"大部分都已经解决掉了，不过还有些东西我实在不知道怎么办才好，就都放在一块儿收起来了。"

"方便让我们看看吗？"

"可以啊。不过你们能帮我一下吗？东西稍微有点沉。"

"当然可以。"说着，内海薰抢先一步站了起来。

在搬到客厅的那只大纸箱里，塞满了昔日的相册和书信。草薙和内海薰戴好手套，决定将这些东西全都翻看一遍。

相册由草薙负责，如果有人与优奈一同出现在了照片之中，他就会找来泽内幸江对此人的身份进行确认。期盼已久的孩子呱呱坠地，本桥夫妇应该是非常开心的吧。他们给优奈拍下了许许多多的照片，数量颇为庞大。

自从优奈上小学开始，合影之中便逐渐多了许多泽内幸江不认识的身影，估计这些人都是优奈的朋友或是朋友的父母，还有的人看起来像是老师。

无论孩提时代的关系再怎么要好，优奈的同学也不太可能会在二十年后计划报仇。如果真有人这么打算，那么他一定与优奈的关系极为密切。

等到将所有照片检查完毕，已经过去了将近两个小时。一直在检查书信内容的内海也完成了手头的工作，不过似乎并没有发现有价值的线索。

泽内幸江离开座位，不一会儿便将咖啡端了上来。

"哎呀，您太客气了。打扰您这么久，还让您这么费心，实在是不好意思。"草薙诚惶诚恐地说道。

"没事的。我也好长时间都没有看到这些照片了，真让人怀念啊。"说完，老人又补充道，"虽然心里还是有些难过。"

"这本相册呢？"内海薰拿出纸箱里剩下的一本旧相册。从皮质的封面来看，这本相册档次颇高。

"里边是优奈出生之前的照片。"草薙答道。

"哦。"内海薰点了点头，将相册翻过来，打开了最后一页。她应该是想按时间顺序从后往前翻阅。

"是叫……由美子对吗？优奈的母亲长得可真漂亮啊。"

"她是一个既年轻又充满活力的人。"泽内幸江说道，"自从她嫁到我们家以后，家里的气氛一下子活跃了起来。那个时候我母亲也还在世，但是常见的那种婆媳矛盾却从来没有在她们两个人之间发生过。对于优奈来说，她也是一个非常出色的母亲……所以优奈失踪的时候，她陷入了深深的自责，十分可怜。后来我听哥哥说起，她在从附近的高楼上跳下前，人就已经有些奇怪了，哥哥那个时候其实也很担心她会做出什么傻事。"

听了幸江的描述，草薙的心情越发沉重起来。他的脑海中浮现出了一个词——"祸不单行"。

正在这时，内海突然"啊"的一声叫了出来。草薙从旁边探头看去，原来是一张本桥夫妇的合影。照片上，由美子身披婚纱，本桥诚二身着礼服，二人正满脸幸福地笑着。

"虽然哥哥后来继承了父亲的公司，但他年轻的时候也到总公司锻炼过一段时间，据说他和由美子就是在那个时候认识的。"泽内幸江将草薙方才想要知道的事情说了出来，"他们结婚的时候，我哥哥应该是三十三岁，由美子大概是二十四五岁的样子吧。"

草薙重新看了看婚礼的照片。原来在那个时候，由美子就已经举目无亲了啊……"由美子的父母什么时候去世的？"

"我记得由美子曾经说过，她父亲在她很小的时候就因为事故去世了，她母亲应该是在她刚上高中的时候去世的。"

"后来她就被送进孤儿院了吗？"

"没有。我听说她那时候一直过着四处漂泊、寄人篱下的生活，没听说她进过孤儿院。"

"但是她已经没有亲戚了啊，又会有谁来照顾她呢？"

泽内幸江年迈的脸上露出了稍显困惑的表情。"具体情况我就不知道了，毕竟这些事情也不太方便刨根问底。"

"哦……"

内海薰还在一旁不停地翻看照片。时间继续往前，相册中便不见了由美子的身影，只剩下了本桥诚二的单人照，全是一些从学生时代到少年时代的黑白旧照。

草薙确认了一下纸箱里的东西，发现已经没有其他相册了。

"嫁到您家的时候，由美子没有把她的照片带过来吗？"草薙向泽内幸江问道。

"应该是吧。我也是收拾东西的时候才注意到的……"

草薙再次看向那本相册，只见内海翻看照片的速度越来越快。最终出现在第一页的是一张婴儿的照片，似乎是本桥诚二刚刚出生时拍的。

"这就怪了。"草薙喃喃道，"由美子的母亲是在她升入高中以后才去世的，不可能连一张照片都没有拍过吧？要是拍了照片的话，嫁到这家的时候她应该会带过来。那些照片哪儿去了呢，难道是被本桥诚二处理掉了？"

"我觉得应该不太可能。"内海薰说道。

"是啊。"草薙陷入了沉思。二十三年前遇害的并非只有本桥优奈一人,本桥由美子也是案件的受害者。这样说来,就算有人想要替她报仇也不足为奇。难道这就是汤川所说的"最后一块拼图"吗?

"内海。"草薙招呼道,"你去查查本桥由美子,不对,原名藤原由美子的户籍情况,把相关的亲属都给我列出来。"

"是!"女刑警铿锵有力地回答道。

31

审讯室里,坐在草薙对面的男子与上次见面时简直判若两人。他的脸上没有了低三下四的感觉,反而像是戴了一张面具一般神情冷漠。草薙隐隐觉得这个人是有备而来的。对于此次被警方传唤的原因,他可能多少有所察觉了。草薙告诉自己,一定要小心应对,谨慎行事。

"姓名?"

面对草薙的提问,男子微微一笑。"你不是知道吗?"

"我想听你自己来说。"

男子的表情重又恢复了冷漠。"增村荣治。"

"你父亲的名字是什么?"

"父亲?"增村重重地呼了口气,继续说道,"我没有父亲。"

"不可能吧?"草薙看了看手上那份A4大小的文件,而后再次望向增村那张冷冰冰的脸,"你父母当时可是正式结了婚的,自己父亲的名字肯定知道吧?"

"什么勇还是什么治来着。名字是这个名字,不过我已经不记得这个人了,毕竟我还是个小毛孩的时候他就已经离开家了。"

"你父亲名叫冈野勇。在你六岁的时候,你父母就离婚了。"

增村从鼻子里发出了哼的一声。"既然都查清楚了,你就别再一条一条地问我了。"

"我不是说了吗,我想听你自己来说。你母亲的名字是什么?"

"贵美子。"

"姓什么?"

"增村。"

"不对吧?"草薙指了指手里的资料,"跟我说实话。"

"我早都忘了。"增村一脸不耐烦地说道,"都是以前的事了,再说现在也早就没有任何关系了。"

"你母亲姓藤原。在你八岁那年,你母亲选择了再婚。她再婚的丈夫名叫藤原康明,你的户籍却没有上在藤原的家里。"

"藤原?"增村的脸上浮现出一抹微笑,"对,对。是藤原。这个姓氏我已经很久都没有听过了。"

"你的意思是说,你从来没有自称过藤原?"

"我不记得了。"

"就算没有过继,也是可以跟随父姓的。你是山梨县人,对吧?要是我想查,你在哪个学校念的书,念书的时候用的是什么名字,立刻就能查个一清二楚。"

听了草薙的话,增村一脸扫兴地陷入了沉默,摆出了一副听之任之的态度。

"结婚五年以后,藤原康明就去世了。"草薙看着资料说道,随即又将脸转向了增村,"真是可怜啊,你母亲藤原贵美子当时肯定觉得走投无路了吧?"

增村不快地皱起了眉头。"说这些陈年旧事有什么意义?刑警先生,你要是有什么想说的,就赶紧说吧。"

"这些事大有意义，你心里不是最清楚的吗？再说也不是我想说些什么，而是我想听你说些什么，这些话就别再让我重复了。言归正传，你母亲当时是靠什么来维持生计的？"

增村避开草薙的视线，伸出手来挠了挠眉毛。"我不太记得了，可能什么都干吧。"

"比如去陪酒？"

"嗯，差不多吧。"

"那她应该挺不容易的吧，毕竟家里还有两个孩子。而且康明去世的时候，小的那个才刚刚四岁。"

增村的脸颊微微地抽动了一下，这一切自然没有逃过草薙的眼睛。

"你妹妹名叫由美子，藤原由美子，对吧？"

"应该是这个名字，没错。"增村的声音没有任何起伏。

"尽管生父不同，但她仍是比你小九岁的妹妹。你不觉得她很可爱吗？"

"嗯……"增村歪着头陷入了沉思。

"我们俩年纪差得太多了，而且就像你说的，生父也不一样。虽说是妹妹，我已经想不起来什么了，就像是邻居有个小女孩到家里来玩的那种感觉吧。她跟我不怎么亲近，我和她也没什么交集。"

"但是你应该照看过孩子吧？"

"照看孩子？"

"你们的母亲会出去坐台吧？晚上没人在家，就只能是你来照看妹妹了。"

增村抹了抹鼻子。"谁知道呢，我已经不记得了。"

草薙手上的资料共有两页，他将第二页拿到上面。在这张纸上，有增村因故意伤人致死被起诉的简要资料。

"能说说你在初中毕业以后的经历吗?"

"经历?"

"你没有去念高中吧?"

"哦……我去了神奈川县的一家电机厂工作。"

"工作了多长时间?"

"十二年左右吧。"

"后来为什么不继续做了呢?"

"是他们不让我干了,我是被开除的。这些事情你都要问吗?"

"故意伤人致死被判有罪,服刑三年。"

"对。"增村生硬而简短地回答道。

草薙确认了一下手头的资料。

案发之前,增村刚刚搬到新公寓不久。没过多长时间,他便经常与楼下的住户发生矛盾,原因是对方嫌他在家时的响动太大。

一天夜里,楼下的男子突然找上门来。当时那个男子喝得烂醉如泥,手里还握着一个啤酒瓶子。他一边骂骂咧咧地说着胡话,一边朝增村扑了过来。不知他手里的酒瓶撞到了哪里,碎玻璃四散飞溅,但男子并没有就此停下手来。

增村情急之下拿起了放在洗涤池旁边的菜刀。他原本只是想吓唬吓唬对方,但男子勃然大怒,突然又朝着他猛地扑了过来。增村见状,急得将手里的菜刀捅了出去。

菜刀深深地刺进了对方的腹部。男子血流如注,很快便倒了下去。虽然增村立刻就叫了救护车,但男子还是没能抢救回来。以上就是整件事情的大致经过。

"在法庭上,你当时的同事是这么说的:'在经济高速发展的鼎盛时期,工厂的生产线二十四小时昼夜不停,就连周六也不能放假。厂里采用的是三班倒的制度,先上两周白班,再上一周夜班。

上夜班的那周一周下来肯定会瘦个两公斤左右。瘦下来的这两公斤，到了白班那两周又会长回来。每次都是这样，很有规律。虽然厂里有很多员工都在想着怎么偷懒，增村却从来都不叫苦喊累，也不会糊弄了事，一直都在勤勤恳恳地努力工作。而且这么辛苦赚来的钱，他还要把其中的大半都寄回老家，补贴家用。'你那时候真的很不容易啊。"

增村干咳了两声。"都是些过去的事了。"

"在你工作到差不多第十个年头的时候，你的母亲贵美子因为蛛网膜下腔出血去世了。那个时候，你妹妹由美子还只是一个高一的学生，你当时是怎么做的？"

增村没有回答。他应该已经意识到，说谎会立刻露出马脚。

"你把由美子转去了一所寄宿制女子高中。"草薙将文件上的记录读了出来，"她的学费、生活费、住宿费等一切费用，都由你一人承担。法院的材料上还写着，按照你当时的薪水计算，你自己手头上能留下的钱是非常少的，日子应该过得很艰难。由美子也曾在法庭上替你做证，说你哪怕牺牲了自己的生活，也要守护着她这个妹妹。"

增村冷哼一声。"这是一种策略。"

"策略？"

"那时候为了让法院酌情减刑，律师帮我出了很多主意。她高中毕业以前，确实是我在照顾她，但也就仅限于此了。后来我实在不想再管了，就和她断绝了来往。"

"高中毕业以后，由美子在千叶县的一家汽车制造厂找到了工作。不过她在法庭上有过证言，说你认为她很聪明，曾经强烈建议她去读大学。"

"我不是说了吗，"增村的声调一下子高了起来，"那些都是律师想出来的策略,就是为了帮我多说一些好话罢了。"

"你的意思是说,按照这一策略,由美子才编出了那些说法?"

"是的。毕竟法庭审判也就那么回事。"

"她肯帮你做伪证,说明她非常仰慕你啊。"

增村一时间无言以对,随即摆了摆手道:"不是的,她那是为了她自己。要是亲戚里出了个杀人犯,她的将来肯定会受到影响,所以她才会觉得必须要帮我少判上几年,仅此而已。"

"在监狱服刑的时候,由美子去看过你吗?"

"没有。她怎么可能会去看我?自从我进了监狱就再也没有见过她了,她也从来没有主动和我联系过。想想也是,有谁会愿意和一个犯过案子的人走得太近呢?"

"难道不是你让她别去的吗?又或者是,你拒绝了和她的见面。"

"别胡说了,怎么可能?我和她已经彻底断绝了关系,都不知道她人在哪里,做了什么。实际情况就是这样。"他的语气很强硬,似乎在这一点上完全不肯让步。

"你应该知道由美子已经不在了吧?"

"啊?是吗?"增村睁大了眼睛,"我完全不知道。什么时候的事?是因为生病还是……"

"是自杀。已经是二十年前的事了。"

"啊,这样啊。唉,我居然都不知道,谁让我跟她已经完全没了联系。"

草薙意识到增村是打算彻底装傻了。他原本还想问问增村是否知道由美子有一个名叫优奈的女儿,是否知道莲沼曾以涉嫌杀害优奈的罪名被警方逮捕最终却又被判无罪,不过他还是没有问出口来。以现在的情况来看,增村是不会吐露实情的。

草薙放下文件,再次凝视眼前这个小个子男人。从第一次见面到现在，草薙对他的看法已经发生了一百八十度转变。

他表面上装作恶徒，实则是一个很为妹妹着想的心善之人，那些法庭上的证词应该都是真的。增村虽然有罪，伤人致死却恐怕也是无奈之举。

在草薙看来，这样一个人应该不会对心爱的妹妹被逼自杀一事置若罔闻。就算他将这份仇恨深埋心底将近二十年之久也并不奇怪。不仅如此，这个人居然会出现在此次案件的相关人员之中，实在是有些太巧了。汤川曾经告诉内海，有人能够将过去的案子与现在的案子相互关联起来，显然那个人正是眼前这名神情冷漠的男子无疑。

"你在快捷酒店住得怎么样？"

这个问题让增村颇显意外。很快，他的表情放松了下来。"非常舒服。要是可以，我倒是想一直住下去呢。"

"很快你就可以回家了。不过在那之前，我们将对你的住处进行搜查。你的东西会先放在我们这边，还请理解。"草薙盯着增村的眼睛说道，"有没有你珍重的人的照片，我们也会彻查的。"

增村的表情显得分外紧张。他的双眼闪烁着坚定的光芒，仿佛是下定了决心一般。"请便。"他说道，"我没有什么珍重的人，也没有一张那样的照片。你们尽管调查吧！"

32

"他那种自信十足的态度，我觉得应该不是虚张声势。可能他真的没有那些照片吧。"内海薰望着汤川的背影说道。

此时，汤川的手边正传来一阵用电热水壶倒水的声响。

桌子上放着内海薰带来的齐侯门威士忌的红色礼盒。这是草薙的吩咐。"要谢谢汤川的精彩分析，你拿上一瓶好点的威士忌送过去吧。"

内海此次到访，是为了将增村荣治的审讯情况告知汤川。在今天白天的审讯之中，她负责对草薙的问话进行记录。

"单从你说的情况来看，这个人恐怕是相当不好对付啊。"汤川两手各端着一只纸杯，走到了沙发旁边。他将两只纸杯放到桌上，开口问道："要加牛奶吗？"

"不用了。这回不是马克杯了啊。"

"你也看到了，这间屋子没有洗涤池。虽然有些不太环保，不过也只能这样了。"

"那我就不客气了。"内海薰端起纸杯，喝了一口咖啡。这应该是随处都能买到的速溶咖啡，不过一想到是眼前这位物理学家亲手冲泡的，竟莫名地让人品尝出了些许特别的味道。

内海放下纸杯，再次望向汤川。"为什么您会觉得他不好对付呢？"

"如果他只是实话实说，那就另当别论了。也就是说，增村荣治在坐牢以后，他们兄妹之间没有互通音信，后来也一直断了联系。不过，你们应该不会这样认为吧？"

"我和组长都觉得应该不是这样。哪怕是自己的日子过得紧巴巴的，增村都想方设法地给由美子张罗学费和生活费。如果他们之间没有深厚的感情，增村是不可能这样做的。由美子也是，正如她之前在法庭上所说的证词，她应该也对增村抱有极其强烈的感恩之情。虽然增村一时冲动闯下了大祸，兄妹二人却不太可能因此就轻易地断绝关系。但是，也正是因为增村深爱着妹妹，他才会为由美子的将来考虑，希望能够和她主动划清界限。毕竟他们两个人的姓氏本就不同，由美子的户籍本上也没有写明她还有这么一个同母异父的哥哥。增村应该是觉得，只要他们兄妹二人不提此事，就不会有人知道由美子的亲戚之中还有人曾经进过牢房。再说，由美子已经和一个前途一片光明的男人订下了终身，虽然可能会很痛苦，但是她也知道接受哥哥的一片苦心是对他的报答，于是决定将有一个哥哥这件事隐瞒下来。"

"你的意思是说，所以她才没有把家庭合影或者兄妹二人的合照带去婆家？"

"是的。"

汤川微微地收了收下巴，轻啜一口咖啡，随即将纸杯放了下来。"那么照片又是怎么解决的呢？难道结婚之前，由美子就都已经处理掉了吗？"

"我觉得应该不会，照片也许是放在增村那边保管了吧。"

"我也这样认为。在增村看来，这些照片都是他独一无二的心头至宝。他不仅可能会把其中一两张带在身上，而且不管搬到了什么地方，应该都会将这些照片好好地保管起来。由美子结婚以后，他的这些收藏可能还在不断地增加。"

汤川想说的，内海薰已经心知肚明。"就是说，增村和由美子还在悄悄见面，两个人之间也还有联系，对吧？"

"对于增村来说，妹妹的幸福应该就是他人生最大的意义了。由美子后来又生下了本桥优奈这一象征着幸福的结晶。不难想象，在他们暗中见面时，由美子很可能将年幼的女儿也带了过去。"

"也许他们三个人还一起拍过合照？"

"还可能拍了很多。不过增村一口咬定他没有一张那样的照片，还让你们尽管去查，这又是为什么呢？"

"因为他已经扔掉了。"

"对，"汤川重重地点了点头，"他应该是事先已经全部处理掉了。这样一来，就算警方查到了本桥优奈的母亲就是增村的妹妹，他也可以说二人之间早就没了来往，甚至不知道由美子已经死了。为了不让警方发现任何端倪，他可能已经全都烧了。就算让那么多无法失而复得的心头至宝毁于一旦，增村也在所不惜。所以我才说，这个人不好对付。"

内海薰点了点头，叹了口气。"是啊，确实。"

她不由得想起了增村在接受审讯时的模样——身子坐得笔直，双眼凛然无惧地迎接着草薙锐利的目光，浑身上下更是散发出一种打定主意绝不退缩的气息。

"那天您说，目前这幅拼图只缺少最后一块，而这最后一块拼图只会存在于过去之中。当时您就已经知道，增村是最后一块拼图了吗？"

"当然。"汤川答道,"如果我的推理正确,肯定就是他了。"

"那您当时为什么不告诉我呢?"

汤川挑了挑一边的眉毛,莞尔一笑。"要是早知道是他,你们就不用查得这么辛苦了,是吗?"

"倒不是怕辛苦,主要是这样就可以效率更高一些啊。"

"效率?"汤川的唇边浮起了一抹意味深长的笑容,"我之所以没有告诉你们最后一块拼图到底是指什么,就是希望你们能对得到的答案有一个客观的认识。"

"您的意思是……"

"如果知道了是他,然后呢?你们应该会彻查增村的过去,然后再从这些信息之中找出他与二十三年前那桩案子的关联吧?"

"嗯……是的,应该是这样。"内海薰对此无法否认。

"要是找到了正确的答案也就算了,但是被错误的答案迷惑的可能性也是非常大的。二十三年前的案子发生在足立区,对吧?如果增村过去碰巧在那边工作过呢?你们肯定会兴高采烈地跑去对他当时的交友情况进行调查吧?他有一个同母异父的妹妹这件事情,如果不查增村母亲的户籍是发现不了的。但是在这种情况下,你们真的会去查他的母亲吗?一件无关紧要的事被警方当成可靠的线索,然后在一条错误的道路上越走越远,最终反而会白白地兜一个大圈子。你敢说这种情况绝对不会出现吗?怎么样,能反驳我吗?"

内海薰轻轻地咬了咬嘴唇。虽然心有不甘,但是汤川的话并没有说错。"也许……是这样吧。"

"学生做实验的时候也经常如此。"汤川说道,"大部分情况下,学生们会对实验的结果有所预判,所以他们在具体操作的时候就会有意地去取得一个令人满意的结果,有时还会把测量仪器上的读数故意多读或者少读。这样一来,他们会因为实验得到了一个接近预期的结果而得意扬扬,殊不知已经犯下了根本性的错误。要想判断一个实验做得是否正确,还是不提前知道实验可能产生怎样的结果为妙。同理,我认为最后一块拼图的真相不说为好,是希望你能对答案有一个客观的认识。"

虽然汤川经常会把调查案件比喻成做科学实验,不过这次却比以往更加让人信服。

"我彻底明白了,我也会对组长说清楚的,虽然不太有信心能像您说得这么好。"

"加油吧。"

"还有一件事我想和您确认一下。您是怎么知道增村会与二十三年前的案子有关的呢?"

"很简单。如果他与此次案件无关,我的假设也就无法成立了。我假设凶手应该是将那个小房间当成了执行死刑的毒气室,假设要想成立,必须要满足几个条件,就拿其中的三条来说……"

"稍等一下。"内海薰将记事本和圆珠笔从包里拿了出来,做好了随时记录的准备,"好了,您接着说吧。"

汤川喝了一口咖啡,随即竖起食指。"第一,凶手必须要让莲沼服下安眠药;第二,莲沼睡着的地方必须是那个小房间;第三,凶手必须知道那间房能从外面上锁。就这三个条件。"

内海薰奋笔疾书,记录着汤川口中滔滔不绝的话语。"……好的,然后呢?"

"能够同时满足这三个条件的人只有增村。对于他来说,趁莲沼不备时在饮料中混入安眠药并不是什么难事,再说他们平时一直住在一起,莲沼在哪儿睡觉,增村自然是知道的。而且最为关键的第三个条件——推拉门能不能上锁,不住在那儿的人是不可能知情的。"

内海薰从一堆字迹潦草的笔记中抬起头来,缓缓地将视线移到了物理学家的脸上。"您这么一说,确实如此。"

"你同意我的看法?"

"您说的都是些显而易见的情况,所以我觉得挺失望的。"

汤川皱起了眉头。"辜负了你的期待吗?"

"不,是我对自己挺失望的,居然连这么简单的事情都没有想到。可能组长也会觉得很不甘心吧。"

"那是因为你们之前已经认定了增村与此案无关。毕竟莲沼想要借住在增村家是他自己提出来的,而且二人早在并木佐织遇害之前就相识了,更何况增村还有不在场证明。就算将他早早排除在嫌疑人名单之外,也确实无可厚非。"

"但是,您并没有这样认为啊。"

"因为我的假设要想成立,增村这个人是必不可少的。不过据草薙所说,增村与并木家并无交集,所以如果他有理由想要除掉莲沼,动机是在佐织死亡以前就已经产生了的。那么,会不会是在他和莲沼做了同事之后产生的呢?然而,如果他们之间曾经有过矛盾,莲沼恐怕不会借住到增村家吧?于是我转换了一下思路。"汤川伸出右手,掌心翻转过来,"说起来,增村与莲沼的相识真的是一场巧合吗?会不会是在更早以前,增村就有了除掉莲沼的想法,四处寻找着他的住处呢?既然好不容易找到了对方,不如索性混入他工作的地方,伺机接近,准备报仇。不过还没等到增村真的动手,莲沼就突然不见了。数年之后,在一种出人意料的情况下,增村又一次等来了报仇的机会。而且这一次,竟然还是莲沼主动找上门来的。于是增村决定,这次一定要将积攒了这么多年的仇恨彻底了结。如果真的是这样,他积攒了多年的仇恨又是什么呢?"

"您的意思是说,自然而然地会联想到与优奈被害的案子有关?"

"如果我的假设正确,事情也只能如此了。"汤川不慌不忙地喝起了咖啡,脸上的表情似乎在说:经过逻辑推理得到的答案,正确与否不言自明。

"关于他的不在场证明,您是怎么看的呢?"

"他应该没有撒谎。增村只是共犯,并没有直接动手杀人。"

"主犯另有他人?"

"嗯,是的。"汤川放下纸杯,叹了口气,"不过问题应该没有这么简单。老实说,我的假说目前还不完整,关键部分的谜团还没有解开。"

"什么意思?难道是作案方式上还有什么没有弄清的地方吗?"

"不,作案方式应该是没有问题的。"汤川的语气颇为自信。

"就是将房间设成毒气室的方式吧?"

"对。"

"那是如何处理氦气的问题吗?您之前也说过,凶手需要用到很多氦气。"

"在解释之前,我想先听听你那边的结果。我让你去鉴定科帮忙确认的那件事有消息了吗?"

"我拿到了记录结果的报告,复印了一份给您带过来了。"内海薰从包里拿出一份叠好的复印用纸,放到汤川的面前。

汤川用指尖推了推眼镜,随即拿起材料。他目不转睛地看着上面的内容,流露出科学家的眼神。

"怎么样?"内海薰小心翼翼地问道,"鉴定科的负责人还挺惊讶的,不知道您为什么会对这件事感兴趣。"

表情严肃的汤川突然扬起了嘴角,眼睛里也满是笑意。"太棒了。"物理学家说道,"有必要让鉴定科来做个实验了。当然,我也会参加。"

33

推拉门旁边，一名年轻的鉴定员正单膝跪地，如汤川此前那样拿着螺丝刀不停拧动着拉手上用于固定的螺丝。

在取下所有螺丝之后，这名鉴定员将安装在推拉门内外两侧的拉手也取了下来，汤川口中的那扇"犹大之窗"就此打开。

内海薰从旁边探过头去。"是真的，能看到对面。"

"这就是关键所在。"站在草薙旁边的汤川开口说道，"问题是，这么小的一个方形小孔到底能塞进去多大的东西。"

"这个尺寸应该是没有问题的。"说话的是与他们一同关注着实验进度的鉴定科主任岛冈。他也是今天这次实验的负责人。岛冈的长相给人一种颇为沉稳理性的感觉，但也许是户外工作较多的缘故，他的皮肤晒得有些发黑。

在增村荣治这间狭小的住所里，一场实验即将拉开序幕。虽然这次实验规模庞大，不过除了鉴定科的人员之外，在场的只有草薙、内海薰和汤川三人。具体的实验情况将通过若干台摄像机进行拍摄，随后汇报给间宫等人。

年轻的鉴定员离开了推拉门旁，草薙见状朝凶案发生的小房间望了过去。现在，里面的设备已经全部就位。只见地上铺着一块苫布，苫布上摆放有床垫和被子，上面还躺着一个假人。据说这是用于汽车碰撞实验的特殊假人，重量等参数也与真人大体相当。

"尸体被发现时的场景基本上还原完毕，床垫和被子也都是一模一样的。"岛冈说道，"死者使用的都是刚刚租来不久的东西，我们这次准备的也都是全新的。您看这样应该就可以了吧，汤川老师？"

"重量呢？"

"您放心，都已经称过了。"

"那就没问题了。谢谢。"

"为什么要关心重量啊？"草薙向汤川问道。

"一会儿再说。"学者冷冷地回答道。

草薙环视了一下房间内的情况，发现多出了一些物品，而这些东西在尸体发现之初是没有的。有两处架设了摄像装置，到处都摆放着二十厘米左右的陌生方形设备，其中一个放在了假人的旁边。

"那是什么设备啊？"草薙向岛冈问道。

"是氧气浓度计，毕竟人不方便进去观察。房间里的画面和浓度计的数值，现在可以在外面监控了。"说着，岛冈指了指放在推拉门旁边的桌子，上面并排摆放着两台笔记本电脑。

正在这时，那名鉴定员走了回来，向岛冈汇报了些什么。岛冈点了点头，将脸转向草薙他们："已经准备完毕，可以随时开始实验了。"

草薙与汤川对视了一眼。见汤川默默地点了点头，草薙便向岛冈说道："开始吧。"

两名鉴定员抬着一个带有把手的桶状储藏罐走了进来。这个罐子的高度在六十厘米左右，直径约三十厘米，上面装有一个类似橡胶球的东西和一根特殊的软管。二人小心翼翼地将罐子放到了屋子中央。

"注意屋内通风，把窗户和大门都先打开。"汤川说道。

按照他的要求，门窗都被打开了。随后，岛冈关上了小房间的推拉门。"那就开始吧。"

"在此之前，"汤川说道，"可以先往地上喷一点吗？"

"在这儿喷吗？"岛冈确认道。

"是的。"汤川答道，"我想让草薙他们先直观地感受一下里面会发生什么。"

"好的。"岛冈朝下属点头示意。

年轻的鉴定员将软管一端开口朝下，拧动了几个阀门，然后将储藏罐上的橡胶球用力捏紧。突然间，大量的白雾和液体通过软管喷到了地上。

然而，地面并没有淋湿，液体瞬间就消失不见了。

"这是液态的氮气，沸点在零下一百九十六度。所以即便是洒到地上，也会类似水珠滴进滚烫的煎锅一般，像这样瞬间汽化。那么，如果通过那扇犹大之窗，"汤川指了指推拉门，"使密闭的小房间涌入大量液氮，会出现什么情况呢？"

"会怎么样啊？"草薙问道。

"我们接下来就要来验证一下。"

"麻烦您了。"汤川对岛冈说道。

按照岛冈的指示，鉴定员们开始操作起来。其中一人将储藏罐搬到推拉门旁边，并将软管穿过了门上那个贯通的方形小孔。另一人在两台笔记本电脑上忙碌了一会儿，一台电脑的屏幕上出现了房间内的情况，另一台则显示有相关的数据和图表。

见汤川在操作电脑的鉴定员身后站定，草薙他们也纷纷跟了过来。

"那就开始吧。"说着，岛冈向储藏罐旁边的下属示意了一下。

于是鉴定员像刚才那样，不停地连续按压着储藏罐顶端的橡胶小球。一时间，拍摄屋内情况的监控画面发生了骤变。只见一片白色的雾气弥漫其中，在雾气的笼罩下，铺在地上的苫布、床垫和被子都变得模糊起来，几乎让人难以分辨。

"液氮会使空气中的水蒸气遇冷凝结，变成细小的水滴浮在半空。换句话说，屋子里形成了一团云雾。"汤川解释道。

内海薰小声嘟囔道："啊，门缝这边……"

草薙也看到了。"一些白雾沿着门缝钻了出来，很快又不见了。"

"我们这边的温度较高，所以水滴又会回到水蒸气的状态。"听草薙提到此事，汤川语速飞快地做出了回应，似乎在表示不要问出显而易见的问题。

过了一会儿，汤川向坐在电脑前的鉴定员问道："氧气浓度怎么样了？"

"房间顶部的氧气浓度还没有什么变化，不过假人旁边的氧气浓度已经瞬间跌破百分之十八，而且很快就要降到百分之十七以下了。"鉴定员回答道。

"氧气浓度降至百分之十六时，人体会出现头疼恶心等一系列症状。"岛冈看着监控画面说道，"如果氧气浓度低于百分之十二，会发生眩晕或者昏厥。要是降到了百分之十以下，人就会出现意识障碍了。"

大约十分钟以后，放置在假人旁边的氧气浓度计读数已经降到了百分之六。

"到了这个数值，人的呼吸就停止了——罐子的容量是多少？"

汤川向岛冈问道。

"二十升。基本上装满了，稍后我们会再去称一下重量，不过我觉得里面应该没剩多少了。"

汤川点了点头，望向草薙几人。"液氮汽化后，体积会膨胀七百倍左右，二十升的七百倍，也就是一万四千升，而这个房间的容积差不多在一万升上下，多出来的部分会沿着门缝向外逸出。屋内原本就有的空气与汽化后的氮气不会瞬间混合到一起，因此屋内的氧气浓度会随着位置的不同而有所变化。正如刚刚实验所展示的那样，房间底部的氧气浓度是率先下降的。如果当时人正在睡觉，又或是因为缺氧摔倒在地，都极有可能会导致呼吸停止。"

"你的意思是说，凶手用的不是氦气？"草薙说道。

"你们找到的那瓶氦气是凶手使出的障眼法，目的是扰乱警方的调查。对于这一点，我必须要向你们道个歉。毕竟，最先怀疑凶手使用氦气作案的人是我。"

"你怎么会想到是液氮呢？"

"在假设草丛中发现的氦气瓶是凶手的障眼法之后，我开始考虑凶手真正的作案工具会是什么，有没有可能是工业上用的高压氮气瓶。正在这时，内海提醒了我。她说，为什么凶手会执意选择氦气呢？她的话让我一下子恍然大悟。也许是凶手想让警方认为凶器就是氦气，可能氦气本身只是一个骗局？那么能够代替氦气的又是什么呢？"汤川扬起嘴角，指了指装有液氮的容器，"在这个世界上，存在最为广泛的惰性气体便是氮气。而且如果将氮气转化为液体，只需要二十升就够了。"说完，汤川将脸转向了内海，"为了确认这一假设是否正确，我还请内海帮我调查了一件事。"

"什么事？"草薙向女下属问道。

"尸体被发现时，床垫和被子中的水分含量。"内海薰答道。

草薙的眉头拧成了疙瘩。"水分含量？"

"刚才的画面你也看到了吧？"汤川说道，"一旦房间里涌入了液氮，空气中的水蒸气就会变成白雾浮于半空。虽然气温升高后这些雾气会与空气再次发生融合，但是如果液氮源源不断地涌入屋内，屋里的气温便无法升高，整个房间也会如同一直置身于云层之中。换句话说，房间里会形成一种极易结露的环境。如果在这种地方放上床垫和被子，你觉得会怎么样呢？"

"会含有大量的水分？"

"我向鉴定科确认过，按照正常的使用情况来看，现场的物品确实要更湿一些，即含水量确实偏高。"内海薰说道，"所含的水分多出了半杯左右。"

"岛冈主任，"汤川向鉴定负责人招呼道，"可以看看里面的情况了吗？"

"好的。不过以防万一，还请大家再稍微站远一些。"

听了岛冈的话，草薙他们纷纷离开了推拉门旁。一名鉴定员打开了门，但也并没有立刻走进去，应该是里面的氧气还很稀薄的缘故。

一阵凉意飘到草薙几人的身上，他们周身一颤，不由得打了个冷战。

"好凉快啊，都有点冷了。"内海薰说道。

"当然。毕竟是零下一百九十六度的二十升液氮发生了汽化。"汤川说道，"很久以前，北海道的一家研究机构发生过一起惨痛的事故。当时低温实验室的设备出现了故障，室温开始升高，研究员们着急降温，便将大量的液氮倒到了地上。估计他们真的是太着急了，竟然忘记了给房间通风，结果全都窒息身亡了。"

"还有这种事啊。"草薙对此一无所知。

"刚从外面回来的增村在打开推拉门的一瞬间,应该也面临着现在这样的情况。估计增村早就知道了液氮的危险性,所以在打开门之后,并没有立刻走进屋里。"

"氧气浓度已经超过百分之二十了。"盯着电脑监控的鉴定员说道。

岛冈朝汤川点了点头。"汤川老师,您请。"

汤川走进房间,草薙跟在他的身后。

屋内的情况看起来并没有什么变化,白色的雾气已然消失无踪。

汤川低头看了看脚边,突然停了下来。他从口袋里取出一副皮手套戴好,然后弯下身子将什么东西捡了起来。

"什么啊?"草薙问道。

汤川给草薙看了看手套上的东西,它通体洁白,形状与薄薄的仙贝有些相似。

"液氮是从一个地方集中灌入的,所以这个地方会被极度冷却。这种冷却不仅会让水蒸气发生凝结,空气中的二氧化碳也会就此凝固。这是一块干冰。"

"鉴定科那边没有汇报说发现过类似的东西?"

"自然没有。肯定是增村已经处理掉了。"

"哦……"

汤川将干冰拿在手里,时而摸摸墙壁,时而弯腰检查铺在地上的苫布。

"怎么样?"草薙问道,"你还发现什么了吗?"

汤川直起身子,推了推眼镜。"那我再说一遍吧,关键是要看空气中的水蒸气发生了什么变化。根据当时温度、湿度、密封性等条件的不同,结果可能会有所区别。我猜想苫布上很可能会有残留的水珠出现,但是检查后发现,并没有出现这种情况。墙壁上尽管多少有些发潮，不过看起来也都还算正常。在进行现场勘验期间，这些水分可能有一部分已经蒸发掉了，物品也都恢复到了最初的状态。您那边怎么样，岛冈主任？"

岛冈他们用绳子将床垫和被子捆在了一起，正在用电子吊秤进行称重。

"实验前二者合计重量为六点三千克，现在的重量已经增加到六点四千克了。增重差不多在一百克左右。"

"换成水的话应该有半杯了，这与案发现场的床垫和被子的状态吻合。"汤川将脸转向草薙，"看来，我们距离证明假设又近了一步。"

34

在做完液氮实验的第二天,法院对户岛修作经营的工厂"户岛食品"下发了搜查扣押许可证。草薙亲自指挥,带领着内海薰和岸谷几人走进了户岛社长的办公室。

在看到警方的搜查证件之后,户岛的身体重重地向后仰了一下。"你们这是什么意思?"他高声喊道,"难道是觉得我们公司会与命案有关吗?我们这里就是一家单纯的食品加工厂,从没做过什么坏事。"

"那不就没有任何问题了吗?请你协助我们的调查。"草薙将相关证件揣进怀里,说道。

此番调查的契机来源于汤川的一段描述。液氮实验结束之后,他曾说道:"作案工具应该并非氦气,而是液氮。当我意识到这一点时,同时也注意到了一个重要的细节——如果是液氮,并木家周围就有人能够轻松地置办妥当,那就是店主的发小户岛社长。他的公司经营冷冻食品,虽然食品的冷冻设备有多种类型,但是近些年来,使用液氮的急速冷冻系统颇为引人注目。我猜测,他的公司里可能也采用了这样一种设备。"

为了确认，据汤川说他还曾向户岛本人直接询问过此事。

"就在内海到研究室找我的那天晚上，我算准了户岛可能会出现的时间，去了一趟并木食堂。那天我们很顺利地坐到了一起，于是我就问了他关于冷冻机的事情。和我预想的一样，户岛食品果然引进了使用液氮的冷冻设备，而且据说主要是用在甜品上。不过，由于我一直揪着这件事问个不停，户岛社长很可能已经对我有所怀疑了。再加上我和夏美曾经提到过我有认识的刑警，对于他们来说，想必我现在已经是一个需要小心提防的角色了。话说回来，最近我每次去并木食堂，都没有看到有什么熟客在场。"

这是一条重要的信息。既然并非警员的汤川都在如此卖力地查着案子，草薙就更不能放松了。他立刻着手办理起相关的手续，准备对户岛的公司展开搜查。

在结束搜查大约八个小时后，草薙与内海薰、岸谷几人一同出现在了菊野分局的会议室里。他们要将目前的成果向间宫汇报。

"经查访发现，户岛食品曾在今年三月份发生了一起液氮引发的事故。"草薙看着笔记说道，"当时使用的并不是自动冷冻机，一名员工在向食品直接喷洒液氮时突然失去了意识，晕倒在了地上。据说那次事故是因为通风不好造成的。虽然那名员工所幸并无大碍，不过要是出了什么意外，还是很有可能会丧命的。"

"就是说，户岛受到那次事故的启发，才想出了这次的作案方式？"间宫问道。

"想出这种方式的究竟是户岛还是对此有所耳闻的别人，目前还不清楚。"草薙的语气很谨慎。他接着向旁边的下属做出了指示："内海。"

内海在笔记本电脑上操作了几下，随即将屏幕转向间宫。屏幕上出现的是工厂入口的监控画面。

"这是户岛食品工厂入口处的监控摄像头所拍摄到的影像。使用液氮的冷冻装置就在这家工厂中。现在显示的是巡游当天的监控视频，正如您所看到的，拍摄时间是在下午的一点钟左右。当天是星期天，工厂本应该停工休息，但是卸货口却是像这样敞着的。"

内海薰敲击了一下键盘，画面动了起来——一辆小型面包车从工厂的卸货口开进厂里的情景被捕捉了下来。间宫见到这一幕，不由得"哦"了一声。

"我稍微快进一下。"内海薰将视频快进，在下午的一点二十分，那辆小型面包车又从卸货口开了出来。

"能确认司机的样貌吗？"间宫问道。

女下属将另外一段视频调了出来。屏幕上是并排停着许多小型面包车的停车场。

"这是户岛食品的公车专用停车场。"内海薰解释道，"这段视频要比刚刚那段稍早一些。画面上显示的时间是十二点五十六分。"

视频才点开一会儿，屏幕左侧便出现了一个身穿夹克、身形有些发福的男子。只见他坐进一辆面包车里，随即将车开了出去。

内海薰将这段视频往回倒了一点，暂停后放大了男子的五官。

草薙则将事先准备好的照片拿给了间宫，这张照片是从户岛修作的驾照里调取出来的。"应该没错，就是同一个人。"

间宫眯起眼睛看了看照片。"所以户岛是从自己的工厂里拿走了液氮？"

"我认为这种可能性很大。"

"有证据吗？"

"厂里每天都会对储藏罐的剩余容量进行管控。从星期五到星期一这段时间，液氮大约减少了二十升。虽然平时也会有一定比例的液氮蒸发掉,但是据储藏罐的管理员说,从未出现过一下子少了这么多的情况。"

"原来如此。不过这还不能算是决定性的证据。"间宫板着脸说道,"面包车的去向查到了吗?"

"关于这一点……"草薙朝岸谷扬了扬下巴。

"附近监控摄像头拍摄的画面都已经查过了,不过目前依然无法确定那辆面包车的去向。"岸谷面朝间宫说道,"此外,主要道路上的N系统也没有拍到相应的画面。"

"从工厂赶往犯罪现场的路线中,有没有能够避开N系统的?"

"绕很大一个圈子倒是有可能,不过凶手并没有理由选择这样一条路线,因为普通民众应该并不知道什么地方安装有N系统的摄像头。"岸谷说道。

"而且……"内海薰再次敲击键盘,将停车场的监控视频快进了一些。只见刚刚那辆面包车重新开了回来,一名疑似户岛的男子下了车,离开了停车场。"这个时间是下午的一点五十一分。车子离开工厂是在下午的一点二十分,所以来回大概需要三十分钟。就算这个人选择最短的路线将车开到犯罪现场,单程也需要花费十分钟以上。所以,绕远路应该是不可能的。"

间宫抱起胳膊,转头望向了草薙。"户岛有不在场证明吗?"

"有。"草薙立刻回答道,"当天下午三点左右开始,他就一直和镇上町内会的几个熟人待在一起。虽然中途也偶尔离开过几次,不过每次离开的时间都不太长。他和这些人一直待到了晚上,然后就去了并木食堂。这些情况都已经得到了证实。"

"就是说,"间宫喃喃道,"户岛肯定不是主犯。"

"我也觉得他不是。"草薙说道,"户岛在开着面包车将液氮取走之后,应该是暂时放在了某个地方,随后回到了工厂。我认为,这些液氮由别人运走的可能性很大。"

"运走的人就是主犯吗？到底会是谁呢？"

"不知道。嫌疑最大的就是并木祐太郎，但是正如您知道的那样，他有着完美的不在场证明。而且，增村也同样如此。"

间宫低叹一声，将双手叠放在脑后，身体重重地靠在了椅背上。"那个人……神探伽利略是怎么说的？他没有像往常一样，给出什么精彩的推理吗？"

"他给出了一个暂时的答案。"

"什么意思？"

"他有一个非常离奇的想法……"

那是汤川在提到户岛的工厂有液氮后告诉他的想法。同时汤川也再次确定，户岛并非主犯。

"增村是共犯，户岛社长应该也是共犯。那么，共犯就只有这两个人吗？比如说，高垣智也似乎有不在场证明，但是他也有三十分钟左右的空当吧？他把这三十分钟花在哪儿了呢？此外，如果草丛里发现的氦气瓶只是障眼法，作案时间也有可能是在下午四点半气瓶被盗之前，那么新仓夫妇的不在场证明也就不再完美了。这一系列的事实会不会暗含什么深意呢？"

汤川的话宛如晴天霹雳。按照这位物理学家的意思，此桩命案很可能与许多人有关。

"不过，这只是一种暂时的解读。"汤川继续说道，"我对这些人有一定的了解，他们只是一群心地善良的普通百姓。我知道他们喜爱佐织，也确实痛恨莲沼，但是要说他们会合谋杀人，我无论如何都不敢苟同。就算真的有十名共犯，他们每个人良心上受到的谴责也不可能就此减少到十分之一。所以，我的假设并没有完全成立。"

汤川表情沉重地说完了这番话，草薙同样表示理解。确实，大部分人是很难对蓄意杀人达成共识的。

间宫听了也表示赞同。"虽然多名共犯的说法很有意思，不过在杀人这种穷凶极恶的事情上面，却很难做到团结一致，毕竟事情败露的风险真的太大了。"

"但是增村和户岛都是共犯，基本上已经确认无误了。应该是有什么人将他们联系在了一起，这个人只有可能是并木祐太郎，不过……"

"不过这个关键人物却有着不在场证明，对吧？"间宫抱起胳膊，"说了一圈，结果又绕回来了。"

"突破口我认为是在这里。"草薙指着电脑屏幕说道。屏幕上显示的仍是那辆停在户岛食品停车场的面包车。"通过实验得知，凶手作案需要用到二十升左右的液氮。常规容器的高度在六十厘米以上，直径在三十厘米左右，填充后的重量约为二十五千克。关键问题是，户岛在开着面包车将液氮从工厂搬走之后，究竟是谁将液氮运到了犯罪现场，这个人又是如何运过去的呢？"

"氦气瓶变成液氮了啊。不过不管怎么说，凶手都要搬运一件很大的物品。然而目前看来，你们并没有发现类似的目标，对吧？"

"我们之前调查的监控摄像头都集中在氦气瓶被盗的公园附近，而且关注的时间也都在下午四点半气瓶被盗以后。接下来，我们将会进一步扩大调查的时间和地点，继续开展深入走访和监控视频的分析工作。"

草薙说得铿锵有力，但不得不承认的是，他心中仍有所顾虑。毕竟，就连汤川也没有彻底地完成推理。至于这次的调查能否正中靶心，他更是全无自信。

35

草薙告诉内海薰的那家小店，就在距离菊野站步行十分钟左右的地方。那里有一条狭窄的小路，路边建有一栋不大的建筑，那家小店便位于建筑的一楼。虽然这里距离喧闹的商业街区略有些远，不免让人担心开在这里是否会有什么生意，不过据说小店已经经营了几十个年头。与并木食堂一样，大概也都是些熟客在照顾生意吧。

内海薰推开一扇质地厚重的深褐色大门，走进店里。右手边的吧台旁站着一名头发花白的男子，似乎是这里的店主。"欢迎光临。"他主动招呼道。在这名店主的身后，摆放着琳琅满目的各式酒水。这些玻璃酒瓶恰到好处地反射着照明的灯光，足以构成一道装饰。

店里的卡座早已坐满了情侣，吧台也坐着一对。在距离这对情侣较远的地方，内海薰要见的人早就坐在了吧台最靠边的位子上。

"不好意思，让您久等了。"内海薰小声地道着歉，在汤川的旁边坐了下来。

汤川将手机揣进怀里，伸手拿起酒杯。"我也没等太久。"

店主走了过来，内海薰点了一杯不含酒精的"莫斯科之骡"。

"这边结束之后，你还要赶回警察局吗？"

"是的。我还有一份报告要写。"

"真不容易。"汤川正在喝的似乎是威士忌苏打水，"是调查遇上了瓶颈吗？"

"您洞察力真敏锐啊。"

"你把我叫出来，却空着手来，也只能是这个原因了。"

"不好意思。"内海薰叹了口气，歪着头道，"其实我觉得调查方向并没有问题……"

"户岛社长那边怎么样？我听草薙说，储藏罐里的液氮确实少了一些。"

"他坚称并不知情。在巡游当天开着面包车进出工厂、离开公司的事情，他倒是都承认了。据说他原本是想检查一下冷冻机的情况，然后就直接去看巡游，但是后来觉得可能没地方停车，所以又开回了公司。我们也得到了相关的目击线索，确实有人曾经在巡游的起点附近见到过户岛食品的车。"

汤川深深地叹了口气。"这套说辞倒也还算说得过去。"

"但还是很奇怪。检查设备明明可以让下属去做，而且也不用特意选在星期天吧。"

"他要是说不想麻烦别人，你也无话可说吧。"

"话是没错，但是……"内海薰有些语塞。

店主将一只盛有莫斯科之骡的平底酒杯放到内海薰的面前。杯中漂浮着半个切好的青柠檬，喝下一口，一阵清爽的芬芳扩散开来。

"增村还是没有招供吗？"

面对汤川的提问，内海薰无力地点了点头。

"他说之所以会进现在这家公司,是因为听说这家公司愿意雇用有前科的人。他宣称并不知道莲沼也在那里上班,还说对二十三年前的那个案子根本就一无所知。"

"增村以前工作的地方查过了吗?"

"当然。已经有侦查员在走访了,不过据说那是一家建筑公司的外包机构,人员的流动性很大,记得增村的人已经很少了。"

"是啊。"汤川的语气像是早已预料到了这一切,"要是这个细节经不起推敲,他们的计划就会前功尽弃。无论如何,增村都不会承认与二十三年前的案子有关系的。"

"他们的计划……您说的他们是指谁呢?增村和户岛,还有并木一家、高垣智也和新仓夫妇,您还是认为这些人都有嫌疑吗?"

"不这么认为的话,反倒不合逻辑了。"

"但是并木他们都有不在场证明,高垣几人的行踪也被巡游会场附近的监控摄像头拍了下来,证明他们确实没有搬运过什么大件的物品。如果从户岛社长驾车离开公司的时间逆推,就算他真的搬运了液氮,最多也就是运到了巡游的会场而已。在那之后,又会是谁通过什么方式,将液氮运送到了凶案现场呢?"

"将这些情况调查清楚,不正是你们的工作吗?"

"我们是在全力调查。汤川老师,您知道货运箱吗?"

"货运箱?不太清楚,客运车厢我倒是知道。"

"就是快递员放在手推车上的那种方形的大塑料箱子。他们会把货物放在里面运送。这样的话,下雨也不会淋湿,而且还能防止货物跌落。您应该在马路上遇到过吧?"

"哦,你说那个啊。"汤川表示认同,点了点头,"经常能见到。"

"在巡游的当天,快递依然是照送不误的,这些快递员也不时出现在监控视频里。考虑到凶手很有可能会假扮成快递员来搬运液氮，针对当天配送的所有货物，我们都已经问过了相关的快递公司，并对货物是否配送完成进行了确认。"

"原来如此。这是草薙的指示吗？"

"是的。"

汤川笑了起来，将杯中的酒一饮而尽。"看来他这个警部干得相当不错啊。"

"您这句话，我应该告诉组长吗？"

"那倒不必。"

"总之，我们调查得十分彻底。我个人虽然没有去看当天的巡游，但是会场内的人潮如何流动，游客们又是多么乐在其中，我全都一清二楚，毕竟我把所有地方的监控视频都看了一遍。但是即便如此，我还是搞不清楚凶手是如何把液氮搬走的，所以今天才会约您出来见面。"

"你是想让我推理？"

内海薰双手放在膝上，将身子转向汤川。"这个谜团，肯定是难不倒您的。"

"这么没有逻辑的话就不要说了。"汤川说完，招呼店主道，"再来杯一样的。"他指了指杯子，给自己重新点了一杯。

内海薰挠了挠头。"是不是我看漏了什么啊……"

"有这种可能。不，也许确实如此。在这种时候，试着转换视角是非常重要的。"

"视角……"内海薰喝了一口冰凉的莫斯科之骡润了润嗓子，托着脸颊，望向店主娴熟调制威士忌苏打水的双手。随后，她朝店主身后摆放的各式酒瓶望去，在最下面一排架子的角落里看到了一只小小的青蛙摆件。

为什么要摆一只青蛙呢，内海薰觉得有些奇怪。不过她很快便察觉到什么，一时间不禁笑出声来。

"怎么了？"汤川问道。

"那个东西，"内海薰指着摆件说道，"您知道叫什么名字吗？"

汤川看了看摆件，鼻子里发出了哼的一声。"是叫菊小野吧？巡游活动的吉祥物。"

"这个造型真是让人难以理解啊，看着就像一只青蛙。"

店主将一杯刚调好的威士忌苏打水放到汤川的面前。"那是客人落在这里的。"

"哦，怪不得。"汤川恍然大悟道，"我说怎么会摆一个这么突兀的东西在这儿。"

"客人的东西也不好随便扔掉，着实让人难办啊。要是能想起来，赶紧过来拿走就好了。"说完，店主便走开了。

内海薰盯着菊小野的摆件。在巡游中，这个吉祥物造型的巨大气球应该是最后一个出场的，据说里面充入了氦气，要用掉好几罐高压气瓶才能将它充满。

"啊！"内海薰突然提高音量喊了出来。

"这回又怎么了？"

"没什么。"内海薰微微举起了左手，"我刚刚想到了一种可能……不好意思，是我想错了。"

"什么错了？"

"全都错了。我就是想到了一种不切实际的情况而已，您就当我没说吧。"

汤川将酒杯放到杯垫上。"判断对错不能自作主张，上来就认定事情不切实际更是有欠稳妥。解决问题的关键所在，其实往往就隐藏在这些地方。总之，有什么想法你应该先提出来，试着听一听局外人的意见再说。"

"不用说了,您听了肯定会笑。就算不笑,您也会被我吓到的。"

"那我倒是更想听听看了。"这次,汤川将身子转向了内海,表情显得颇为严肃,"赶紧说吧。"

内海长长地叹了口气。真不该说自己想到了什么可能,她不禁有些后悔。"我就是在想……凶手会不会是用到了那里面的气体。"她指了指摆在架子上的菊小野。

"那里面?"汤川有些不解地皱起了眉头。

"就是菊小野的那个巨型气球。毕竟里面已经充入了大量的氦气,凶手如果能在巡游结束之后将氦气从气球里抽取出来,然后再带到犯罪现场,应该就能按照您最开始提出来的方法,让莲沼窒息身亡了……"话刚说到这里,内海薰便不想再继续下去了。"对不起。"她低下了头,"您还是当我没说吧。反正用于作案的也不是氦气,应该是液氮才对。"

汤川既没有发笑,也没有惊讶。他紧紧地盯着架子上的菊小野,似乎在考虑着什么。

"老师……"内海薰喊了汤川一声。也许是自己的想法太过离奇,让汤川一时间有些不知所措了吧,内海暗暗想道。

"有意思。"汤川冷不防地说道,"如果采用这种方式,在巡游的起点到终点之间,凶手只需要袖手旁观就可以了。毕竟,气球会由演职人员来搬运。"

"我就是这么认为的,所以才会一下子觉得自己想出了一个好主意。不过,要想将气球里的氦气抽取出来,应该是不可能的吧?"

"放气并没有什么难度。但是要想再装回气瓶,恐怕是难如登天。"

"是吧?所以您还是当我没说过吧。不过也挺好的,您没有笑我。"内海薰松了口气,端起莫斯科之骡喝了起来。

"怎么可能会笑你？"汤川从上衣内侧的口袋里掏出了手机，"也许你发现了一个惊天的秘密。"

"啊？什么意思？"

汤川在手机上操作了一番。"刚才你说所有地方的监控视频你都看了一遍，所以对于人潮的走向和游客的情形，你都已经一清二楚了，对吧？"

"我是这么说的。"

"不过，这些人的动向你却并没有注意到吧？"说着，汤川将手机转向内海。

出现在屏幕上的，是一群海盗的身影。

36

宫泽书店是一家三层独栋的大型书店,面积最大的一楼却主营音乐、影视及游戏光盘。作为书店原本的销售商品,书的柜台位于店内二楼,而办公室则设在书店的顶层。

宫泽麻耶正在三楼的办公室里,紧绷的嘴角彰显出她坚定的气质。她不仅在镇上的町内会担任理事,而且还负责指挥菊野市的巡游队伍,想来自然颇具声望。

看到警徽时,宫泽麻耶露出了惊讶的表情。在得知草薙想要看看巡游所用的小型道具之后,她更是深深地皱紧了眉头。

"这些道具是有什么问题吗?"

"我们有些情况想要确认一下。这些道具现在在哪儿?"

"都放在事务处的仓库里了。"

"在哪里?那边现在有人吗?"

"就在旁边。平时那边是没有人的……你们是想现在就看吗?"

草薙盯着对方的眼睛,低头致意道:"还请行个方便。"

"好吧。"宫泽麻耶打开旁边桌子上的抽屉,取出一串钥匙,带着警方来到了事务处所在的小楼。

这栋小楼位于距商业街稍远的一处交叉路口旁,共有两层,楼下一层是仓库,沿着楼梯上到二楼便是事务处。

"年底的时候,整条商业街上都会举行大规模的促销活动,有时候还会将菊野队的巡游节目重新演一遍,所以要用的一些小型道具和服装就先放在这边了。花车是用不到的,在巡游结束之后也就直接拆掉了。"宫泽麻耶说着按下了仓库卷帘门的电动开关。

仓库中堆放着许多纸板箱和收纳盒,还有一些板子、木条和铁皮之类的东西。

"那么,"宫泽麻耶朝草薙问道,"您到底想看什么呢?"

草薙向一旁的内海薰使了个眼色。今天除了内海以外,他还带了几个年轻的下属一同前来,毕竟这次是要干些体力活的。

内海薰飞快地在手机上操作了一番,随即将屏幕转向宫泽麻耶。"这个东西。"

草薙紧紧地盯着这名年轻女店长的表情,不放过对方脸上任何一丝细微的变化。

宫泽麻耶的脸颊微微抽动了一下。遗憾的是,这究竟是因为内海展示的东西在她意料之外,还是因为事情的发展正如她预想的一般,叫人无从知晓。

"是……宝箱吗?"

"对。"草薙答道,"听看过巡游的人说,当时应该有好几个宝箱吧?"

"我们一共做了五个。"

"都在这里吗?"

"在的,"宫泽麻耶回头看了看仓库,"不过都已经拆掉了。"

"没关系。我会让下属把箱子拼起来的,您能跟他们说一下组装的顺序吗?"

"好的。您要拼哪个颜色的宝箱呢?"

"有好几种颜色吗?"

"每个箱子颜色都不同,有金、银、铜、红、蓝五种。不过尺寸和形状都是一样的。"

"那就随便挑一个吧。"

宫泽麻耶点了点头。"请跟我来。"她说着朝仓库里走去。草薙看了几名年轻的警员一眼,示意他们一同前往。

按照宫泽麻耶的指示,年轻的小伙子们开始动手将宝箱重新组装起来。草薙看着他们忙碌的身影,取出一支电子烟抽了起来。他早在三年以前就已经戒掉了普通的香烟。

"您在汤川老师面前也抽这个吗?"内海薰问道。

"怎么可能?"

"是啊,汤川老师最讨厌别人抽烟了。"

"他要是知道我抽这种东西,肯定会瞧不起我,还会振振有词地说我怎么这么想不开,做事不合逻辑之类的。"

"我也深有同感。"

"烦死了,你们别管。这是我自己的肺。"

二人说话间,组装工作完成了。年轻警员们推着宝箱走了过来,宝箱放在一辆不小的手推车上。

宝箱的高度在一米左右,上面的盖子敞开着。箱内仿制的金银珠宝堆积如山,仿佛随时都要从箱子里滑落。草薙伸手摸了摸,发现这些泡沫塑料装饰都是用胶水固定的。

"近看的话,做工还是挺粗糙的吧?"仿佛是想抢在其他人前面开口,宫泽麻耶自嘲道,"其实这些都是三合板做的。"她敲了敲宝箱侧面的板子,传来了一阵清脆的砰砰声。

"这个盖子可以关上吗?"草薙问道。

"关不上。这个盖子只能敞着,已经固定了。"

"宝箱里面是什么样的?"

"什么也没有。这些金银财宝只铺了上面的一层,里面是没有东西的。"

草薙伸出双手握住了手推车的把手,试着往前推了一下。车子比他想象中的更轻,稍稍用力向下按压一下把手,手推车的前轮便向上翘了起来。

草薙与内海薰对视了一眼,这名女刑警轻轻地点了点头,似乎是在感慨汤川老师果然没有猜错。

"怎么了?"宫泽麻耶问道。

"我问您一下,现在就算拼好了吗?"

"拼好了。"

"你们当时就是这样去参加巡游的吗?"

"是啊……"

草薙发觉对方的脸上似乎流露出了警惕的神色。"内海,你把那个视频给她看一下。"

"是。"内海薰说着又开始操作起手机。

"这段视频是观看巡游的人拍摄的。"女刑警把手机屏幕转向宫泽麻耶,说道,"扮成海盗的这些人正在推着宝箱来回移动,对吧?"

"这有什么问题吗?"

"这些海盗需要做出各种动作,有时候推着宝箱的人还要坐在手推车的后面,但是车子的前轮完全没有上翘。有专家分析了这段视频后指出,这种情况下,宝箱肯定有一定分量。"

宫泽麻耶点了点头,随即舔了舔嘴唇道:"你们问的就是这个啊?"

"是安装了什么机关吗？"草薙问道。

"是放了一些重物。不好意思，我刚才忘记说了。"

真的是忘了吗？草薙不禁心生疑惑。"重物？"

"现在这样的话，宝箱是不太稳固的。这个盖子是打开的，这样一来，箱子的重心非常靠上，一不小心就可能翻倒。所以我们在里面放了一些重物，就是为了让宝箱更为稳固。而且如果推着明明不重的东西又想显得十分吃力，需要一定演技。对于普通人来说，要做到这一点确实有些为难，所以放上些东西也能起到一举两得的作用。"

"据专家分析，"内海薰说道，"包括宝箱的自重在内，整个道具的重量最少需要在四十千克左右。"

"应该差不多有那么重吧。"

"重物具体是用的什么呢？"

"就是一些瓶装的茶饮和矿泉水。当时我们放了两个纸箱进去，每箱六瓶，每瓶两升。等到巡游结束之后，这些饮料就都分给大家了。"

草薙暗暗地算了一下。饮料共计二十四千克。"这些饮料是怎么放进去的呢？"

"其实还挺简单的。"宫泽麻耶将宝箱侧面的板子两端的金属搭扣解开之后，板子便向外翻展开来。空空荡荡的宝箱内里随之展露，还能看到底部装有的几根带子。"把纸箱放在这里，用带子固定好之后，再把这个板子装回去就行了。"

操作确实简单，整个过程估计不会超过三分钟。

"你们是什么时候把重物放进去的？"

"就在组装宝箱的时候，也就是当天早上。"

"地点是在……"

"起点旁边的公立体育场上。那边是供参赛队伍准备的场地。"

"你们的队伍应该是最后一个出场的吧？在出场之前，道具是一直就放在那边的吗？"

"是的。有什么问题吗？"

"据我们所知，参赛队伍在逐年增多，体育场上可能会有很多人来回进出，现场应该也会比较混乱。"

"嗯，是啊。"宫泽麻耶点了点头，"所以就要提前过去，早做准备。"

"不过要是这样，就算有人在道具上做了手脚，你们恐怕也发现不了吧？"

年轻女店长的表情阴沉下来。"做了手脚？"

"比如说，"草薙继续道，"有人悄悄地接近了宝箱，把里面的重物偷偷地换成了其他东西，应该也有可能吧？"

宫泽麻耶歪了歪头。"我不知道这样做的目的是什么，不过如果真有这个念头，应该还是可以办到的。"

"你们到达终点之后，把宝箱搬到了什么地方？"

"暂时就放在附近一所小学的操场上了。"

"暂时？"

"就是在结果公布之前。毕竟如果进了前三，就有机会再去表演一次了。不过很可惜，我们这次排在了第四。"

"从演出结束到公布结果，大概需要等多长时间？"

"两个小时左右。"

"我再跟您确认一下，在此期间，宝箱一直都放在小学操场上吗？"

"是的。"宫泽麻耶有些不耐烦地回答道。她伸出右手，似乎是想打断草薙接下来的提问。"您是想说，如果有人在宝箱上动了手脚，我们也发现不了，对吧？关于这一点，我只能告诉您确实有这种可能。这个回答您满意了吗？"

"谢谢。"草薙说道，"宝箱的组装和拆解是由谁负责的？"

"道具组。"

"他们没有和您汇报过宝箱有什么异常吗？比如出现了不同于预期的情况等等？"

"没有。"宫泽麻耶摇了摇头，"我记得没有什么情况。"

"那您方便提供一下道具组的成员姓名和联系方式吗？"

"可以。稍后我把名单给您。"

"还有，"草薙朝仓库里望去，"据我所知，每年的演出内容都会保密到巡游当天。"

"是的。除了菊野队的相关人员以外，其他人都没有告诉。"

"相关人员是指？"

"比如队里的队员，还有一些资助的人。"

"资助的人？"

"就是赞助商。只靠市里的钱是远远不够的，我们店也多少出了一些。"

"那户岛食品呢？"

宫泽麻耶似乎一下子屏住了呼吸。随后，她轻轻地点了点头。"毕竟是我们当地的知名企业，肯定也是多有关照的。"

"听说您和他们社长户岛修作交情很不错。他应该也知道演出内容吧？"

"也许吧。"

"那这个宝箱呢？"

"这我就不太清楚了。"宫泽麻耶歪着头说道，"有的赞助商会亲自过来看看进度。可能他来的时候我正好不在，别的人就拿给他看了。"

"也就是说,您并不记得曾经亲自给他看过宝箱?"

"我确实不记得了,但是也不太好说。可能只是我给忘了。"宫泽麻耶的语气颇为谨慎,听上去似乎并不想在将来留下什么口实。

草薙决定换一个话题。"在巡游开始之前,您在起点附近见过新仓夫妇吧?"

"嗯……"宫泽麻耶的脸上浮现出疑惑的神情,"毕竟在音乐方面承蒙关照,当时我还请他们最终确认了一下曲子。这些我都和别的刑警汇报过了。"

为了确认新仓夫妇的不在场证明,岸谷曾经见过宫泽麻耶。不过在当时那个阶段,草薙还以为宫泽麻耶会是一个与此案无关的局外人。

"您和新仓他们聊了多久?"

"十分钟或者十五分钟,差不多这个时间吧。"宫泽麻耶歪着脑袋,眼睛斜视着上方。

"在终点附近的时候,您还和高垣智也说过话,是吗?"

"是的。"

"据说你们只是简单地聊了两句,没有错吧?"

"嗯。"

就在草薙考虑接下来要问些什么的时候,宫泽麻耶却开口说道:"刑警先生,我能问您一个问题吗?"

"什么问题?"

"法律上是有伪证罪的,对吧?那么,有没有沉默罪呢?"

"沉默罪?"

"不说谎,但也不回答你们提的问题,这样会被判有罪吗?"

"这个……"草薙轻轻地摇了摇头,"不算有罪。"

"是吧?毕竟,人还是有权保持沉默的。"

"您到底想说什么？"

"我，"说着，宫泽麻耶深深地喘了口气，"不会问您为什么要来调查宝箱。相应地，我也不会对重要的客户妄加评论。"

"客户？"

"住在这个镇上的所有人都是我的客户，不对，就算没有住在镇上，只要是有可能会来光顾我们这家书店的人，就全部都是我的客户。对客户不利的事情，我一概不会做。以后就算您再来找我，如果还是想要打探与客户有关的事情，那么别怪我恕难从命了。"

"您是准备袒护他们吗？"

"我只是不做回答罢了。沉默是我的自由，对吧？"宫泽麻耶微笑着说道。随后，她转过头看了看宝箱。"您这边要是没事，我就准备收拾东西了。"

草薙看了看年轻的警员，扬起下巴道："去帮下忙。"

37

感觉被人拍了一下肩膀，智也转过头来，发现冢本科长站在他的身后。科长性格敦厚，此时的表情却稍稍有些凝重。"你现在有空吧？"

"有空。"

"那就……"冢本指了指门口，随即走了过去。他是在示意智也跟着他一起过去。智也见状，赶忙站起身来。

二人在会客室内面对面坐定，冢本便开口说道："我从田中那儿听来一件怪事，说是前两天有个女刑警去他家找他了。"

智也不禁发出"啊"的一声。

"看你的反应，应该心里有数吧？"冢本压低了声音，眼镜背后的目光也陡然严厉起来，"听田中说，刑警也去找过佐藤了。佐藤还问了田中，想商量一下以后该怎么办。"

田中是智也的同事，比他要晚些进入公司，佐藤则是一名刚入职不久的女职员。那天，智也就是带着他们二人去看的巡游。

"刑警都问他们什么了？"

"就问了问菊野举办巡游那天的事。你当时是和他们一起去的吧？"

"是的。"

"听说刑警逐一询问了他们当天的去向。特别是和你分开之后那段时间的行动，都没完没了地仔细确认过了。"

智也不禁想到了那名姓内海的刑警。她看起来机警伶俐，为了达到目的，想必会用上一切办法。

"高垣！"冢本喊了他一声，"这到底怎么回事？你是犯了什么事吗？"

"我没有。"智也条件反射般做出了回应，紧跟着眨了眨眼睛。

"那为什么刑警会来调查你的去向？这难道不奇怪吗？"

"那是因为，"智也的嗓子有些破音，"杀了我前女友的人死了……"

"什么？"冢本挑起了眉毛。

"于是我就成了警方怀疑的对象。那个人死的时候正好是举办巡游的那一天，所以他们才会来调查我的不在场证明。"

智也看得出来，对方的脸色一片煞白，脸颊也不禁变得有些僵硬。"等一下。你是说有人杀了你的前女友？这个人没有被警察抓起来吗？"

"抓起来了，但是因为证据不足，又被放出来了。"

冢本一脸狐疑的表情。虽然此事在网上引发了不小的关注，但对于不感兴趣的人来说，可能只是一条并不值得一读的本地新闻罢了。

"这么大的事……你为什么一直瞒到现在？"

"这毕竟是我的私事，而且我也不想给公司惹什么麻烦……"

"话是这么说，但是麻烦不已经找上门来了吗？田中和佐藤现在可都挺害怕的。"

"……我很抱歉。"

冢本的腿不自觉抖动起来,大概是因为思绪很乱,心情有些烦躁吧。他的眼神左右飘忽了一阵,而后又重新落回了智也的身上。"真的没问题吗?"

"什么没问题?"

"我问你,你是不是真的与案子无关?"

"嗯……无关。"

虽然此时本应该爽快地回答对方,智也还是迟疑了。也许正是这个缘故,冢本望着智也的眼神看起来并没有认可他的回答。

"算了。总而言之,以后要是再有什么事情,要记得立刻汇报,知道了吧?"

"知道了。非常抱歉。"智也低下了头。

冢本站起身来,打开了会客室的大门。就在走出房间之前,他又忽然转过头说道:"你不要去为难田中和佐藤啊。"

"我知道的。"

冢本走了出去,砰的一声重重地摔上了房门。

智也比科长稍晚一些回到了座位。他与坐在边上的田中对视了一眼。看着表情窘迫的田中,智也硬生生地挤出了一个笑容。

到了下班的时间,智也早早收拾好东西,离开了公司。虽然工作还没有做完,他今天却并没有什么心情加班。

就在他刚刚走出大楼,正准备朝车站走去的时候,一个声音突然叫住了他。"高垣先生!"这个女声听起来十分耳熟,让他不由得吓了一跳。

智也停下脚步,朝声音传来的方向看去,有人正朝他走了过来。果然是她。

"你下班了吧?辛苦了。"内海来到智也的面前,打了声招呼。

"还有什么事吗？"

"是的。我有很多事想要和你确认一下。"

"很多？"

"对。所以，"女刑警向前迈了一步，"你能跟我们去一趟菊野分局吗？时间应该不会太久，到时候我们再派车把你送回去。"

"去一趟……"智也小声喃喃道，而后愕然不已——不知什么时候，他已被几名身穿正装的男子围了起来。

"麻烦了。"内海低头鞠了一躬。

智也说不出话来。一辆黑色的汽车就停在旁边不远的地方，他顺从地坐了进去。从车里向外看时，智也顿时心下一惊——冢本呆呆地站在那里，久久没有离开。

智也有生以来第一次走进审讯室，坐在他面前的是一个姓草薙的刑警。此人身形颇为矫健，不禁让人联想到刚刚退役不久的运动员。一开始草薙就介绍了他的职务，不过智也并没有听进去。想到他应该是一个身经百战的老练的刑警，智也不由得有些瑟瑟发抖。

智也已经被带进警察局有段时间了，然而他的心脏依然狂跳不已。极度的兴奋让身体一片燥热，后背却又不时地传来阵阵寒意。

"看来你很紧张啊。"草薙仿佛看穿了智也的想法，"放心吧，只要你能痛快地回答我们的问题，很快就会结束的。"

智也很想问问对方到底希望知道些什么，但嘴巴怎么也不听使唤。

"我们想知道的只有一点，"草薙竖起了食指，"就是巡游当天你的去向，仅此而已。"

"那个……"智也终于说出话来。

"你都已经告诉内海了，对吧？没错，报告我拿到了。"草薙转头看了看身旁坐在电脑前的内海,随即又将脸转向了智也,"你们公司的同事,嗯……"他拿起桌上的文件,"田中、佐藤,你们是一起去看的巡游,不过有段时间你是和他们分开行动的,就在下午三点多到四点之间。我想问的就是这段时间的事情。你说过,你当时在终点附近和宫泽书店的店长寒暄了几句,除此之外呢?你还做了什么?"

"做了什么,我没做什么啊……就是在那边随便逛了逛。"

"哪边?"

"商业街那边。"

"那就怪了。"草薙放下文件,环抱起双臂,"我们查过了商业街上的所有监控视频。在这一时间段内,你并没有出现在任何一处监控画面中,我们倒是在好几个地方发现了田中和佐藤的身影。那么,你到底是在哪儿逛的?"

智也垂下了眼睛。他感到心脏跳动得越发剧烈,鬓角两侧也开始淌下汗来。

不能再随便乱说了,毕竟商业街上的监控摄像头装在哪里,智也并不清楚。

"我不记得了。"他使出全身的力气,细声答道。

"高垣先生!"草薙喊了他一声,"请你看着我,高垣先生!"

智也战战兢兢地将头抬了起来,只见草薙将一张照片放到了桌上。他看到照片,心脏登时提到了嗓子眼。

"你知道这是什么吧?"

"宝箱……"

"对,这是菊野队在巡游中用到的道具。关于这个宝箱,我们掌握了一些很有意思的情况。据说为了稳住重心,这个箱子里会放入一些瓶装的水和茶饮。等到巡游结束以后,这些饮料就会分发给在场的工作人员。但是这个时候却出了一件怪事——原本买好的乌龙茶找不到了，结果反倒是多出了几瓶矿泉水来。虽然很可能是道具组那边弄错了情况，当事人却表示肯定没有弄错。这到底会是怎么一回事呢？"草薙的语气十分平静，但每一句话都深深地扎进了智也的心里，"我们认为，发生在宝箱上的怪事，应该与嫌疑人莲沼之死有着很大关系。基于这一想法，我们展开了相关调查，结果发现在没有不在场证明的那几十分钟的空当里，你的去向很有问题。所以我们无论如何都要把这个情况调查清楚。"

智也再一次低下了头，不敢正视草薙的眼睛。突然，他的脑海中回响起户岛的声音。户岛在前几天的电话里曾经告诉智也："万一出了什么事情，你直说就行，一不用撒谎，二不用隐瞒。"

现在应该是时候了吧，智也暗暗想道。但是一旦坦白，其他人又会怎么样呢？他们不会被警方问罪吗？不可能不被问罪吧，毕竟莲沼死了。

"宝箱共有五个。"草薙继续说道，"目前我们正在对所有宝箱上的指纹进行调查，开合部分的金属搭扣更是我们调查的重点。"

那没关系，智也想道。当时他是戴着手套的。

"当然了，我们也会对指纹之外的东西展开调查，比如DNA。现在科学技术很发达，哪怕只有一丁点的皮脂、汗液或是皮屑之类的东西，我们都能拿来鉴定。只要没有蒙住脑袋，脸上和头上掉下来的这些东西就一定会粘在上面。我们还会查一查现场有没有掉落的毛发和手套的印痕。"

智也心中受到惊吓，肩膀微微地抖动起来。

"怎么了？"草薙敏锐地问道，"你没有听说过手套印痕吗？其实就是戴着手套接触物品时留下来的痕迹。当时戴的是什么手套，我们大致上能够查到。如果是劳保手套或者纯棉手套，都会留下纤维附着的痕迹，帮助我们确定手套的具体种类。这么说来……"草薙顿了一顿，继续说道，"我听说好像确实在一个宝箱上找到了手套的印痕，似乎是皮质的手套。说起皮质的手套，其实每一块皮都有各自的特点，世界上也没有哪两块皮是完全一样的，所以只要确定了手套的印痕，具体用的是哪种手套也就知道了。"

智也的腋下直冒冷汗。他感到自己的耳朵涨得通红，但此时无计可施。

"高垣先生。"草薙又喊了他一声，语气颇为严肃，"你应该也有一副皮手套吧？等我们办好手续，可能就要去你家里展开搜查了——也就是所谓的扣押搜查。要是找到了皮手套，我们就会与宝箱上发现的手套印痕进行比对，看看是否一致。要是你家里没有找到，我们还要去你公司找，从桌子到柜子都排查一遍。你看这样行吗？"草薙继续说道，"应该不行吧？你母亲肯定会害怕的。不对，不只是害怕，她应该还会提心吊胆，担心儿子是不是做了什么坏事。你们公司的人应该也会这样吧？你的上司、同事……所有人看你的目光都会发生变化。我觉得还是避免发生这样的情况比较好吧？说老实话，其实我们也不想这么做，大家都想赶紧把事情顺利了结。所以这次我们才会找你过来，给你一个机会。巡游当天那几十分钟的空当，你只要告诉我们你都做了什么，咱们彼此之间就不会留下什么不愉快的回忆了。怎么样，高垣先生，你不想好好地把握这次机会吗？难道说你执意让你母亲为你担惊受怕，让公司的同事对你白眼相加？"

数次与狡诈之徒过招的专业刑警草薙，用这一番话将智也层层包围，一点点将他逼入了绝境。殚精竭虑的里枝和愁眉不展的冢本浮现在智也的面前。

"高垣先生！"草薙敲了敲桌子，厉声说道。

智也吓了一跳，一下子抬起了头来。

"这是你最后的机会。告诉我，你在中间的几十分钟里都做了什么。要是你不想说也没有关系，不过我们可要给你准备今天晚上过夜的地方了。等你从这儿出去之后，我们就会办理扣押搜查的手续。到了那个时候，就算你改变了主意想要招认一切，也来不及了。怎么样？"草薙一气呵成道，语速极快，语气颇具压迫感。

智也一片混乱，双手抱住了脑袋。他感觉仿佛在俯视黑暗的深渊。

智也不经意间朝旁边看去，正好迎上了内海的目光。内海温柔地点了点头，似乎是在对他说，她非常理解他的心情。这名素来以冷静沉稳示人的女刑警的脸上，此时竟散发出了宛若圣母般的柔光。

智也抬起头来，直直地盯着草薙的眼睛。"我母亲和公司那边，您能替我保密吗？"

"一言为定。"草薙斩钉截铁地说道。

38

高垣智也供述如下：

就在巡游开始的几天以前，智也刚从并木食堂走出来，等在车里的户岛就主动叫住了他，说是"有要紧事"。他们换了个地方聊了聊。听了户岛所说的话后，智也大吃一惊。原来户岛已经有了一个惩戒莲沼的计划，想要邀请他一起帮忙。

"不用搞出人命，"户岛说道，"就是让他吃点苦头，也就是所谓的制裁。"

然而，行动的具体方式户岛只字未提。他的说法是"你还是不知道为好"。

"如果事情都能顺利解决，我就到那个时候再说给你听。不过在那之前，我希望你只是一个并不知情的、善意的局外人。这也是我们大家的意思。"

这个所谓的"大家"具体指谁，户岛表示不方便透露。

不过智也心里大概清楚，户岛说的应该是并木祐太郎和新仓他们。

"要是你觉得不告诉你都有谁就不能帮忙，那就算了。你现在就赶紧下车回家,当我这些话从来都没有说过。"

"能先说说具体要做些什么,再让我考虑吗?"

"当然。"对方答道。

户岛所说的内容让智也有些出乎意料。原来户岛是希望他能在巡游的当天,把藏在菊野队道具里的一件东西运送到某个指定的地方。

"这个道具是一个宝箱。菊野队今年要演《金银岛》,到时候会有五个宝箱登场。每个宝箱颜色都不一样,东西就藏在银色的宝箱里面。等菊野队到了终点,你就把宝箱里的东西拿出来,然后用车运送到指定的地方。东西送到以后,再把车开回来,你的任务就算完成了。"户岛补充道,"要是你同意帮忙,我就再说得详细一点。"

听完户岛的话,智也觉得这件事倒也不算太难。虽然户岛表示可以考虑一天再答复,但是如果此时畏缩不前,又怎么对得起另一个世界的佐织呢?

"我加入。"智也答道。

巡游当天,智也先和同事们一起逛到了下午三点多钟,随后便暂时分开了。提出这一建议的正是智也本人。

到了终点附近后,智也便开始寻找宫泽麻耶的身影。按照户岛的指示,和麻耶简单地打个招呼,就会拥有不在场证明。

智也顺利地找到了麻耶。二人闲聊了几句后,他便朝着距离终点三十米左右的"山边商店"走了过去。当天商店没有开门,一辆小型货车停在商店旁边的停车场。智也走近看了看,车厢里放着一辆手推车、两个纸箱和一个白色的塑料袋。纸箱里有六瓶两升装的矿泉水,塑料袋里则是此次巡游活动志愿者的工作服外套。

智也套上外套,将两箱矿泉水放到手推车上,随后推着手推车朝旁边的小学走去。周围有不少身穿工作服外套的志愿者们正在四处奔忙,并没有人注意到他。

他走进操场,四下张望着寻找银色宝箱,很快就找到了想要的东西。值得庆幸的是,宝箱周围空无一人。

智也走了过去,戴上事先放进兜里的一副皮手套。他先是确认了一下没有被人看见,随后便打开了宝箱侧面的板子。具体的操作方法,户岛都已经告诉他了。

宝箱中放着一个大纸箱,还用带子进行了固定。智也抱起纸箱准备往外拿,却发现箱子非常沉。

户岛曾经告诉过他,箱子里装的是液氮。"其实我是不想告诉你的,不过为了安全起见,还是得让你提前知道一下。纸箱没有封死,因为液氮会不断汽化,一旦封死,箱子会慢慢鼓起,最终撑裂炸开。另外,搬运的时候一定要记得戴上皮手套。这不单单是为了不留下指纹,更重要的是,万一箱子里的容器倒了,这样就可以避免手与液氮直接发生接触。要是用劳保手套或者棉布手套,液氮还是会渗透进去把手冻伤的。"

智也准备的那副皮手套,是里枝买给他的圣诞节礼物。

在将两箱矿泉水放进宝箱之后,智也绑好了带子,将宝箱侧面的板子装了回去。随后,他将取出来的纸箱放到手推车上,沿着原路折返了回去。他自认为没有引起周围人的怀疑,确认四下无人后,便将身上的工作服外套脱了下来。

回到山边商店后,智也将纸箱放进了货车的车厢之中。随后,他走到车牌旁边摸了摸。正如户岛所说,车牌后面果然用胶带贴着一把钥匙。智也取下钥匙发动了车,朝着莲沼所在的仓库管理室开了过去。到达目的地后,他将纸箱放在了管理室的门外,随后就开着车回到了山边商店。将钥匙贴回原位、拿上装有工作服外套的塑料袋后,智也便朝着他和同事们约好的地点赶了过去。走到半路,他看见一辆胡乱停放的自行车,随手就将袋子塞在了那辆自行车的后座上。

在啤酒餐厅里和同事们待了一会儿后,智也便独自一人赶到了并木食堂。他想知道情况如何,对莲沼的制裁进行得是否顺利。

熟客们陆陆续续地来到了店里。户岛和新仓夫妇也都来了,但什么都没有告诉他。

不一会儿,宫泽麻耶的同伴神色慌张地走了进来,将一个令人震惊的消息告诉了麻耶——莲沼死了。

智也赶忙看向户岛,户岛却并没有理会他的目光。

到底发生了什么,他们又都做了些什么,智也直到今天依然一无所知。既然已经全盘招供,他现在只想尽快知道事情的真相。

39

间宫看完笔录，板着脸抬头望向草薙。不过在将手里的文件放下后，他却扬起了嘴角，微微一笑道："干得漂亮。"

"您过奖了。"草薙低头鞠了一躬。

"我听内海说，你好像很会虚张声势嘛。"

"您是说皮手套的事吗？"

"嗯。按照内海的说法，鉴定科应该没有跟你们汇报过手套印痕的事吧？"

"关于这一点，是汤川的话提醒了我。他告诉我，如果凶手使用了液氮，那么必然会戴上皮质的手套。而且我在提到手套印痕的时候，发现高垣的表情很不自然，于是就干脆将计就计，使了一诈。"

"你反应倒是挺快的。不过，"间宫再次拿起文件，"他们居然能想到这么一招来运送液氮，我还是很意外的。"

"说实话，内海把汤川的推理说给我听的时候，我还有些将信将疑。直到见到了宫泽麻耶，我才确信汤川的说法并没有错。"

汤川认为，液氮很有可能是被藏进宝箱运走的。不过，参与此次巡游的并非都是共犯。如果有人牵涉其中，应该也只会是菊野队的负责人宫泽麻耶。然而，就算是她，恐怕也并不知道所藏物品如此危险，更不会直接调换宝箱内的重物。真正做出这种事的，应该是一个与并木佐织关系更为密切的人才对。

就此，高垣智也浮出水面。无论是他曾经在终点附近遇见过宫泽麻耶的相关证词，还是没有不在场证明的几十分钟空当，顿时都变得可疑起来。

"通过监控摄像头所拍摄到的画面，我们对是否有人搬运过大件物品进行了核查，但疏忽了起点和终点的周边区域。当时考虑到参赛队伍肯定会搬运一些大大小小的道具，于是以为只要没有离开相应的位置，就是没有问题的。"

"在终点把东西从宝箱中取出来的人是高垣……这样说来，在起点将东西放进宝箱的应该另有其人。"

"而且这个人和高垣一样，与并木佐织关系密切，又或者还会更亲密一些。这样想来，其实人选非常有限。我们对其中最为可疑的几人进行了传唤，现在岸谷他们已经在录口供了。"

间宫点了点头，似乎对下属的迅速应对颇为满意。"应该还有其他共犯吧？"

"应该还有。但是就每个人所分到的任务来说，其重要程度是不尽相同的。比如说，高垣虽然知道行动的目的是对莲沼加以制裁，却不知道制裁的具体方式。而有的人恐怕连这一真实的目的都不知道。就拿高垣在供述过程中提到的山边商店来说，今天早上我们派了侦查员过去，询问了店主。店主不仅承认他在巡游当天将一辆小货车借给了户岛，还表示手推车和矿泉水也都是他亲自准备的。至于那件志愿者外套，则是户岛提前拿给他让他一起放在车上的。户岛对此的解释是，巡游活动那边临时需要他过去帮忙。"

间宫摸了摸下巴。"幕后的主使难道就是户岛?"

"我觉得应该没错。但是我怎么也想不通,并木一家为什么能够全身而退。如果他们的目的真的是要给并木佐织报仇,这家人是绝对脱不了干系的。"

间宫盯着文件一言不发。草薙明白,他应该与自己看法一致。

"不好意思,打扰一下。"一名下属走了过来。

"怎么了?"草薙问道。

"户岛修作到了。"

草薙与间宫对视了一眼。

"看来主角要登场了。"间宫道。

"我先去会一会他。"草薙向管理官鞠了个躬,转身走了出去。

审讯室内,户岛修作正缩着肩膀,神情肃然地等在那里。草薙与这次依然负责记录工作的内海薰对视了一眼,而后在椅子上坐了下来。"不好意思,这么忙还把你请来。"

"没事。"户岛点了点头,抬起脸望向了草薙。

户岛的寸头上夹杂着些许白发,看起来似乎很不好惹。他的模样乍一看并不适合经商,不过应该是很会把握人心的缘故,祖传的家业倒也被他打理得有声有色。与高垣智也这个性格温和而且尚未离家的二十多岁年轻人相比,户岛修作恐怕不会那么容易对付。

"高垣和你联系了吗?"

"高垣,是我认识的那个高垣吗?他没联系我啊,怎么了?"

高垣智也在昨天夜里回到家后,没有理由不和户岛取得联系。不过户岛会佯装不知,也在草薙的意料之中。

"就在巡游开始的几天以前,听说你曾经找高垣智也单独聊过。"

"你说什么时候的事啊?"户岛歪着脖子道,"我和高垣可是经常能碰到的，在并木食堂那边。"

"就在并木食堂外面。当时高垣刚从店里出来，你就在车里叫住了他，还说有要紧事。"

"哦。"户岛半张着嘴巴，扬起了下巴，"那天啊。"

"你们当时聊了些什么？"

户岛若无其事地向两边张望了一下，随即试探性地看着草薙道："他是怎么说的？"

"现在是我在提问。"草薙摆出一副笑脸，"说说吧，你们都聊了些什么？"

"这是我们的私事。"

"高垣可是都已经说了。"

户岛点了点头，坐直了身子。"既然高垣都已经说了，那不就行了吗？他是怎么说的，你们就怎么信呗。"

"真能全信吗？"

"反正这是你们警方的自由。"

"高垣说，"草薙死死地盯着对方的表情，"你曾经问过他，能不能帮忙制裁莲沼。"

户岛的表情并没有什么变化，整个人反而还显得轻松了几分。"既然他都这么说了，可能确实有这么回事吧。"

"你的意思是他说得不对？"

"刑警先生，我可没有发表什么否定的意见啊。"户岛苦笑起来，"我不是说了吗，可能确实有这么回事。"

果然是只老狐狸啊，草薙暗暗想道。"'要想实施制裁，就必须用到一件东西。而你要做的，就是把这件东西搬运到莲沼暂住的那间仓库管理室旁边。'高垣说你当时就是这么嘱咐他的，对吧？"

"既然他都这么说了——"

"我现在是在问你。"草薙打断了户岛的话,"你真的让他帮过这个忙吗?"

然而户岛丝毫不为所动。"那你就自己想吧。"

草薙猛地站了起来,朝户岛探出了身子。"到底是什么东西?你和高垣是怎么说的?让他什么时候运,怎么运,运什么?"

"你这些问题,"户岛同样紧盯着草薙道,"我要是不回答,算是违法吗?"

"为什么不回答?"

"我不想回答。"

草薙重新坐回椅子上,却依然死死地盯着对方淡漠的脸。"你要是继续这样,法院可就要直接采信高垣的证词了。你觉得没问题吗?"

"我不知道你说的什么法院,"户岛微微耸了耸肩,"不过这也是没有办法的事嘛。"

草薙双手交叉放在桌上。"你知不知道,几个月前抓捕莲沼时,就是我亲自指挥的。"

"嗯。"户岛收了收下巴,"我听祐太郎说了。"

"祐太郎……真不错啊,到了这个岁数你们还能这样亲近地互相称呼对方,看来你肯定也对并木佐织疼爱有加吧?"

"我可是在并木食堂的桌子上给她换过尿布的呢。"户岛笑着说道。

"你们对于莲沼的痛恨之情,我其实特别理解。可惜最后还是没能将他送上法庭,我们也都觉得非常懊恼。"

"你们是懊恼,我们的心情却是完全不一样的。"户岛说话时虽然嘴角上扬,一双眼睛却犀利如炬,"性质不一样,程度也不一样。"

"你说的这些话,我们可以记录下来吗?"

"随便。"户岛说道,"要说多恨莲沼,那真是三天三夜都说不完。要是你们想听,不如我再多说两句?"

"我们想听的是,在这样一番深仇大恨背后,你们又都做了些什么。"

"那你们就自己想吧。"

"要是我们把随便乱想的东西做成了笔录,你会在上面签字画押吗?"

户岛笑了起来。"签是不可能签的,不过你们要真是编出来了,我倒是很想看看。毕竟你们到底是怎么编的,我还是很感兴趣的。"

"就是说,要是能编出来,不如就编一个试试?不过在接到高垣的通知之后,你应该比公司被查的时候更加心虚吧?除了液氮之外,你可能连做梦都没有想到,我们甚至还发现了宝箱里的秘密。其实在这个世界上,有些人的想象力之丰富,可是远非常人能及的。"

户岛的双眼仿佛突然蒙上了一层阴影,他第一次流露出了不安的神色。

"你说的难道是……那位大学教授?姓汤川的那个?"

"什么汤川?"

"不是就算了。"户岛摆了摆手,"当我没说。"

"所以啊,户岛先生,"草薙紧紧地盯着对方,目光也更坚定了,"你们几个人一起做了什么,具体是怎么做的,其实早晚都会被一一识破。如果你在那之前就能和盘托出,多少还是会从轻发落的。怎么样,户岛先生?就算莲沼再残忍,再死有余辜,杀人也都是犯法的。能够裁判生死的,只有司法这一条途径。"

然而户岛仍不为所动,脸上也早已没有了提到汤川时的狼狈神色。

"不是没能裁判吗?"户岛嘲讽地说道,"司法也不管用。法院都没有去成。"

"所以你们才想亲手杀了莲沼,替朋友报仇吗?"

户岛没有说话,也没有回避草薙炯炯的目光。一片寂静之中,时间一分一秒悄然流逝。

正在这时,突然有人敲响了房门。

"请进。"草薙话音刚落,岸谷便推开门,将头探了进来。

"失陪一下。"草薙对户岛打了声招呼,随即站起身来。

他走出审讯室,关上了房门。"怎么?是有人招供了吗?"

按照草薙的指示,岸谷等人正在对新仓夫妇进行讯问。当然,讯问是分开进行的。

"不是。"岸谷神情严肃,低声说道,"口供录到一半,新仓留美晕过去了。

40

店门外，夏美目送最后一位客人离开后，便将门帘摘了下来。现在应该已经十点十分左右了。今天晚上，店里难得地再次忙碌起来。

就在夏美抱着摘下来的门帘，正准备走进店里时，身后传来了一个有些耳熟的男性嗓音。

"晚上好。"

夏美回过头，来的人果然是她想到的那个。

"教授……您怎么这个时候来了？我们已经打烊了。"

"这我当然知道。我今天不是来吃饭的，而是要站在一个朋友的角度，找你爸爸聊些重要的事情。"他的脸上挂着笑容，眼中却透着严肃。

汤川教授今天有点反常，夏美暗暗想道。"您稍等一下。"

夏美走进店里，将汤川的来意转达给了正在厨房忙着收拾的并木夫妇。

"他来找我？"听了夏美的话，祐太郎显得有些惊讶。在考虑了片刻之后，他让夏美招呼对方进来，自己伸手解起了围裙。

夏美走到门口，招呼着汤川来到了店里。

此时，祐太郎与真智子已经从厨房走了出来，二人的表情都有些凝重。

"晚上好。这么晚了突然到访，实在抱歉。"汤川朝二人低头致歉道。

"您说有重要的事情？"祐太郎站在一旁，开口问道。

"说来话长，是关于莲沼宽一被杀一案的。"

"为什么您一个做学问的会来说这些事情？这个案子和您无关吧？"

"因为我是局外人。如果来的是警方的人，就会有泄露案情的嫌疑。"汤川朝夏美瞥了一眼，随即转向祐太郎道，"我有个相识的刑警，目前就在负责这次的案子。我来这边找您的事，那个人会当作什么都不知道。"

这句话的意思似乎是，那个人已经知道了这件事。

"哦。"祐太郎转向夏美，"你先上楼。"

"不要，我也想听。"

"夏美！"

"如果可以，"汤川道，"我希望夏美也在场。"

见祐太郎沉着脸没有说话，夏美便在旁边的椅子上坐了下来。

"您快坐吧。"真智子边对汤川说边拉开了一把椅子。

祐太郎虽然面露难色，却也跟着一同坐了下来。

夏美放在膝上的双手紧紧地攥成了拳头。她知道，汤川要说的话一定非同小可。

其实从今天早上开始，祐太郎和真智子的样子就有些奇怪了。不，准确地说，应该是从昨天深夜开始的。当时祐太郎不知道是接到了谁打来的电话，然后就开始有些不对劲。夏美不知道电话那端的人是谁，不过她还是隐隐觉得打来电话的应该就是户岛。汤川所说的事情，恐怕就与这通电话有关吧。

"关于莲沼宽一被杀一案，警方已经掌握了很多情况。"汤川语气平稳地开始讲述道，"警方发现此案涉及的人不光一个，而且还成功地拿到了其中一人的口供。并木先生，我想您可能也已经知道了吧？这个人就是经常来你们店的高垣智也。"

突然听到一个熟悉的名字，夏美不由得心下一惊。智也究竟是怎么和这个案子扯上关系的呢？

"高垣说户岛曾经找到他，想让他一起帮忙教训莲沼。警方认为，户岛找过的恐怕不止一两个人。在他们看来，这次应该是多人齐心合力，对莲沼宽一共同实施了制裁。我很同意警方的这一看法，但是再怎么考虑也无法相信户岛会瞒着你们擅自行事。那么，是不是可以认为，您其实对这项计划同样心知肚明呢？"汤川望着祐太郎说道。

"哦……"祐太郎歪了歪头，"谁知道呢。"

"我试着换位思考了一下。"汤川淡然地继续说道，"假设现在有一个人让我恨不得杀之而后快，无论如何我都会希望复仇成功。但是一旦杀了这个人，我又必然会招来警方的怀疑。正在这个时候，我的一名挚友提出要替我杀了这个仇家，还让我赶紧去给自己准备一份完美的不在场证明。虽然朋友的这份心意很难得，但是我真的会同意这样的做法吗？万一事情败露，挚友将要面临的可是牢狱之灾。所以如果是我，我是不会同意的。对于这样的做法，不仅我不会同意，在我看来，您应该也不会同意。怎么样，我说得对吗？"

汤川滔滔不绝的话语令夏美愕然不已。巡游活动的当天，他们真的在暗地里做了这样的事情吗？

"您想出来的这些东西太荒唐了,我不知道该怎么回答。"祐太郎坦然地说道,"不过,就算真的遇到了这种情况,我恐怕也是不会同意的。"

"我认为您应该没有说谎。这也就意味着,这次的事情是户岛瞒着你们擅自做的。即便有朝一日详细的犯罪事实大白于天下,警方和检方在梳理案情的时候,也会认为筹划杀人一事只是户岛修作所为,与您并木祐太郎没有关系。哪怕这一思路再怎么不合逻辑,他们也只能如此,别无选择,毕竟判决就是这样的。但是并木先生,您觉得这样真的好吗?"

祐太郎垂下眼睛。真智子望着丈夫的侧脸,神情满是不安。

"在我看来,这其中一定出了什么变故。"汤川说道。

对于教授到底要说些什么,夏美只觉得一头雾水。

"巡游当天居然会有一位女客人自称身体不适,这是你们万万没有想到的。不仅是你们,户岛社长应该同样出乎意料。虽然警方怀疑你们是想借机伪造不在场证明,但是实际情况并非如此——如果真想伪造不在场证明,您只需要让妻子假装不适,然后再陪她去趟医院就够了。对于你们而言,这件事确实发生得太过突然。毕竟客人是吃了店里的东西才不舒服的,您肯定不会袖手旁观。我想,恐怕您也是经历了一番激烈的思想斗争之后,才最终决定把客人送到医院的吧?那么,假如没有发生这段插曲,事情又会如何发展呢?按照原本的计划,您所分配到的任务又是什么呢?"在强硬而直白地说完这一番话后,汤川不禁叹了口气,"我想说的是,如果真相尚未明朗时,您便要眼睁睁地看着户岛他们接受法律的制裁,难道您不会为此后悔终生吗?难道您不会陷入深深的自责吗?"

"这是真的吗,爸爸?"夏美在一旁问道,"是吗,妈妈?你们说话啊!"

"你给我闭嘴!"祐太郎怒吼道。

"怎么可能闭嘴——"

夏美话音未落,祐太郎便砰的一声重重地拍了下桌子。

空气顿时安静了几秒。祐太郎干咳了一声,将脸转向汤川。"对于您的关心,我深表感谢。您说得很对,我认为做人就应该如此。当然,前提是您的推理正确的话。"

"但您还是什么都不说吗?"

"不好意思。"祐太郎的声音有些沉重,"我现在无可奉告。一旦说了,我就再也没有脸面去见那些替我守口如瓶的人了。"

"好吧。"汤川微微一笑,"那就没有办法了。再问下去未免显得我太过多事,所以就先这样吧。"

祐太郎沉默着低下了头。

"那我就告辞了。"就在汤川刚刚站起身时,他的外套里突然传来了一阵电话铃声。汤川掏出手机看了看屏幕,随即打了声招呼,转过了身子。他将手机举在耳旁,推开门走出了店外。

夏美望向父母。祐太郎赶忙起身走进了厨房,仿佛是想避开女儿直视的目光。真智子则一副若有所思的模样,低低地垂下了头。

就在夏美准备喊真智子时,店门突然开了。一看,竟是汤川又走回了店里,脸颊还有些发红。

"案子有了重大的进展。虽然可能仍有泄露案情的嫌疑,不过我觉得无论如何都需要告诉你们一声。"

祐太郎从厨房里走了出来。"出什么事了?"

"新仓直纪招了。他承认,莲沼宽一是他杀的。"

41

增村荣治再一次坐进了审讯室里。在从草薙口中得知了新仓招供的事情之后，他长长地吐了口气，整个人就像泄了气的皮球一般。

"是吗？要是本人都已经认了，那也就只能这样了吧？要说起来，可能心里最不好受的就是那个人了。"

"那个人？"草薙觉得增村的说法有些古怪，反问道。

"就是那个姓新仓的人。我其实没有见过他，就连他的名字，我也是刚刚才知道。"

草薙与一旁负责记录工作的内海薫对视了一眼，随即再次转头望向增村。"什么意思？你能详细解释一下吗？"

"这要从何说起呢……"增村喃喃道。

"就从二十三年前本桥优奈的案子说起吧。"

然而增村歪着头道："不，应该还要再往前一点，不然可能说不明白。"

"那就再往前一点。"

"这可就说来话长了。"

"没有关系。"说着,草薙轻轻地摊开了双手,"请说吧。"

增村似乎鼓足了勇气,一下子身体坐得笔直。他清了清嗓子,开始了他的故事。

那是一个极其漫长的故事。

这下子,由美子的将来可就全完了——在因故意伤人罪被警方逮捕的时候,增村的脑子里最先闪过的是这样一个念头。

对于这个比自己小九岁的同母异父的妹妹,增村打心眼里疼爱有加。正是考虑到不想让由美子像他一样吃苦受累,增村才会拼了命地工作赚钱,补贴家用。在母亲突然病逝之后,增村还把妹妹转去了一所费用不菲的寄宿女校,大小事情也全都由他一人承担。

事实上,增村原本还打算让由美子继续去念大学,因为由美子的成绩十分优秀。但是妹妹表示"不能再赖着哥哥了",高中毕业之后便在一家汽车制造厂找到了工作。妹妹上班的地方就在千叶的一处工厂,而且她顺利地搬进了厂里的单身宿舍。

终于就要苦尽甘来,增村也搬进了新的公寓。然而就在此后不久,他却闯下了一场大祸。

"你不要再来了。"面对前来探监的妹妹,增村说道,"咱们断绝关系吧。多亏你跟我不是同一个姓,就算有人查到了你的户籍,也发现不了咱俩之间的关系。"

"我做不到……"由美子哭着说道。

作为陈情证人,她站上了法庭,言辞恳切地诉说着自己是如何受到了哥哥的照拂,哥哥又是一个多么体贴的重情之人。听了妹妹的话,增村一时间泪流满面。

在增村服刑期间,由美子还经常给哥哥写信。对于增村来说,虽然这些信鼓舞着他，给了他力量，但与此同时也令他担心不已——对于自己的存在会不会给妹妹的人生带来什么不好的影响，他一直有些放心不下。

就在增村即将刑满释放的时候，由美子写信告诉增村，她交了一个男朋友。据说二人是职场恋爱，而且对方是公司里的骨干。信中还写道，这个男孩是分公司总经理的儿子，现在之所以会和由美子在同一个地方上班，其实是为了来锻炼一下。

增村赶忙写好了回信。他在信中叮嘱妹妹，无论如何都不能让对方知道她有一个坐牢的哥哥，而且还让她不要再继续写信过来，他也不会再主动和她联系了。

可是由美子依然寄来了回信，说是让哥哥增村出狱之后务必与她联系。

不久之后，增村终于迎来了出狱的那一天。尽管心中很犹豫，他还是拨通了由美子的电话。好久没听到妹妹的声音了，这声音听起来很有活力，只是聊着聊着，电话里的两个人都哽咽了起来。

听由美子提出想要见面，增村不由得心底一热。他实在不忍回绝，于是答应了。

几天以后，增村如约赶到了二人说好的地方，看见已经出落成大人模样的由美子早就等在了那里。尽管心里明明有千言万语想要倾诉，增村却没能将这些话说出口来。对他而言，只要能看着妹妹出落得亭亭玉立，他便已经心满意足了。

"其实我还有个人想让你见见。"由美子说道。

不久，一名男子出现在了增村的面前。那个人文质彬彬，看起来颇为憨厚。

他就是由美子的恋人本桥诚二。

增村大吃一惊，他一直以为妹妹没有将他的存在告诉男朋友。

"我觉得他肯定能够理解,所以就没有瞒着他。"说着,由美子望向了本桥。

增村一问才知道,本桥父亲的公司位于东京的足立区,当时本桥二十八岁,几年以后他就会换到父亲的公司工作。

"请您同意我们的婚事。"见本桥低头恳求,增村一时间竟有些不知所措。他万万没有想到,对方居然会来征求他的意见。

"我当然很赞成你们的婚事,但是你真的不介意和我这样的人成为亲戚吗?"

"问题就在于此。"本桥的表情一下子严肃了起来。

他接下来要说的,便是这样一个极其现实的话题。

"我很爱由美子,也很信任她。对于她所敬重感恩的哥哥,即便是有前科,我也不会介意。而且根据由美子的说法,那桩案子只能说是不走运罢了。

"但是,我不能保证所有人都和我的想法一样。或者说,可能大部分人都会对此有偏见,心里也比较抵触。比如我的家人和亲戚,他们肯定都是会反对的。

"所以我在想,能不能先把您的存在暂时隐瞒上一段时间?"

在他说出这一番话的时候,由美子默默地没有出声,表情也显得颇为痛苦。

"那可不行。"望着二人神色愕然的样子,增村继续说道,"不能说什么暂时一段时间,而是要永远这样。我这个人的存在,你们一定要永远地隐瞒下去。万一被别人知道了,由美子肯定会很辛苦。你们答应我,千万不要把这件事告诉别人。要是做不到这一点,我就不同意你们结婚。"

由美子的脸上不由得滚下泪来。本桥诚二神情痛苦,深深地鞠了一躬。

就这样，他们结婚了，在由美子二十四岁的那年秋天。妹妹出嫁的时候，那些过去的相册就已经交给了增村保管。毕竟，家人的合影是不能被任何人看到的。

虽然增村的存在被他们隐瞒了下来，但是他与由美子并没有就此断绝关系。兄妹二人依然在见面，尽管时间并不怎么固定。不仅如此，由美子有时也会把刚刚出生不久的优奈一同带来。当知道这件事只有本桥一人知道后，增村放心了不少。

然而就在优奈渐渐懂事之后，考虑到女儿可能会把增村的事告诉别人，由美子便没有再带她一同前来。虽然增村心里有些落寞，但他还是告诉自己，只要能看一些照片便心满意足了。于是，随着他与妹妹见面次数的增加，优奈的照片也在不断地增多。对于增村来说，这些照片是比生命还要重要的珍宝。

就这样，十多年的时光转瞬即逝。就在优奈十二岁的那年，一场不幸降临了——这个小女孩竟然意外失踪了。增村慌忙赶去与由美子见了面。

由美子面容憔悴，整个人就像是丢了魂似的。无论增村说些什么，她都没有任何反应。可千万不要自寻短见啊，增村心中只觉得忐忑难安。

他不祥的预感还是变成了现实。就在优奈失踪一个月以后，由美子跳楼自杀了。据说她还留下了一封遗书，上面写满了她作为一个母亲却没有看好孩子的自责与悔恨。

在从本桥诚二那里听到这个消息的时候，增村号啕大哭，几近疯狂。

此后的几年时间是怎么熬过来的，增村已经不太记得了。他不知道自己为什么活着，终日只是浑浑噩噩地混着日子，整个人如同行尸走肉一般。

正在这时，一件突然发生的事将增村拉回了现实——优奈的尸体被找到了。当时增村与本桥诚二已经断了联系，但他还是从偶然看到的新闻里得知了此事。

尽管心里已经有所准备，但是当事实真的摆在眼前的时候，增村依然震惊不已。一种强烈的绝望感扑面而来，痛失妹妹的悲恸也再一次涌上了他的心头。

到底是谁做出了这么残忍的事情，增村暗自思忖。但是这桩案子毕竟已经过去许多年，他也不由得断了念想，觉得凶手八成是找不到了。

然而事态的发展超出了他的意料。不久后，凶手被逮捕归案了。据说那个人名叫莲沼宽一，还是一名曾在本桥的公司里上过班的员工。

增村坐立难安，提心吊胆地试着与本桥诚二取得了联系。

电话那端，本桥的声音显得很是低沉。增村本以为对方可能是觉得就算抓到了凶手，优奈和由美子也不会回来了，所以才会这样闷闷不乐。但是，实际情况却并非如此。

按照本桥的说法，由于被捕的男子全程闭口不言，他们对真相仍然一无所知。

"那都是暂时的。"增村在电话里说道，"这事我有经验，我知道。刚被抓起来的时候脑子里一片空白，就算想说也说不利索，而且还要小心不能说错话，免得以后无法挽回。不过要说起那些警察，他们真的很擅长套话。再稍微等一等，凶手肯定就会招了。"

"要真是那样就好了……"本桥无精打采地答道。彼时他可能已经从警方的相关人员口中听说了具体的情况，而且也应该知道，莲沼闭口不言其实是在行使沉默权。

但是，对此一无所知的增村多少打起了些精神。既然凶手已经被抓了起来,自然就会受到法律的制裁,这是他所一直坚信的。毕竟这个凶徒不仅夺去了一个幼小孩童的生命,还让孩子的母亲走上了自杀的道路。即便是判处死刑,增村也觉得并不为过。判决结果出来的那天,就是优奈和由美子得以瞑目的日子。

眼看着这一天就要到来,增村也开始盘算起来——他觉得自己差不多也该走出来了。

然而,残酷的现实彻底颠覆了他的预期。在看完有关判决结果的新闻报道之后,增村大惊失色。这上面写的是判决无罪?增村翻来覆去地看着报纸,甚至怀疑上面说的会不会是其他案子,可是本桥优奈这几个字却又写得如此清晰。

增村赶忙与本桥取得了联系。"这到底是怎么回事?"他问出了一个对方也同样无法回答的问题。

"据说是证据不充分。我们也不知道是怎么回事,现在只能相信检方了。"

听到本桥无奈的回答,增村深感无力,他为自己什么忙都帮不上而愧疚不已。

于是,增村选择了祈祷。他祈祷能在下一次的审判中成功胜诉。如果结果仍是无罪,那就真的太没有天理了。

但是二审依然判决莲沼无罪。增村在新闻上得知这一消息的时候,竟一时间瘫倒在地,许久都没能站起身来。只能说,这一切都如同一场噩梦。

到了这个时候,增村反而没有给本桥打去电话。在他看来,本桥一定同自己一样,不,应该会比自己更沮丧。

也许本桥会考虑报仇?增村暗暗想道。既然法院不予以制裁,那可以自己动手。虽然增村很希望本桥能喊上他一起帮忙,但是等来等去都迟迟不见本桥联系他。不仅如此,他也没有听说本桥独自找了莲沼寻仇。不过想想这也是理所当然的，对于本桥这样一个公司经营者来说，他的身上确实背负着太多东西。

增村意识到，如果想要替天行道，只能由他出面了。就在冒出这个想法的一瞬间，他突然找到了活下去的意义——找出莲沼宽一，将他送往地狱，就算自己最终身陷囹圄也在所不惜。

然而想要了却这一心愿，却实在难如登天。一方面，判决结束以后，莲沼便隐匿了行踪；另一方面，增村原本就没有什么人脉，自是没有门路能找出一个下落不明的人。

增村一筹莫展，时光却匆匆向前，转眼已是数年。为了生存，他必须要赚钱养活自己。但是有前科的人很难找到一份稳定的工作，因而增村终日里只能为了求职而四处奔波。即便他对莲沼的憎恨并未减轻分毫，但是苦于找不到能够报仇的时机和方法，增村的心其实早已经死了一半。而对于自己的人生，他同样如此。事到如今，他已经完全失去了活着的意义。

结束这段空虚岁月的，是某个男子的一番话。

这个男子是在一个按日结算酬劳的工地上与增村偶然相识的，算起来应该是四年以前的事了。男子已步入中年，自称和妻子离了婚，现在随心所欲，逍遥度日。他与增村两个人还算投缘，休息的时候便总是会聊上几句。

增村直言不讳地告诉男子，自己有前科，因此很难找工作。男子闻言便告诉增村，东京的菊野市有一家不错的公司。

"那个社长是个怪人，好像就想招些有前科的人。他觉得要是能让这些人有机会洗心革面重新做人，他们会做得比普通人更好。"男子还说，那是一家废品回收公司，他之前就一直在那里工作。虽然辞职的理由他没有明说，但似乎是干了什么坏事才被开除的。

"那边还有一个很厉害的家伙，虽然他倒是没有前科。听说是犯了命案被抓起来的,结果因为他在法庭上一句话都没说,最后硬是给判了无罪。"

命案、无罪……增村一下子反应过来。他询问名字,男子表示那个人正是莲沼。

增村只觉得一股血流直冲头顶,身体也开始不住地颤抖起来。他赶忙催促男子再说得详细一些。男子见增村一副激动的样子,心里似乎有些不解。他告诉增村,自己并不是直接听莲沼本人说的,这些不过是与同伴闲聊听来的罢了。

按照男子的描述,增村试着在网上检索了一下这家废品回收公司的相关情况。一则招聘业务员的短文引起了他的注意——上面写着欢迎老年人应聘。

他毫不犹豫,赶紧拨通了应聘的电话。当被问起为什么会选择这家公司的时候,增村表示自己有前科,对方似乎也接受了他的回答。

几天以后,增村便拿着简历来到了这家公司。社长亲自接待了他,他也如实交代了自己曾因伤人致死被捕入狱的事。"那真是太不幸了。"说着,社长便当场决定录用增村。

"你有住的地方吗?"面对社长的问题,增村表示自己"正打算要找"。社长听到后告诉增村:"我这儿倒是有个不错的地方。"

社长说的是一间几乎已经闲置的仓库管理室。那里虽然没有浴室,洗涤池和厕所却一应俱全。增村看房子并不算太旧,而且墙壁很整洁,社长给出的房租价格也非常低廉,便满心欢喜地定了下来。

因为几乎没什么家当,搬起家来也就很快。从第二周起,增村便开始上班了。

在这家鱼龙混杂的公司中,确实有些员工给人的感觉不太正常，不过也有些员工心地十分善良。

　　增村很快便确定了莲沼就在这里上班，因为公司的电脑里就存有员工的名册。

　　真正注意到莲沼本人，是在增村入职后的第三天。当时，几名员工正在吸烟区抽烟，其中一个男子佩戴的胸牌上赫然写着"莲沼"二字。

　　这是增村第一次见到他的模样——凹陷的眼窝、尖削的下颌、细薄的嘴唇，无不散发出一种冰冷而残酷的气息。不知道是不是有意与他人保持着距离，他独自在远离众人的地方抽着香烟。

　　就是这个男人杀害了优奈，又逼得由美子走上绝路的吗？

　　增村恨不能立刻就抄起刀扑上去，但还是拼命克制住了这种冲动。

　　他觉得，不能简单地让莲沼一死了之。首先要做的，是从他的口中问出真相。

　　为了达到这一目的，尽管心里有一百个不情愿，增村也只能选择先和莲沼套近乎。他必须找准时机接近对方。

　　一个意想不到的机会在数日后到来。当时增村正在吸烟区抽烟，莲沼主动找上门来，说是想问他借个火。

　　"我听说，你以前坐过牢啊。"莲沼吐了口烟，问道。

　　"哦，都是很久以前的事了。"增村感到有些意外，自己的声音居然会如此平静。

　　"你干什么了？偷别人东西？"

　　"那倒不是。"

　　增村将自己曾经伤人致死的事情原原本本地告诉了莲沼。为了取得莲沼的信任，他觉得还是不要胡编乱造为好。

　　听完了增村的讲述，莲沼耸了耸肩道："又是件蠢事啊。"

"事情发生得太突然了，我也是一时情急。而且当时我还觉得他可能要杀了我。"

听了增村的解释，莲沼摇了摇头。"我说的蠢事，可不是说你捅了对方。我的意思是，你不该那么老实地告诉警察。"

增村没能理解他话里的意思，沉默着没有说话。莲沼见状便继续说道："你应该说'我不记得自己捅过人啊''一开始是他先拿的刀啊'之类的话。你还可以说，'我正准备把刀夺回来的时候，才发现他已经倒了下去，身上还流着血'。"

增村摇了摇头。"不能那么说。"

"为什么？"

"只要一说谎话，立刻就会被警方发现。等到描述现场情况的时候，他们也会问得十分仔细。要是前后不一致，那可就不好解释了。"

莲沼一下子哈哈大笑起来。"你还真是个老实人啊。你说的这些东西，其实只要一直强调自己什么都不记得了，跟他们装傻到底就行。就算前后不一致也无所谓，毕竟这也不是我们的责任。即便最后拿着刀的人是你，他们又怎么能断定先拿起刀的人不是对方呢？如果刀上找不到对方的指纹，那也可能是因为你的指纹盖在了他的指纹上面。要是按照我这套说法去说，你可就是无罪了哦。"

增村望着莲沼得意扬扬的神情，震惊不已。

他说得也许没错。如果能在被捕的时候如此供述，在不合逻辑的地方一口咬定毫不知情，判决结果便很有可能会有所不同。

不过实际情况却很难如此。在审讯室特有的氛围之中和态度强硬的警察的注视之下，这样的谎话是很难说出口的。就算增村真的想到了这套说法，只要警方揪住其中的矛盾逼他老实交代，他恐怕也是会老老实实地坦白一切的。

但是莲沼与增村截然相反，他仅凭着增村的只言片语，便立刻找到了规避刑罚的对策。也许在与此种恶行有关的事情上，莲沼的头脑确实灵活得可怕。不仅如此，他还有胆量在面对无法作答的问题时干脆地不予以回应。

杀害优奈却又全身而退，此人之毒辣由此可见一斑。

"你知道得挺详细的啊。"增村强忍着心中翻涌的怒火道，"难道是干过这种事吗？"

原以为这个试探性的问题也许能让对方提到些优奈遇害的相关情况，然而莲沼只是得意地笑了一下，随即便岔开了话题。

从那以后，二人每次碰见对方都会聊几句。莲沼和其他员工并不怎么亲密，但对于增村却似乎有种莫名的信任——也许是看着眼前这个老老实实接受刑罚的人，他能够不断品味着自己的睿智，从而沉浸在一种极大的优越感之中吧。想到这里，增村更是怒火中烧。然而，他也只能极力隐忍，为了拉近与莲沼的距离而不断努力。在增村看来，他是早晚都会问出优奈被害的事的。

又过了半年左右，二人便开始一起喝酒了。不怎么愿意谈论个人隐私的莲沼，有时也会和增村提上几句自己的身世。

"我特别讨厌我那个当警察的父亲。"莲沼说道，"明摆着看不起普通人，我看他就是个典型的恶警。在他看来，只要吓唬吓唬别人，他们就都会乖乖地听他指示。这种人实在是蠢。"

不仅如此，莲沼还说了这样一番话：

"每次在家里喝多了，他总是一副很得意的样子，唠叨着什么'今天我又顺利让一个人招了'之类的话。说来也奇怪，他们要是没有证据，居然会先找个其他由头把人抓了，然后再在审讯室里一通逼供，让人坦白。他还说，招供是证据之首，他能够审出口供，简直比检方那群人还要厉害。我当时就想,要是以后有个这样的家伙过来审我,我肯定死也不会开口。"

原来是这样,增村恍然大悟。正是因为经常会从父亲口中听到"招供是证据之首"的说法,他才学到了这样的招数——只要坚持否认、沉默到底,事情一定会有所转机。在因涉嫌杀害优奈而被警方逮捕的时候,这一招便派上了用场。

那以后没过多久,增村便从莲沼口中问出了一个关键性的信息。当时二人正在喝酒,不知怎么就聊到了拘留所的事上。

"那里面真不怎么样啊。地方小不说,夏天热,冬天冷,而且还臭烘烘的。真不知道是把我们当成什么了。"

听了莲沼的话,增村一下子反应过来。"你做什么了啊?"

"嗯?"

"你不是进了拘留所吗?是因为什么被抓的啊?"

在那之前,莲沼从来都没有提到过曾经被警方逮捕的事情。他的脸上流露出了些许迟疑的神色。"杀人,"他小声说道,"和你一样。不过那是很久以前的事了。"

"你杀了谁啊?"

面对增村的提问,莲沼并没有立刻作答。他先是卖了个关子,慢悠悠地将酒倒进酒盅,抿了一口,然后才说道:"在我之前上班的那个工厂,有个小姑娘下落不明。过了几年以后,有人发现了她的尸骨。他们怀疑是我杀的,所以我就被抓起来了。"

"是你……"增村的心脏开始剧烈地跳动起来,"杀的吗?"

莲沼斜着眼睛瞥了瞥增村,随即抬眼望向了远处。"我被他们起诉,然后就上了法庭。多余的话我一概没说,而且律师也表示这种做法并没有问题。虽然中间有些曲折,不过最后我还是被判了无罪。"

"……那挺好的。不过真实的情况是怎么样的呢?难道真是你干的吗?我不会跟别人说的,你就告诉我吧。"增村强忍着翻涌的怒火,讨好似的说道。

莲沼咧开嘴角,轻轻抖着肩膀低声笑了起来。"真实的情况?什么真实?法院判了我无罪,事情也就了结了。事实上,我还因为被关进拘留所一段时间,相应地拿到了一笔赔偿。"

话题就此打住。莲沼在嘴边比画了一个拉拉链的动作。

不管增村怎么软磨硬泡,莲沼都没有再接过话头,只是一脸厌烦地表示"你还真是没完没了啊"。要是惹得他一气之下跟自己断了来往,那可就大事不妙了。想到这里,增村也只得悻悻作罢。

不过增村还是有所收获的。毕竟,这是莲沼第一次提到优奈遇害的案子。只要继续这样下去,也许总有一天是能够问出真相的。

然而,计划永远赶不上变化。突然,莲沼再也不来公司了,公司也仅仅接到了他的一通辞职电话。增村赶到莲沼的公寓,发现那里早已人去楼空。他又试着拨打电话过去,但莲沼似乎已经注销了手机号码,电话一直无法接通。

增村跑去询问其他员工,可莲沼的下落还是无从知晓。据说连社长都不知道莲沼辞职的理由。

增村不禁愕然。这到底是怎么回事?要是知道事情会变成这样,他真应该早点动手报仇才对。一想到这里,他只觉得追悔莫及,苦闷不已。

然而就在数日之后,增村的手机接到了一通来电,是用公共电话打过来的。接通后他惊讶地发现,对方竟是莲沼。

"你怎么回事啊,突然就找不见人了。"

"遇上了点事情。警察没去公司吧?"

"警察?嗯,我没听说来过。"

"是吗？那就好。"

"怎么，你又干什么了？"

莲沼鼻子里发出两声哼笑。"先说好啊，我可是什么都没干。"

莲沼似乎想要挂断电话，增村一下子慌了起来。"等等，你人在哪儿啊？"

"现在还不能说。再联系，我先挂了。"莲沼自顾自地挂断了电话。

他们此后也有过几次联系，每次都是莲沼用公共电话打过来的。只要电话接通，莲沼做的第一件事就是询问公司有没有出现什么反常的情况。

之后，二人联系的频率渐渐变少，从最初的间隔数日发展到间隔数周，再后来，甚至会有几个月都不通音信的情况。可不能就这样断了联系啊，增村心里很着急，但莲沼依然用着公共电话，而且也并没有将住处告诉他。

就这样又过了三年。一天，增村刚刚赶到公司上班，就看到几个素不相识的男子正在那里等他。来的人是警察，他们给增村看了一张照片，问他是否认识这个人。照片上印着的正是莲沼的脸。

在得到了肯定的答复之后，警方便对增村细致询问起来。在他们看来，增村或许就是与莲沼关系最为密切的人了。

警方的问题主要集中于莲沼隐匿行踪之后的情况。例如，二人之间曾经聊到过什么，对方是否有反常的举动，后来有没有联系等等。增村尽管有些犹豫，不过还是如实回答了问题。他还告诉警方，莲沼经常会给他打来电话。

警方对此似乎颇为满意。他们对增村的配合表示了感谢，随即转身离去。然而，他们并没有透露究竟是为了哪个案子而来。

不过，增村很快就知道了答案，毕竟这个案子已经成了轰动一时的大新闻——据说有一名年轻的女孩在三年前下落不明，她的遗骨却出现在了静冈县一处焚毁的民宅之中。公司里有人还听说，女孩家中经营的餐馆就开在菊野商业街。

原来是这么一回事，增村恍然大悟。他曾经听莲沼说起，经常光顾的那家餐馆里有个小姑娘很招人喜欢。恐怕就是莲沼袭击了那个姑娘，最后杀死了她吧。在藏好尸体以后，出于慎重考虑，莲沼干脆躲了起来，而他之所以会与增村取得联系，只是想确认警方的举动罢了。

不久后，莲沼被捕的消息传来，增村心里五味杂陈。时至今日，莲沼恐怕罪责难逃，终要接受法律的严惩了。不过，这并不是因为杀害优奈的罪行而得到的惩罚。不仅如此，一旦莲沼进了监狱，增村便再也无法动手了。

然而，事情的后续发展让人大跌眼镜。增村觉得大仇报不成了，留在这里也没有什么意义，正不知能去什么地方时，莲沼打来的一通电话令他不由得大吃一惊。

"你不是被抓起来了吗？"

"是啊，但是又给放了。"

"放了……"

"我之前不是说了吗，招供是证据之首。没有这个东西，他们是搞不出什么名堂的。"

增村一时间说不出话来。难道莲沼这次又是故技重施，逃过了制裁？

"你还在菊野吧？"见增村沉默不语，莲沼便开口问道。

"还在……"

"嗯，那我最近可能会去找你，到时候可要麻烦你了啊。"

"哦，好。"

"那就这样。"莲沼挂断了电话。

增村神情木然地盯着手机。他不敢相信,即便手上沾满了两个人的鲜血,莲沼却依然可以逍遥法外吗?此时此刻,受害者的家属又该是什么心情……

想到这里,增村突然意识到这一次的受害者家属并不是他。虽然他与这些家属未曾谋面,但是一想到他们现在的心情,增村只觉得心如刀绞。如果他能够早点动手杀了莲沼,事情便不会发展到今天这样的地步。

不久后,增村来到受害者家中的餐馆打探情况,却只看到一扇紧闭的店门。也许他们还没有开门迎客的心情吧。

增村绞尽脑汁,思考到底该如何是好。再这样下去肯定不行,他必须要做点什么,让莲沼得到报应。可是又该用什么样的方式呢?毕竟,他现在连莲沼的住处都不知道。

增村一筹莫展,终日闷闷不乐。眼看着时间分秒流逝,他的心里更是焦灼不已。

一天,增村的手机上突然接到一个陌生号码的来电。他接听后发现,对方竟是莲沼。此时距离他们上一次通话,已经过去了将近三个月的时间。

"我有事找你帮忙,"莲沼说道,"能让我先在你家住上一阵吗?"

"我家?怎么了?"

"公寓的房东说不续租了。啧,不过我早就料到他会这么说,所以也没怎么吃惊。我在想,能不能先去你那儿对付对付?当然了,该给多少钱,我都是会给的。"

"那你以后怎么办啊?"

"我再慢慢找房子呗。让我住上一阵,行吗?"

这可真是一个千载难逢的机会,一旦错失,报仇便无望了。

"嗯,行吧。不过我家不大啊。"

"没事,有个睡觉的地方就行。"

很快,莲沼赶了过来。二人已经许久没有见面,但莲沼的长相还是那般阴冷刻薄。

"镇上还是老样子啊。"莲沼脱了鞋子,在屋里盘腿坐下,"就一个冷冷清清的商业街,真不怎么样。"说完之后,莲沼哑着嗓子,唻唻地笑了起来。

"怎么了?"

"没什么,我刚才过去简单地打了个招呼,到家属那边。"

"啊?家属那边?"

"就是那家并木食堂。我去吓唬了那个店主一通,说都是因为他,我才会被抓起来,而且信誉也全都毁了,所以我让他赔我钱。"

"……对方怎么说?"

"他乱七八糟说了好多,不过只是疯狗的一通乱叫罢了。我没理他,直接就走了。"

望着莲沼一副自鸣得意的样子,增村不禁想象着那些家属们的绝望心情,内心像是笼罩在一片黑暗之中。在他看来,这个人简直是衣冠禽兽,枉生为人。

尽管如此,增村还是戴着老友的面具,与莲沼推杯换盏,庆祝重逢。当晚莲沼心情很不错,不断地辱骂着警察和检方的无能。

"要是被起诉了,你打算怎么办呢?"增村问道。

"到时候再说。"莲沼若无其事地说道,"无非就是和上次一样。虽说要在拘留所里待上一年多的时间,确实不太自由,不过能拿到相应的补偿,说起来倒也不是什么坏事。"

"要是被判有罪了呢?"

"怎么可能?"莲沼立刻说道,"上次那个案子我都判的无罪。

这次这个案子，间接证据更少。只要我不说话，检方是搞不出什么名堂的。"

"那个之前的案子，"增村说道，"你为什么要杀她啊？反正都已经判了无罪了，你应该也可以说了吧？赶紧告诉我。"

一脸醉意的莲沼五官突然不自然地拧成了一团。那是一副满是恶意的笑容，他迄今为止还是第一次以这样的神情示人。

"我本来没想动手。"莲沼拿起盛有烧酒的杯子，"看见一只可爱的小猫，我就是想伸手摸一摸，结果它居然咬了我一口。那我就收拾收拾它呗，没想到居然就断气了。这样放着也不是办法，干脆一把火烧了，上了炷香就把它埋了。就是这么简单。"

增村仿佛听到了自己血液倒流的声音。莲沼说出的这一番话，坐实了他曾经杀害优奈的事。更为过分的是，他甚至将优奈比作了动物。

"哦，就是这么回事啊。"增村冷冷地附和道。这并非增村刻意的伪装，他明白，当一个人过于激动时，情绪反而无从流露。

当天夜里，增村失眠了，而一旁裹着毯子的莲沼早已酣然入梦，传来的呼吸声也十分平静，似乎毫无戒备。增村知道如果现在动手，必然能够取了他的性命。

增村从洗涤池旁拿出了一把菜刀。他望着莲沼令人生厌的熟睡的模样，将紧紧握在手里的菜刀高高地举了起来。

但就在即将挥刀砍下的那一瞬间，增村突然停了下来。

他意识到，想要报仇的，应该不光他一个人。

42

并木祐太郎被突然赶到店里的刑警传唤带走的时候，距离他在那天夜里得知新仓直纪已经招供的消息不过三天。当时他正忙着准备菜肴。警方表示，"没有什么事情的话，我们会让你在营业之前赶回来的"。"没有什么事情"是指什么呢？等到并木坐上了警车，他才明白所谓的"事情"指的应该是拘捕材料。如果真是这样，那他今天晚上恐怕是回不了家了。真智子和夏美一脸担忧地目送着他走出了店门，不过看情况，她们也很可能会被叫进警察局。并木已经将真实的情况全部告诉了二人。

彻底失算了，并木暗暗想道。整件事情的发展不仅完全偏离了预期，而且还毁掉了新仓直纪的人生。虽说这是新仓本人做出的选择，但始作俑者却是并木自己。

所有的一切都开始于那个夜晚，那个莲沼突然到访的夜晚。

在那之前，并木一家的眼前还有些许的光明。但莲沼宽一得到释放后，他们彻底坠入了无边的黑暗之中。虽然负责案件调查的草薙刑警亲自来和他们解释过，但他们依然无法接受。

"我们还没有放弃，无论如何，我们都要找到决定性的证据，将他送上法庭。"并木一家唯一的精神寄托，便是草薙所说的这番话了。

然而，时光飞逝，他们没有听到任何有关莲沼再次被捕的消息。

随着心头的期盼日渐落空，并木尽量克制自己，不再去考虑案子的事。那场变故令人抱憾终生，但是并木也不得不承认，他的内心其实已渐渐萌生了放弃的念头。餐馆的经营、夏美的将来……他还有很多很多的事情需要牵挂。虽然佐织的离世是一个致命的打击，但是过去已经过去，无论做什么，她都不可能再活过来了。

并木觉得，现在也只能努力向前看了。虽然他没有将这一想法明确地说出口来，不过真智子和夏美似乎都读懂了他的意思。她们脸上重新展露的笑容已经说明了一切。尽管过程有些漫长，并木一家却也终于拾回了往日的朝气。

但莲沼宽一在并木食堂的出现，令他们瞬间回到了最为绝望的日子。本已渐渐淡去的憎恶之情猛烈地复苏了，程度甚至超过以往。

那一天，并木彻夜未眠。他知道，真智子整晚也一直在被窝里辗转反侧，一样难以入睡。只是，夫妇二人谁都没有说话——他们早已万念俱灰，实在是无力再将那些愤怒与厌恶一吐为快了。

第二天，并木决定临时停业。他提不起精神去准备菜肴。夏美好歹还是去了学校，真智子却一直都没有下床。

并木下到一楼的店里，太阳还没落下便喝起酒来。

就在傍晚五点刚过的时候，门口传来了一阵敲门的声响。并木抬眼一看，似乎有人站在门外。临时停业的牌子应该已经挂出去了啊，他不禁觉得有些奇怪。

并木打开门锁，推开店门，只见一个身材矮小、头发花白的男子站在一旁。他戴着口罩，看不出具体的长相，身上的外套已经有些破旧，裤子的膝盖上还打着两个补丁。

"今天休息。"

男子闻言赶忙摆了摆手。"我有要紧事想跟你说……是关于莲沼的。"

并木愣了一下。"您是……"

"说来话长。我能先进去吗？"

男子的目光看起来很坚定。并木点了点头，将对方让进了店里。

进门以后，男子摘下了口罩。他的脸上刻满了岁月的沧桑，似乎彰示着一路走来经历的人世坎坷。

男子立在一旁，做了自我介绍。并木对于增村荣治这个名字完全没有印象，不过男子接下来所说的一番话，令他大吃一惊。

"大约二十年前，莲沼涉嫌杀人被判了无罪，这件事你应该知道吧？那件案子的受害者本桥优奈，就是我的亲外甥女。"

并木请男子在椅子上坐下，这些话听起来非同小可。

更令人瞠目结舌的是增村接下来的话。他语气平淡地告诉并木，在过去将近二十年的时间里，他一心只为报仇而活，在寻得莲沼的下落之后，经过一番努力，终于取得了莲沼的信任。

"昨天莲沼来过这里，对吧？在我家的时候，他就已经和我炫耀过了。那家伙就是个败类。不瞒你说，昨天夜里我本来是要杀了他的，可就在举起菜刀准备动手的一瞬间，我停了下来。因为我想到了你。如果我真的把他杀了，你心里应该也不会舒坦吧？我觉得你肯定和我一样，都想要亲手报仇。"增村试探性地望向并木，"我说得对吗？"

"没错。"并木说道，"我想要亲手杀了他。"

增村重重地点了点头。"果然和我想的一样。怎么样，你要不要考虑和我联手,替天行道?那家伙现在就住在我家那个三叠的小房间里,那儿原本是个储藏室,没有窗户,从外面看不见。就算我们两个人把他弄死在里面,也不会有人知道。"

对于并木来说,这个提议确实颇具诱惑力。

既然法律不予制裁,那就干脆自行解决吧——尽管并木脑中曾经无数次闪过这样的念头,但他从来没有真正付诸行动过。

"你是害怕坐牢吗?"见并木沉默不语,增村开口问道。

"不,我有这个准备……"

"那你是怕连累家人吧?"增村说中了并木的心事。

并木轻轻地点了点头。"我要为女儿的将来考虑。"

"别担心,出了事有我顶着。"增村拍了拍胸脯道,"到时候我就说,这些事情全都是我一个人干的。"

"那可不行,怎么能全都推给你呢……而且在动手之前,我还要先做一件事情。"

"什么事情?"

"我要知道真相。我想知道他为什么要杀佐织。虽然莲沼因为一直保持沉默而被放了出来,但就算真的上了法庭,就算真的判他有罪,只要他没有说出真相,我就依然无法接受。我想先让他说出实情,再考虑要不要动手报仇的事。"

增村显得有些苦恼,两条眉毛也耷拉了下来。"你的心情我非常理解。"

"能给我一点时间吗?"并木对增村说道,"到底该怎么做,我要好好地考虑一下。等我想好了,我们再来商量吧?"

"好。"增村说道,"莲沼应该会在我那边住上一阵子。你先慢慢考虑吧。"

二人交换了联系方式,增村说了一句"等你消息",便转身离开了。

目送着增村矮小的身影渐渐远去，并木回过头来，不由得吓了一跳。原来真智子早已站在了他的身后。

"你……起来了啊？"

"我想过来喝点冷饮。"

"哦。"并木开始收拾桌子上的东西。

"你打算怎么办？"真智子问道。

"嗯？"并木望向妻子的面庞，发现真智子正一脸狐疑地看着他。

"你准备怎么让那个家伙说出实情？"

并木舔了舔嘴唇。"……你都听到了？"

"我在楼梯上听到的。刚才那个人声音挺陌生的，所以我就想看看到底是谁。"

"他好像是之前那个案子的受害者家属。"

"是啊。所以，你打算怎么办？"

并木拉开椅子，弯腰坐了下来。"该怎么办啊……"他拿起一大瓶清酒，倒进原本准备收起的酒盅。

真智子也取来一个酒盅，在并木的对面坐下，似乎也想喝一杯。并木没有说话，默默地给妻子倒满了酒。

真智子猛地灌了一口清酒，长长地舒了口气。她盯着杯底，开口说道："孩子他爸，不用考虑了。我和夏美，你都不用惦记。"

并木一脸震惊地望向妻子。她的眼睛里满是血丝，目光十分坚定，这显然不是喝下的那一口酒起到的作用。

"不管你要做什么，我们都支持你。如果是为了报仇，我什么都愿意做。夏美肯定也会这么说的。"

并木摇了摇头，举起杯子喝了起来。饮毕，他伸出手背抹了抹嘴道："我不会让你们掺和进来的。就算真要做点什么，那也是我一个人去做。"

"孩子他爸……"

"说是这样说，但是到底该做些什么，我一点头绪都没有。真智子，你有什么好主意吗？"

"你是说让莲沼吐露实情的方法？"

"嗯。"

真智子放下酒盅，歪着头道："确实很难办。"

"是啊。就连警察和检方也没能撬开他的嘴巴。"

"要是以前应该就严刑拷打了，可是现在又不能这样。"

真智子无意间的一句话，却在并木的脑海中激起了波澜。

严刑拷打？这或许可以考虑一下。随着审讯可视化等诸多严厉法规的推行，如今的警方和检方已经无法采用强硬的手段进行讯问。但是，如果是私下进行，使用非法的手段倒也并无不妥。

不过，只靠单纯的威胁应该还是行不通的。就算并木亮出一把尖头菜刀，莲沼肯定也会嗤之以鼻。而且如果真的动起手来，并木恐怕没有什么胜算。不仅如此，他的菜刀甚至可能被对方夺走，反而有被扎伤的危险。

要是先用安眠药让莲沼睡着，然后再捆上他的手脚，拿着刀加以威胁呢？有了增村的帮助，这个办法应该可行。

并木将自己的想法告诉了真智子，她却并不怎么看好。"我不觉得莲沼会被这种程度的威胁吓到。"真智子说道，"到时候他肯定会说'要杀就杀，随你的便'。"

对于真智子的看法，并木不得不表示赞同。他觉得妻子说得很对，而且他也知道即便莲沼真的这样挑衅，他肯定也无法痛下杀手。

并木想起户岛修作曾经提到的液氮一事，是在第二天一早忙着确认冰箱里的食材的时候——当时有名员工在通风不好的狭小房间里使用了液氮，结果差一点窒息身亡。

据那名员工事后回忆，当时他只觉得头疼目眩，然后就一下子倒在了地上。他感觉到了情况不妙，但身体已经动弹不得，心里也涌出了深深的恐惧感。

应该可行吧，并木暗暗想道。按照增村的说法，莲沼暂住的地方是一个没有窗户的小房间。先把他关进房里，再通过狭小的缝隙将液氮一点点地灌进房内。如果他越来越痛苦，也就不会觉得别人只是在单纯地吓唬他了。到时候威胁他"想要活命就赶紧交代杀害佐织时的情形"，他肯定也就会乖乖配合了吧。

并木赶忙与增村取得了联系，将这一想法告诉了对方。

"这个主意好。"增村附和道，"这就像是毒气逼供，我觉得可行。不过液氮之类的东西，能么轻易就弄到手吗？"

"这个我自有办法。"

随后，二人又对此展开了周密的计划。趁着莲沼外出的工夫，他们对整个房间和推拉门进行了检查。如果要将液氮灌入房内，需要在门上打一个孔。他们发现，只要将用来钩住手指的拉手拆除下来，就会有一个方形的小洞。

"看来我们需要一个漏斗，而且要和这个小洞严丝合缝才行。"增村说道，"我们公司是干废品回收的，稍微找一找应该很快就能找到。"

就这样，他们敲定了具体的做法，现在的问题就是要弄到液氮了。

于是，并木将户岛叫去了自己常去的一家酒馆商量此事。"你打算干什么用啊？"户岛问道。虽然并木回答说是亲戚的孩子想要做个实验，但户岛并不相信他的这套说辞。

"祐太郎，你自己可能意识不到，你现在的表情可是很吓人的，眼睛里也布满了血丝。我看你这是在打什么坏主意吧？"

"没有……"

"别骗人了，就凭咱俩的关系……"户岛压低了声音，"你是要杀了莲沼吗？"

并木一时间竟不知该如何作答。"我说得没错吧？"户岛见状又继续问道，"真是这样的话，那就算我一份。不过你要是跟我装傻，我可就不帮忙了。你看行吗？"

并木摇了摇头。"我没想搞出人命，而且我也不愿意让不相干的人牵扯进去。"

"不相干？"户岛挑起了一侧的眉毛，"祐太郎，我可要揍你了啊。"

看来是怎么也瞒不住了。并木叹了口气，将他和增村制订的计划说了出来。

"你们想出来的这个点子可真是够折腾的。"户岛一脸吃惊地说道，"不过，这也确实是个不错的主意。要是不这么折腾，莲沼那个家伙很可能是不会坦白的。"

"液氮的事，你能帮我安排一下吗？"

"包在我身上。从你们这个计划来看，估计二十升左右就差不多了。要是能装进专用容器，有辆车就可以运走。"户岛略微沉吟了片刻，随即又开口道："我先问你，如果莲沼顺利招供，接下来你是怎么打算的呢？刚才你也说了，不想搞出人命，意思是等到莲沼被吓唬得差不多了，然后再去救他吗？"

"这个……我还没有想好。到时候再说吧。先要看他到底会说些什么。"

并木没有撒谎。他也无法预料事情究竟会如何发展。可能他会变得气急败坏,恨不得取了莲沼的性命。又或者,会是他的理智占据了上风。

"祐太郎。"户岛说道,"我觉得你可以杀他。一想到这种人居然还活在世上,我这后半辈子就过不痛快。要是我的话,肯定会杀了他。你就算要了他的狗命,也没有什么关系。只是,我不想让你坐牢。"

"我也不想坐牢啊。所以我一直在想,到时候无论莲沼说了什么,我都必须控制自己的情绪,坚决不能动怒。"

听了并木的话,户岛烦躁地皱起了眉头。

"我说的不是这个意思。你当然可以发火,也可以杀他。这都是很正常的。我的意思是,即便事情真的如此,我也不想让你坐牢。而且我把话说在前头,就算你到时候不想杀他,他很可能也活不了。"

"什么意思?"

"液氮这种东西可是相当麻烦的。"

户岛将液氮的危险性一五一十地告诉了并木。即便是极少的液氮,汽化后依然体积惊人,一旦吸入体内,人体便会在很短的时间内出现缺氧等症状。而且就算是装入了专用的容器,液氮也还是会缓慢汽化,因此在使用电梯进行搬运的时候,电梯里是不能有人的。

"所以就算你往屋内灌入液氮只是为了吓唬吓唬莲沼,但只要在用量上稍有不慎,莲沼很可能就会一命呜呼了。"

听了户岛的话,并木再一次紧张起来。

"怎么,你害怕了?"户岛问道,"难道是想停手了吗?"

"那倒不是。"并木摇了摇头,"这反倒让我打定了主意,一定要干成此事。"

"这就对了。"户岛咧嘴笑了笑,随即又严肃起来,"我想说的是,如果你真要杀他倒也就算了,万一你没有杀心却弄死了莲沼,等到他的尸体被人发现,警方会立刻开始调查。也许他们会看出使用了液氮。以防万一,我们必须加以小心。"

"怎么小心啊?"

"一旦莲沼的尸体被人发现,警方第一个怀疑的就会是你。不过你没有办法弄到液氮,到了那个时候,他们恐怕会盯上我家的工厂。厂里是装有监控的,如果摄像头拍到我开着车进出过工厂,警方肯定会怀疑液氮的容器是我带出去的。"

"那可不行。"并木说道,"修作,我不想让你冒这个险。液氮还是我自己来运吧。"

"你是不是傻啊。"户岛脱口而出,"我身为社长,开车进出自己的工厂没有任何不妥。不管怎么说,我都是可以搪塞过去的。但是如果这件事由你亲自来做,那不就是明摆着告诉别人,你就是那个凶手吗?"

户岛句句在理,并木竟无从反驳。

"然而即便是你,也不能就那样直接去找莲沼吧?镇上到处都是监控,要是真被哪个摄像头拍到了,那可就全都完了。"

"那些摄像头确实不太好办。装了二十升液氮的容器肯定又大又沉,要是想搬的话,就只能开车。到时候,警方应该会通过镇上的监控视频,将凶手可能会开的车全都找出来。而且据我所知,最近出了一个什么 N 系统,还能帮助他们对途经某一地点的全部车辆进行逐一排查。"

"那还是由我来运吧。我会注意不让莲沼死掉的。要是真的一时失手误杀了他，我也会痛痛快快地去自首的。"

户岛夸张地咂了咂嘴。"你没有听到我说的话吗？我都已经说了，不想让你坐牢。再说就算你存心不想闹出人命，事情恐怕也不会那么顺利。"

"也许吧……"

"你也稍微动脑筋想一想吧。如果警方真的发现用了液氮，那么我们不妨推测一下他们的想法，干脆来个将计就计。"

"将计就计？怎么做啊？"

"给我一天的时间。"户岛竖起了一根手指，"我马上就要想出一个好点子了。"

第二天，二人再次碰面。这一次，户岛的表情看起来很是兴奋。

"警方肯定会觉得凶手开了车，对吧？我们干脆将计就计——"户岛说道，"不用车来搬运液氮。"

这句话大大超出了并木的意料。他睁大眼睛道："装有液氮的容器不是又大又沉吗？那该怎么搬啊？如果放在手推车上运走的话，可是会被很多人看到的。"

"这件事情，恐怕不能由你我二人来做。"

并木吃了一惊。"你的意思是说，要再找几个帮手吗？"

"打声招呼的话，肯定会有人帮忙的。这样的帮手，你应该也能想出一两个才对。"

户岛说得没错。新仓夫妇和高垣智也的身影已然跃入了并木的脑海。

"只要强调一下我们没想闹出人命，他们肯定会同意帮忙的。当然了，找人的事情就交给我吧，你什么都不用管。等到了那天，你只要到莲沼的住处就行了。"

"你到底想干什么？你打算怎么做啊？"

"这些你不用知道。不过我先说好，咱们就定在巡游那天动手。"

并木不禁哑然。"巡游那天？你怎么挑了这么一个闹哄哄的日子啊……"

"就是这样的日子才好呢。另外我还有一个问题，是关于增村的。当天他有什么打算吗？"

"增村说是要和我待在一起。他想看看莲沼被审的样子。"

然而户岛摇了摇头道："那是肯定不行的。如果莲沼死了，警察必然会怀疑他是被人杀的。而且如果查出了安眠药的成分，他们肯定会去找下药的人是谁，自然也会对增村的过去展开调查。万一要是查到了增村的老家，知道了他与二十三年前那桩旧案之间的关联，警方肯定会咬住不放。为了防止这种情况的发生，增村需要有一个不在场证明。这个不在场证明不能造假，必须是真实发生的，而且还要足够完美。"

户岛言之有理。如果警方认定增村与整件事情毫无关联，这桩案子的侦查工作势必会陷入僵局。

尽管并木感到不安，却还是将这一情况告诉了增村。并木以为，增村很可能会暴跳如雷，不但会埋怨他们出尔反尔，甚至可能会觉得当初还不如自己一个人报仇。

然而，增村很爽快地同意了。"虽然我是觉得就算坐牢也没什么关系，不过我不能逼你也按这样的意愿做选择。而且这次计划的关键就在于我能否躲过警方的怀疑，这些我都清楚了。没有问题，等你教训莲沼的时候，我会找个地方，给自己找一个不在场证明。"增村继续说道，"不过，我还有一个条件。现在看来，你应该不打算杀莲沼吧？要是到了最后关头你都没有改变主意，能不能在临走的时候不要打开推拉门上的插销？后面的事请，就交给我自行解决吧。"

只要门上的插销不打开，莲沼就无法从房间里出来。由于缺氧，他的身体估计会很虚弱，恐怕连撞门的力气也没有。

至于增村会如何"自行解决"，答案自然不言而喻。

"我会用尖头菜刀解决了他，然后再去向警方自首。这样一来，他们就不会查到你的头上，整件事情也就圆满结束了。"说这番话时，增村的表情显得颇为轻松。

就这样，全部计划准备停当，只待巡游当天的到来。

然而，对于计划之中的详细情况，并木毫不知情。掌控整个计划的，只有户岛一人。虽然并木能够猜到会有谁来帮忙，不过他还是没有十足的把握。

高垣智也应该会参与其中。毕竟，户岛没有理由不叫上他。可是每每看着眼前这个稚气未脱的年轻小伙，并木都会觉得，实在不忍心让他协助完成这样一件残忍的事。虽然从立场来看，高垣势必会选择帮忙，可是他的心里应该还是想要逃避，不愿牵涉其中的。想到这里，并木便让高垣忘了佐织，还补充说不会觉得他薄情。

这番话他也想要告诉新仓夫妇，但是没有找到合适的机会。

转眼到了巡游的那一天。并木从早上开始便有些心神不宁。他只是告诉真智子："今天白天我要去找莲沼。我没打算杀他，只是想让他说出实情而已。"然而具体要做些什么，并木没有明说。他打算等一切结束以后，再将情况告诉妻子。

应该是下午四点左右动手，并木收到了户岛的指示。

"准备好之后我会联系你的。你就开山边商店的那辆货车，我都打过招呼了。等你到了莲沼所在的管理室以后，装着东西的大纸箱子应该已经放在门口了。你把箱子拿进屋里，然后按照预定的计划行事。"

究竟是谁将纸箱运过去的，户岛只字未提。

怀着忐忑不安的心情，并木像往常一样，在并木食堂的厨房里忙活起来。

就在快到下午两点的时候，户岛打来了一通电话。

他告诉并木，增村和自己取得了联系，已经将安眠药顺利地放进了莲沼喝的罐装啤酒中。而且他离开管理室的时候，莲沼看起来就有些犯困了。要是不被吵醒的话，莲沼应该会睡上两三个小时。

"还有件事。"增村补充道，"你在盘问莲沼的时候，新仓也想要在场。"

"新仓？"

"他的心情我可以理解，所以我跟他说，让他直接问你。他应该会在山边商店的停车场那里等你。你要是不愿意，就回绝了他吧。"

"我知道了。"

并木的心里越发紧张起来。终于到了自己做出决断、有所行动的时候了。

然而，一件意想不到的事情发生了。就在午餐即将打烊的时候，一位女客人来到了店里。她在厕所里待了很久才十分虚弱地走出来，还说肚子很疼。

此事不能不管。真智子不会开车，便只能由并木带客人去看病。

在将客人送到医院之后，并木联系了户岛，告知了这一情况。

"事情都已经准备好了，我正说要给你打电话呢。怎么这么不巧，偏偏在这个时候出了这种事……"户岛的声音听起来很气馁。

"我也没有办法，对不住了。"

"你道什么歉啊。行,我们再重新来过吧,反正肯定还会有机会的。"户岛的情绪转换得很快,一番话也令并木放下心来,"我去跟那几个帮忙的人联系一下。"

挂断电话以后,并木只觉得整个人一阵虚脱,脑子也开始不转了。正当他在医院的候诊室里发呆的时候,真智子赶了过来。并木将情况告诉了妻子,她的脸上露出了一副既失望又安心的神情。并木这才知道,原来妻子的心里也很怕会发生什么。

客人的病情似乎不太严重,她给并木夫妇道了歉,说是给二人添了麻烦。见她似乎可以独自回去,他们便在出了医院之后就分开了。

就这样,一切都结束了。今天什么都没有发生,并木暗暗想道。

然而,户岛随后打来的电话让并木的内心陷入了混乱。户岛告诉他,事情有变。

"出了些意外,具体情况我今天夜里再给你打电话说。一会儿我去你店里,到时候你就装作什么都不知道的样子。"

并木问他到底发生了什么,户岛却表示没时间细说,随即就挂断了电话。

傍晚五点半,并木食堂照常开门了。熟客们三三两两地走了进来,户岛也和新仓夫妇一起出现在了店里。他的神态看起来和往常没有什么两样,并木事后回想,不得不感慨户岛的演技着实了得。并木当时没怎么仔细留意新仓夫妇的表情,不然肯定能够看出一些端倪。

随后,并木从菊野队队员的口中得知了莲沼的死讯,赶忙看向了户岛。二人的目光短暂地交会了一下。

并木明白,这应该就是那个意外了。

当天夜里,户岛打来了电话。

"到底是谁干的?"并木问道。

"肯定不是我干的,也不是高垣。所以,你应该知道是谁了吧?"

"……是新仓吗?"

"嗯。"户岛答道。

43

距离巡游还有一周左右时，户岛修作给我打来了电话，说有事想要找我商量。当时他告诉我，莲沼已经回到了菊野，而且还去了并木食堂。听到这个消息，我简直不敢相信自己的耳朵。

户岛开车带我去了一间管理室旁。据说，那个男人就住在里面。

随后，在附近的一家家庭式快餐店里，户岛向我提出了一个惊人的计划。

他说他们打算惩罚莲沼，想问我能不能一起帮忙。当时我还听说，这个计划其实是并木祐太郎提出来的。

我吓了一跳。虽然我确实对莲沼憎恨至极，恨不得亲手了结他，但说到真要动手，我连想都没有想过。毕竟警方一定会采取行动，而且，绝对不会露出马脚的完美犯罪是不存在的。

也许并木觉得就算被警察抓起来也没有关系吧，他可能已经做好了思想准备——即使真的有人帮忙，他也会一个人承担全部罪名。

就在这时，户岛告诉我说，他不会眼看着对他如此重要的发小去坐牢。他要用一种让所有人都不会被警方逮捕的方法，对莲沼实施惩罚。

我不太相信真的会有这么好的方法，不过听了户岛的详细说明之后，我明白了。先把人关进房间，再用液氮进行威胁，逼他吐露实情。这种拷问方式确实出乎了我的意料，颇为独特。户岛说如果真要按罪论处，估计就是个伤人的罪名。但是考虑到莲沼不可能报警，所以并不会有人被捕。

我需要做的，是把一个装有液氮的容器藏进菊野队的宝箱之中。听到这一消息，我感到有些扫兴，我还以为他交给我的会是一些更为重要的工作。不过，我还是当场就答应了下来。

有关计划的事情，我没有告诉妻子留美。要是她知道丈夫做出了这种近乎犯罪的勾当，心里肯定无法踏实。留美身体不好，情绪也有些脆弱。让她来守着这样一个重大的秘密，我也确实觉得于心不忍。

眼看着距离动手的日子越来越近，我开始有些坐不住了。并木会从莲沼的嘴里问出些什么呢？光是想象着这些，我就已经非常愤怒了。

不久，我萌生了一个想法——无论如何，我都要亲自在场。我也想看看莲沼痛苦不堪的模样。

于是我决定去问问户岛。户岛给我的答复是，他要先看看当天的情况，再去找祐太郎说明此事。

巡游当天，我和留美中午刚过就出了家门。我们先是看了一会儿巡游，偶尔也和熟人寒暄了几句。趁着菊野队就要开始演出的当口，我们又去找宫泽麻耶打了个招呼。找她是想要确认一下曲子，也是因为户岛曾经告诫过我，要把不在场证明弄得漂亮一些，这样才有备无患。

和宫泽聊完以后，我借口工作上突然有事，让留美自己先去看看巡游。见她刚一走远，我便急忙朝着公立体育场走了过去。户岛食品的面包车就停在体育场附近的一条马路上，而坐在驾驶座上的人正是户岛。他一看见我就从车上走了下来，然后从后备厢里搬出了一个很大的纸箱和一辆手推车，还递给了我一件工作人员的外套。

我穿上外套，将纸箱放在手推车上，随后便朝着公立体育场走了过去。很快我就找到了那个银色的宝箱。当时宝箱里装有两个纸箱，里面分别装着六瓶矿泉水和六瓶乌龙茶。我将这两个纸箱搬了出来，又把我带来的大纸箱换了进去，并用带子进行了固定。做完这些事情应该花了不到十分钟吧。然后我就用手推车推着这两箱饮料，回到了户岛那儿，并将外套一起还给了他。

户岛告诉我说，如果审问莲沼的时候想要在场，就去山边商店的停车场等一会儿。他大概是已经把我的想法告诉了并木。

随后我找到了留美，和她一起继续观看巡游。

不久，菊野队出场了。跟着他们的队伍，我们也移动起来。

没过一会儿，我们就到达了终点。我借口有事，让留美一个人先去了金曲大赛的会场。她当时丝毫没有起疑，转身便离开了。

我赶到山边商店，在停车场里等并木。但是到了下午四点，他依然没有现身。正当我觉得奇怪的时候，户岛给我打来了电话，说是临时出了变故，计划需要中止。他还让我开着那辆小货车，再去把管理室门口的纸箱取回来。

我之前一直对这件事情很上心，说老实话，当时我觉得挺泄气的。不过如果并木不能来，那也确实没有办法。想到这里，我便按照户岛的要求，开着货车赶到了莲沼所在的管理室。

和计划的一样，门口果然放着一个纸箱。在把箱子搬进货车之前，我试着推了推门，结果发现屋门并没有上锁。

我看到了里面的小房间。当时推拉门紧闭，上面还插着插销。就像我之前听说的那样，门上的拉手已经被卸了下来，露出了一个方形小孔。

我脱掉鞋子，悄悄地朝推拉门走去。刚走没几步就听到一阵打呼噜的声音。我吓了一跳，赶忙停了下来。

看样子莲沼应该还没有醒。我走到推拉门旁边，透过方形小孔看了看里面的情形。

我看到了莲沼。他当时正躺在被子上，邋遢的脸上淌着口水，还打着呼噜。

看着他这副丑态，我心里的怒火一下子就蹿了上来。

佐织，我们的宝贝，难道就是被这样一个男人杀害的吗？这到底是为了什么？他们之间发生了什么？他又对佐织下了怎样的毒手？

我想立刻就知道这些问题的答案。在我看来，现在是唯一能够让莲沼吐露实情的机会，而且我来代替并木完成这件事应该也没什么不妥。

于是，我把放在外面的纸箱拿进了屋里，拆开了上面的包装。我看箱子里放着一个特殊的漏斗，就把这个漏斗先塞进了门上的方形小孔。在打开液氮的盖子以后，我开始拼命地拍推拉门，喊着莲沼的名字。

没过一会儿，莲沼就醒了过来。"谁啊？"莲沼似乎想站起身来。他也许想打开房门，不过门上还插着插销，推拉门自然是打不开的。

我抱起液氮，开始往漏斗里灌。莲沼似乎吓了一跳，问我这是什么东西。

我回答说这是液氮，还告诉他如果一直这样灌下去，屋里的氧气就会变少，他也就活不成了。

莲沼一下子喊了起来。他大叫着让我停手，还说要宰了我什么的。我本以为他也许会用身体撞门，于是抱着液氮顶在了门上，结果莲沼并没有那样做，似乎是不太敢靠近那些从漏斗里灌进去的液氮。

很快，莲沼开始抱怨难受、头疼、想吐。我威胁他说，如果想要得救，就赶紧把实情说出来。我让他老老实实地回答我，到底对并木佐织做了什么。

莲沼让我把门打开，还说只要我放他出去，他就会向我坦白。这肯定是在骗人。所以我跟他说，你只要全都招了我就开门，然后继续往里灌液氮。

不一会儿，我听见里面传来了一阵哀号。"好，我说，你赶紧住手！"于是我停了下来，没有再倒液氮。

"并木食堂里的那个小丫头，我早就想找个时间下手了。"莲沼说道。原来，他在很久以前就看上了佐织，后来因为被禁止进入并木食堂而失去了乐趣，就想着索性对佐织下手来进行报复。一天晚上他正开着车，碰巧看到佐织独自走在外面，于是驱车跟了上去，在一个小公园里袭击了她。那个公园当时应该在施工，周围一个人影都没有。佐织拼命挣扎，不想跟他上车，莲沼便一把将她推到了地上，结果佐织竟一下子没了动静。莲沼觉得有些奇怪，仔细一看才发现人好像死了。他感到事情不妙，赶紧将尸体搬上了车。扔到哪儿好呢？莲沼思来想去，想到那个老太婆死在了老家都一直没人发现，那么扔在她家应该再合适不过了。莲沼奄奄一息地说出了这些话。

我心里的怒火再一次翻涌起来，我问他为什么不去自首，结果你知道他是怎么回答的吗？他居然说不可能干那种蠢事，还说尸体藏好之后就没什么好担心的了。

我又开始倒起了液氮。我让他道歉，让他给另一个世界的佐织道歉，让他发自肺腑地去请求人们的宽恕。莲沼好像说了些什么，但听起来似乎与道歉无关。于是，我继续往里倒着液氮。

不一会儿，我发现屋里没有动静了。装有液氮的容器差不多空了，我把漏斗拔了出来，透过小洞看了看屋里的情况。

只见莲沼倒在地上，一动不动。我暗想不好，连忙打开插销，推开了房门。不过立刻冲进去是很危险的，我稍微等了一会儿，这才走进了小屋。

莲沼已经断气了。我试着给他做了心肺复苏，不过并没有什么效果。于是我把漏斗和装有液氮的容器放进纸箱，抱着箱子离开了管理室。

我把箱子放进货车车厢，然后朝山边商店开了过去。开车的时候，我还给户岛打了个电话，将情况告诉了他。

户岛一时说不出话来，但接下来就是他的厉害之处了。他告诉我，一切按照原定计划执行即可，剩下的事情他会来解决。

我按照他所说的，将车开回去后就去了公园，找到了留美。当时我根本没有心思参加金曲大赛，只能坐在评委席上僵硬地笑着，非常痛苦。

等到金曲大赛结束以后，我和户岛聚到了一起。因为留美也在，户岛并没有说起什么。我之前已经告诉过他，有关计划的事情，留美毫不知情。

然后我们三个人就结伴去了并木食堂，和其他客人一起得知了莲沼的死讯。在那之前，我一直在强装镇定，装得很不容易。

当天深夜，户岛给我打来了电话。他说已经将情况通知了增村和并木。

户岛告诉我，祐太郎觉得做了一件很对不起我的事情，都怪他一拍脑袋想出来的馊主意，结果让我担上了这么大的责任。

户岛说他一定会保护我，还说只要我们一直保持沉默，警察就不太可能知道整个计划，叫我不要担心。

但是，警方逼近真相的速度远远超出了我们的想象。特别是当我从户岛那里得知，警方可能知道了氦气瓶是假的线索，真正用于作案的是液氮的时候，我知道大事不妙了。而且我听说，汤川教授也以某种形式参与到了破案之中。在听到这个出人意料的名字后，我更是觉得心里一阵发慌。

没过多久，我就知道警方已经查出了增村的来历，高垣智也也招供了。我心里非常清楚，警方一定会找到我们头上。就在我刚做好心理准备，觉得早晚都会有这一天的时候，警方将我们夫妇二人传唤到了警察局。

我们的口供是分开录的。我一直强调自己与此案无关，什么都不知情，但心里非常担心留美。尽管她真的什么都不知道，不过想必她一直在怀疑我与此案有关吧。被警察带走以后，她的内心肯定不安到了极点。

果然，我得知了留美录口供时中途晕倒的消息，赶忙跑到了医院。

医生告诉我，留美很有可能是过度呼吸症候群。医生问起留美此前是否有过类似的情况，我回答他说确实有过很多次，不过症状都比较轻微。

病房里，留美已经吃过药睡下了。我坐在床边，握住了她的手。望着妻子安详的睡脸，我知道必须要让她从这份痛苦之中解脱出来。

44

走廊尽头的房门是敞开的。内海薫刚走过去，一名身穿工作服的男子就从里面走了出来，还推着放了一个大纸箱的手推车。恍然间，她想到了高垣智也曾在供述中提到的搬运液氮时的场景。

内海薫探头看了看屋里的情形，只见汤川双手叉腰站在一旁，白色衬衫的袖口被挽了起来。见是内海薫来了，汤川点了点头——她事先就联系好了要来。

看着身穿工作服的男子渐渐远去，内海薫这才走进屋里。她环视了一下屋内的陈设，觉得与之前的印象大不相同。书架上的文件消失了，桌子上也似乎清爽了不少。

"研究告一段落，我也要离开这里了。"说着，汤川朝桌子走去。热水壶、速溶咖啡和纸杯都还留在那里。

"那还真是个好时机啊。"

"什么意思？"

"案子也要告一段落了。不过还要搜查证据，办很多杂事。"

汤川默默地冲着咖啡。从他的背影之中，内海薫读出了些许意味深长的感觉。"案子的事情，组长跟您说了什么吗？"

汤川转过身来，端着两个纸杯走了过来。"我在电话里已经听说了。果然和我想的一样，很多人牵涉其中啊。"

"关于这一点，管理官也很佩服您呢，他说事情果然和神探伽利略推理的一样，还说您的眼力确实非凡。"

汤川听到自己在警视厅的外号后似乎有些不满，他一脸不悦地挑了挑一侧的眉毛，随即将两个纸杯放到桌上，在沙发上坐了下来。内海薰打了声招呼，便也弯腰坐下。

汤川端起纸杯，跷着腿道："跟我说说详细的情况吧。"

"我就是为了这事来的。"内海薰从包里取出一份文件，"不过在此之前，我要先替组长带句话给您。他说最近想来当面向您道谢，不知道您有没有什么想去的餐厅。"

"我先想想吧。"

内海薰点了点头，打开了文件。这是她从多人的供述内容中按照自己的思路整理出来的案件真相。在得知新仓直纪坦白以后，就连一直拒绝开口的户岛也终于吐露了实情。

她缓缓地读着文件，一边回顾这次扑朔迷离的案件。显然，莲沼这个犯下罪行的卑劣恶徒未能得到法律的制裁，正是一切问题的根源。在这一层意义上，无论是直接动手的新仓直纪，还是构思犯罪的并木祐太郎，又或是推动计划进行的户岛修作，其实都有着非常值得同情的地方。然而，无论莲沼多么罪大恶极，都没有人有权利剥夺他的性命。今后在草薙的指挥之下，我们要去证实的正是这样的做法如何不被允许。想到这里，内海薰的心情不免有些沉重。

"户岛修作从新仓直纪那里听说莲沼死了的消息之后，立刻就给增村打电话说明了情况。当时他还让增村找来了几根莲沼的头发。第二天，户岛从增村手里接过头发，将它们与事先藏在公园——

就是举办金曲大赛的那个公园——的氦气瓶一起放进了塑料袋，然后将袋子扔在了距离案发现场二十米左右的草丛之中。"

"气瓶是户岛社长偷的吗？"

"负责分发气球的是镇上町内会的一名成员。他有事离开之后，即便换成在镇上颇有声望的户岛修作留在那儿，也不会引起任何怀疑。据说他将气瓶用一块绿色的布包好后，藏在了公共厕所后面的草丛之中。由于布的颜色起到了掩护的作用，所以没有被人注意到。"

"户岛社长以为并木会杀了莲沼？"

"据说他觉得有这个可能。杀了莲沼理所当然，如果真到了那个时候，他也愿意鼎力相助。户岛表示正是出于这样的考虑，他才会准备了氦气瓶来迷惑警方。当初在发生液氮事故的时候，他就听说氦气也能引发同样的事故，而且症状也完全相同。为了保护新仓，他便使用了这一障眼法。"

汤川耸了耸肩，小声喃喃道："真是情深义重啊。"

"还有……"内海薰的目光落回到文件上，"宫泽书店的女店长还是一口咬定与案件无关。户岛修作也表示，他确实什么都没有告诉对方。但是根据负责管理宝箱的道具组成员反映，在演出开始之前及结束以后，他们都曾被宫泽店长的电话叫去，却发现并没有什么要紧的事情。我们认为，宫泽的目的应该是把他们从宝箱旁支开，可问题是她对于这一计划到底又了解多少呢？也许，户岛只是委婉地请她帮了个忙而已。而且从他们在巡游过程中对待宝箱的粗暴方式来看，至少宫泽对里面放有液氮应该是不知情的。"大致读完一遍后，内海薰放下文件，伸手端起了纸杯，"这就是案子的全部情况。您觉得怎么样？"

汤川盯着杯中的咖啡看了一会儿，开口说道："似乎并无不妥，逻辑也很通顺。"

"我们的印象也是如此。其中可能存在一些记忆上的偏差，不过应该没有弄虚作假。"

"你们准备把这个故事讲给检方听，对吧？"

"是的……"

汤川口中的"故事"一词让内海薰觉得有些别扭。

"我问你，他们这些人分别会以什么罪名被起诉呢？"

"关于这一点，确实有些复杂。"内海薰再次拿起文件，"如果口供可信，新仓直纪是没有杀人动机的，所以他应该适用于故意伤人致死罪。并木祐太郎虽然最终并未参与犯罪的实施，但作为犯罪行为的发起人，他可能会以共同正犯论处。不过，最多是故意伤人罪吧。至于高垣智也，他只是听说了要对莲沼加以制裁，但并不知道液氮具体会做什么用，就算是作为共同正犯送交检方，估计也不会被起诉。问题是户岛修作，他无疑也是共同正犯，故意伤人罪是成立的，但是他不仅妄图利用氦气瓶来制造不在场证明，还做了莲沼死亡的相关准备。按照解释的不同，户岛也许还适用于间接故意杀人罪。不过，是否留下莲沼性命始终都是由真正动手实施犯罪的人来决定的，所以也有人认为以间接故意杀人罪论处的可能性很低。至于新仓留美，虽然她可能知道了这次的计划，但是仅凭这一点是否能问罪，还不太好说。"内海薰看向汤川，"情况就是这样。"

"莲沼呢？"

"啊？"

"我在问你莲沼的罪名。难道嫌疑人死了，就不予起诉了吗？"

"哦……"内海薰从未考虑过这个问题，感到有些意外，"应该是吧。"

"关于这一点,草薙是怎么说的?按照增村和新仓的说法,二十三年前的案子,佐织遇害的案子,真相都应该浮出水面了吧?"

"他说比较复杂。查出真相是好事,但凭借我们的力量仍无法解决。"

"是啊。"汤川小声喃喃道。他一口气喝完了咖啡,将空空的纸杯放到桌上。"公园能确定是哪一个了吗?"

"公园?"

"新仓的口供里不是提到了吗,莲沼在一个小公园里袭击了佐织?"

"哦,"内海薰点了点头,掏出记事本,"已经清楚了。我们按照'当时正在施工'的线索来查,查到应该是西菊野儿童公园。那里就在距离并木食堂步行十分钟左右的地方,三年前的那个时候,正在施工的公园只有那一个。公园有什么问题吗?"

对于内海薰的提问,汤川并没有作答。他似乎正在考虑着什么。内海薰非常清楚,这个时候最好不要去打扰他。只是,汤川究竟想到了什么呢?

"内海,"汤川严肃地看着她道,"我有几件事想让你帮忙查一下,应该没问题吧?"

内海薰从包里拿出圆珠笔,摊开记事本做好了准备。"您说吧。"

"我先说好,这件事情不能告诉草薙,你也不要问我为什么要调查这些。如果不能接受这两个条件,这个话题就到此结束了。"

内海薰盯着汤川的表情。这位相识已久的物理学家颇为罕见地露出了些许愁容。

"我能问您一个问题吗?"

"什么?"

"您同意我刚刚所说的真相吗?还是说您认为其中仍有疑点,

觉得不太满意？"

汤川重重地呼了口气，抱着胳膊，左手托腮，三根手指撑着脸，似乎在沉思。不过看着他左手摆出的姿势，内海薰却不合时宜地想起了某个相似的动作，好像是物理课上曾经学过的。

弗莱明左手定则！就在内海薰刚刚想到这个词时，汤川将手放了下来。

"应不应该同意，现在还不太好说。也正因为如此，我才会找你帮忙。"

"好。"内海薰立刻答道，"您说吧，该查些什么。当然，我是绝对不会问您原因的。"

45

　　留美从玄关走出门去，感到一阵寒冷的空气包裹了全身，不由得缩了缩脖子。不知不觉间已经十一月了，虽说温室效应愈演愈烈，冬天也真的近了。
　　留美来到了后院。与新仓婚后不久，她就研究起了园艺。从那以后，照顾花花草草便成了她的日常工作。
　　在动手打理之前，留美看了看花的长势。
　　百日菊正如其名，已经绽放了很长时间。虽然目前看起来仍花团锦簇，不过恐怕很快就要凋零。淡粉色的朱唇同样还在盛开，而且似乎会再开上些日子。朱唇属于多年生的草本植物，不过想要顺利越冬的话，还是需要修剪枝叶，将它移进室内。
　　今年不知道会怎么样呢，留美暗暗想道。或许没有办法再照料了吧。如果无人打理，那么枯萎的就并非只有朱唇，其他花花草草同样不能幸免。
　　树篱上的山茶花含苞待放，花期将至，但真的能等到悠然赏花的那一天吗？
　　在查看花苞长势的时候，留美也从树篱的缝隙间看到了马路上的情形。一辆黑色的轿车正停在路旁。最近这段时间，那辆车一直停在那里，而且车后排的玻璃上贴有深色的车膜，完全看不清里面的情况。

有一次，留美见到一个身着西装的男子站在外面抽烟。当时她正出来取信，而男子则有些慌乱地赶忙钻回了车里。

留美本就阴郁的心情更为低落了。他们似乎是刑警，正监视着她的一举一动。

她顿时没有了打理花草的兴致。虽然旁边没有什么建筑能够俯瞰整个院子，但往远处望去，可以看到很多高层住宅。也许有人正站在其中的某一层楼上，拿着望远镜监视着她。

留美摘掉手套，走到了玄关前。一个人影突然出现在门外。她本以为来的人会是刑警，但实际上并不是。在见到对方的瞬间，留美的心中一下子慌乱起来。她认识这个人，他们之前经常在并木食堂碰到。他是大学教授汤川。

汤川也看到了留美。他面带笑容，鞠了一躬。

留美朝大门走去，心里警觉起来。她想起不知什么时候曾听新仓提起，这个人不只是一个学者，他的熟人里有刑警，也算是与警方相关的人了。

留美打开大门，问道："您找我有什么事吗？"

"有件事很想跟您聊聊，"汤川表情柔和地说道，"是与案子有关的。"

一位物理学家到底会来聊些什么呢？留美不知该如何作答，只觉得慌乱不已。

"我说的话不会对你们不利的。"仿佛是料到了留美会犹豫，汤川继续说道，"我来是想说，您是有选择的。"

"有选择的？"

"是的。"汤川盯着留美点了点头,一双眼睛仿佛洞察了所有真理。

留美一时间不知该如何是好。"请进。"她之所以还是将汤川请到了屋里,也许只是为了避开那些刑警的视线。他们现在肯定正注视着她这边的情形。

留美将汤川带到客厅,然后在厨房泡上了红茶。她选择了最喜欢的格雷伯爵茶。在留美看来,也许这是她最后一次悠然地品尝红茶了。

留美将茶杯和奶壶放上托盘,转身端回客厅,发现汤川正在仔细欣赏挂在墙上的一把木质吉他。

"您对吉他有兴趣吗?"留美将托盘放到茶几上,开口问道。

"念书的时候,我稍微学过一点。这是吉普森的吉他吧?应该还是个老款。"

"具体情况我不太清楚。新仓也不是专门玩吉他的,只是作为爱好消遣罢了。"

"能让我弹一下吗?"

尽管对这位学者出人意料的请求有些不解,留美还是点了点头:"嗯,您请便。"

汤川取下吉他,拉过旁边的一把椅子,弯腰坐了下去。他先是拨了几个音试了试,随即缓缓地弹起了曲子。

留美一下子愣住了。这正是新仓往日的作品,带有七十年代的民谣风格。留美很喜欢这首曲子,尽管 CD 销量惨淡。

汤川弹到一半便停了下来。"音色不错。"他又将吉他挂回了原处。

"您弹得真好,其实再多弹一会儿也不要紧的。"

"还是算了吧。要是再弹下去,我这现学现卖的功夫可就要露馅了。"汤川笑了起来,朝沙发走去。

现学现卖?难道他特意练习过这首曲子?我们家有把木质吉他的事,恐怕他是听新仓说的吧。

"请用茶。"留美对汤川说道。

"那我就不客气了。"汤川在沙发上坐下,将茶杯拿到面前。他先是闻了闻杯中的香气,随后拿起奶壶,倒入了少许牛奶。"并木佐织是在这个房间练习吗?"

"怎么可能?"留美扬起嘴角,"附近的邻居会来投诉的。练习都是在做了隔音的房间进行的。"

"会有人投诉吗?我听说她唱歌很好听啊。"

"那是正式演出的时候。还没练好的时候,确实只是噪音罢了。"

"您可太严格了。"汤川抿了一口红茶,"这名天才女歌手的嗓音,我其实很想听听。之前我也在网上搜了一下,不过可惜没有找到。"

"您要听吗?"

汤川眨了眨眼睛。"可以吗?"

"当然。"留美从脚边的架子上拿出遥控器,打开了墙边那台最新款的音响设备,随后又拿起手机操作了一番。手机里存着留美喜欢的几百首曲子。

很快,音响里传来了歌曲的前奏。汤川心领神会地点了点头,似乎立刻就意识到了这首歌的名字——《告别时刻》,这是一首由莎拉·布莱曼演唱而名噪一时的经典之作。

歌声伴着音乐传来,似低吟婉转,又铿锵含情,给人一种歌声入耳、涤荡人心的奇妙感受。汤川瞬间睁大了眼睛,显然是受到了不小的震撼。

随着演唱渐入佳境,佐织的非凡实力尽显。她的高音余韵悠长，沁人心脾，低音浑厚有力，荡气回肠。对于一个不满二十岁的女孩来说，如此繁多的演唱技巧应该并非是有意为之。只能说，她确实在音乐上有着非凡的天赋。

一曲终了，余音绕梁。

汤川摇晃着脑袋，鼓起了掌。"太棒了，比我想象中的还要好听。"

"您还要再听一首吗？"

"先不必了。虽然我特别想听，不过再听下去可就谈不了正事了。"

留美深深地吸了口气，喝了一口红茶道："您刚才说与案子有关？"

"是的。"汤川答道，"不过在说莲沼宽一死亡一案之前，我想先从头回顾一下这次的事情。"

"从头？"

"大约半年以前，莲沼宽一因为涉嫌杀害佐织被捕，我们就从这里说起吧。当时的具体经过，您已经清楚了吗？"

"是在静冈县吧？"留美托着脸道，"他们在那边的一处老宅里找到了佐织的尸体……这应该就是整件事情的源头吧？"

"对。准确地说，是一处囤满垃圾的民宅发生了火灾，警方在火灾现场找到了两具尸体。其中一具尸体是那家的住户，应该在好几年前就已经身亡。至于另一具尸体，DNA 鉴定的结果显示，死者正是并木佐织。从那名女性住户的人际关系入手，警方顺藤摸瓜，查到了莲沼宽一。那么，这里就出现了一个问题。"汤川竖起一根手指，"那处垃圾囤积房多年以来一直无人问津，可为什么又会突然起火呢？我请相识的警方人员帮忙调查了一下，但是起火原因依然不明。虽说最大的可能就是有人蓄意纵火，不过目前还没有找到能够认定凶手的相关线索。"

汤川的话令留美始料未及。她不知道该做出什么反应，一时间困惑不已。对于汤川到底想要说些什么，留美一片茫然。

"另一方面，警方盯上莲沼后，便开始调查他与并木佐织的关系。他们很快发现，莲沼曾经在三年前进出过并木食堂，而且有证词表明，他似乎对佐织存有非分之想。警方认为，佐织很有可能是被莲沼所杀。问题是能否找到相关的物证。侦查员们四处调查，不久就有了发现。他们在莲沼的房间里找到了一件他以前上班穿的工作服，衣服上沾有少量血迹，而分析显示，血迹正是佐织的。警方认为这是一条关键性证据，并由此决定对莲沼进行逮捕。"汤川竖起了两根手指，"第二个问题。从最初得知这一情况开始，我就一直觉得有件事情很奇怪。莲沼宽一为什么会珍藏着那件衣服呢？正常情况下，他不是应该在辞职搬家的时候处理掉才对吗？如果说是忘了或是没扔掉，我是无论如何都无法接受的。"

"汤川教授。"留美开口道，"您为什么要把这些事说给我听呢？虽然我觉得您分析得很对，但是这些问题即使拿来问我，我也给不出什么具体的答案啊。"

"真的是这样吗？"

"嗯？什么真的？"

汤川向前探了探身子，仿佛要看穿她的内心。"您真的不知道答案吗？其实您是知道的，只是自己没有意识到吧？"

留美不明白他的意思，只觉得一头雾水。

"咱们接着往下聊吧。"汤川又坐了回去。这一次，他伸出了三根手指。"第三个问题，也是最为重要的一点。被捕后的莲沼宽一丝毫没有动摇，依然像十九年前那样闭口不言。也许上一次的经验让他有了自信，觉得只要一直保持沉默就能够逃脱罪责。但是警方和检方也不会就此止步，未必不会找到一些有力证据。尽管如此,莲沼还是从容地坚持到了最后,这是为什么呢?在被放出来以后,莲沼还曾对人夸下海口,说招供是证据之首,只要没有首要证据,他就可以高枕无忧。就是说,他很肯定警方是无法找到什么证据来判他有罪的,这又是为什么呢?"汤川将比着三的手放下,喝了一口杯中的红茶,又望向留美,"怎么样?关于第三个问题,您是知道答案的吧?"

留美只觉得心里似乎有什么东西瞬间崩裂开来,那是承载着庞然巨物的精神基石的核心。现在基石已裂,整个精神世界自然也难挡分崩瓦解之势。看来,这位物理学家在到访之前就已经洞悉了一切。

"为什么莲沼确信他能免于罪责呢?我推断出来的答案只有一个,那就是杀害佐织的人并非莲沼。而且莲沼还知道真正的凶手是谁。他可能觉得,万一真的被逼上绝路,只要挑明此事便可以全身而退。也正因为如此,他才能自始至终保持着沉默。"

汤川的这番话深深地扎进了留美的心里。她仿佛听到了血液倒流的声音,全身上下顿时失去了力气,就连坐着都很吃力。

"还方便继续往下说吗?"汤川一脸担心地问道。

"嗯,您请说吧。"强忍着心脏的剧烈跳动和胸口的阵阵憋闷,留美勉强回答道。

"问题是……"汤川重新回到了正题,"莲沼做出这番举动的理由是什么。他的举动绝不仅仅是知道真凶而不报。在此之前,他还做了一件令人费解的事——将佐织的尸体藏到了静冈县的那处房子里。从莲沼的举动来看,他应该是真凶的同谋,而且忠心耿耿。难道真有人能让莲沼如此忠诚吗?"汤川缓缓地摇了摇头,"在此前的调查中,并没有查到这样的人。那么,到底又是什么能驱使莲沼做出这些事呢?我能想到的也就只有钱了。他协助真凶是为了要钱。"

留美正想争辩——那个男人做的事绝不是所谓的"协助",汤川却突然伸出了右手。他仿佛是在告诉对方,自己很清楚她想要表达的意思。

"真凶应该并不会主动寻求莲沼的帮助。据我推测,这些事恐怕都是莲沼自作主张做的。具体来说,他是在真凶离开之后才将佐织的尸体藏到那处房子里的。佐织的失踪令很多人忧心不已,而真凶本人应该也同样惶惶不可终日,心里一直惦记着尸体的去向。后来,莲沼离开了菊野,还在暗中打听警方调查的相关进展。在确信不会被警方怀疑之后,他便悄无声息地蛰伏起来,一等就是三年——他等待的,正是遗弃尸体罪时效到期的那一天。"

留美说不出话来,似乎光是呼吸就用尽了全身的力气。尽管很想逃走,她的身体却纹丝不动。

"在静冈县的一个小镇上,在一处困扰邻居的垃圾囤积房内,一个年轻女孩与住在那儿的老太太一同长眠。世界上只有莲沼一人知道这件事,而真凶对此毫不知情。也许随着时间的流逝,真凶甚至忘记了佐织的存在——"说到这里,汤川不禁了摇头,"不对,这种情况应该是不可能的。我更正一下,真凶肯定一直记挂着佐织。"

是的,留美在心里回答道,她从来没有忘记过佐织。

"三年之后,莲沼开始行动。他要做的第一件事情,就是将并木佐织遭人杀害的事实公之于众。那么他到底做了些什么呢?您应该猜到了吧,第一个问题说到为什么垃圾囤积房会发生火灾,其实这把火就是莲沼放的。现在想来,答案也只能是这个。"

汤川低沉的声音回荡在留美的耳畔。听了汤川的讲述,有一些事情她直到今天才明白过来,而且此前也从未考虑过。比如垃圾囤积房为什么会起火,她其实根本未曾留意。

"如果莲沼是杀害佐织的凶手,那么他一定不会让人找到尸体,也就不可能蓄意纵火,静冈县警应该也没有跳出这个逻辑。但是如果考虑到莲沼是故意让人来发现尸体的,那么第二个问题也就迎刃而解了。为什么他会珍藏着那件沾有佐织血迹的衣服呢?其实,这同样是他蓄意而为的。也就是说,莲沼是在设局让自己被捕。他这样做的意义是什么?我认为,这一连串的举动其实都在向真凶传递一个消息,他想要告诉真凶,他知道真相,可偏偏不说。莲沼应该已经料到,他这种可怕的态度会给真凶造成非常大的心理压力。这一举动很狡诈、大胆,但是如果不能确信可以逃脱罪责,莲沼也不会这样做。他这样做就是因为手里握有那张知道真凶是谁的底牌,而且,大约二十年前的那次成功经验应该也给了他很大的信心。"

汤川平淡的话语像是一块块拼图,准确无误地填补了一个个空缺的位置。就连留美不甚了解的部分,他都全部顺利填补了。

"莲沼应该并没有想到,他竟然会以取保候审的形式被放出来。他本以为在法庭宣判无罪之前,会在拘留所里住两年,而且如果真是这样,他也不在乎。等到出狱以后,他就可以像上次一样去申请刑事赔偿了。在我看来,莲沼故意被捕恐怕也有这个目的。然而他没想到居然被放了出来,于是他决定提前实施计划。虽然具体的方式我不清楚,他最终还是联系到了真凶,和对方谈起了交易条件。换句话说,他开始向对方要钱,以作为隐瞒真相的条件。与其说是交易,其实更像是胁迫吧?"

汤川喝着红茶休息了一会儿,然后将茶杯放回到杯托上。他的茶已经喝完了。

"您要再来一杯吗?"这句话浮上了留美的心头,不过她始终没能说出口来。

"对于真凶杀害佐织的具体动机和经过，我目前还完全没有头绪。据我猜测，也许这是一次突发事件。不仅是佐织，就算对于真凶而言，这可能也是一个不幸的意外。如果当时真凶能够主动报警，事情也就不会闹得这么大了。不过真凶应该也有难言之隐，所以才无法反抗莲沼的威胁。但是，要钱的事绝非一两次就能解决的。想到这辈子都要受到莲沼的纠缠，真凶本人应该也非常绝望吧？想到这一点，我的心里也很难受。"

不知何时开始，汤川学者讲课般的语气变成了亲切攀谈的口吻。

"就在这时，真凶突然得知了一个出人意料的消息。并木祐太郎打算囚禁莲沼，逼问真相。真凶当时应该非常震惊，因为并木的计划一旦成功，莲沼很可能就会将实情和盘托出。这样的事情是无论如何都要阻止的。于是，真凶他们开始研究对策，想到了一个主意——将并木支开以后，由他们亲自动手来除掉莲沼。在并木食堂突然说身体不适的那位女客人，是姓山田吧？"汤川望向留美，"她到底是什么来历呢？"

汤川忽然抛来的问题仿佛一把利剑，瞬间刺中了留美的胸口，给了她致命的一击。留美心中勉强维持的平衡终于瓦解，支撑她的信念也开始崩裂。

"新仓女士，新仓女士？"留美的耳边传来了一阵呼唤声。她猛然睁开眼睛，不知道到底发生了什么。

回过神来后，她才发现自己从沙发上滑落了下去，似乎是刚才突然晕倒了。在她的身旁，汤川单膝跪地，紧紧地盯着她的脸。

"您没事吧？"

"啊，没事……"留美坐起身子，用手捂住了胸口。她的心跳非常快。

"对不起，"汤川道歉道，"我不知不觉说得有点多了。您先稍微休息一下吧。"

"不用的，没事。不过，我先失陪一下可以吗？我要去吃点药。"

"当然，您请便。"

留美撑着沙发站了起来。她蹒跚地离开客厅，朝着洗手间走去。从医生那里取来的药，就放在她的化妆包里。

吃完药后，留美抬头望向洗漱台上的镜子。镜子中是一张憔悴不已的中年妇女的脸，皮肤看起来没有弹性，气色也显得很不好。这副模样出去见人，肯定要被他骂了。想到这里，留美不安起来，手又伸向了化妆包。

她回到客厅时，发现汤川正站在墙边一个画框前驻足欣赏。画框里装裱的是一张乐谱。

"这是我们的出道曲。"留美说道，"都是很久以前的事了。那时我作为主唱加入了新仓他们的乐队，还第一次通过知名的公司发行了唱片，这首歌就是我们当时的作品，虽然并没有什么销量。"

"确实是值得纪念的第一步啊。"汤川转头望向留美，瞬间惊讶地睁大了眼睛，"不知道您吃的是什么药，不过见效还真是快啊。您的气色一下子好了不少，就像是换了个人一样。"

留美微微苦笑起来。"我只是重新化了妆。不过对着镜子化妆时，我能够集中精力，借机整理一下混乱的思绪。从这个意义上来说，也许确实比吃药更管用。"

汤川点了点头。"看来确实如此。"

"您还想来杯红茶吗？我打算再泡一壶。"

"那我就不客气了。"

"泡好红茶后，"留美盯着汤川的眼睛说道，"您就来听听我的故事吧。"

汤川有些不解地眨了眨眼睛，随即笑了起来。"愿闻其详。"

留美同样对汤川笑了一下，随后转身走向厨房。走到一半时，她突然停住脚步，回过头来。"您知道吗，其实茶树也会开花，也有自己的花语。"

"是吗？我不太清楚。它的花语是什么？"

"茶花象征着'追忆'，还有'纯爱'。"

汤川不禁哑然。

"您稍等一下。"留美转身走进了厨房。

46

一切都进行得很顺利。这块音乐之神赐予的瑰宝应该很快就能震惊世界了。眼看那一天一分一秒临近,留美每天都很开心。每每看到丈夫谈起佐织时仿佛少年般目光炯炯的样子,她都会体会到一种幸福的感觉。

只有一件事让人颇为担心,那便是高垣智也的存在。

留美是在并木食堂里遇到这个年轻人的,他似乎也是常客。随着二人见面次数的增多,留美开始与他攀谈起来。在留美看来,这个年轻人不仅五官俊朗,待人处事也很有礼貌。

让留美担心的是高垣智也看佐织的那种眼神。不,眼神其实倒也无所谓,毕竟佐织美丽动人,有异性被她吸引也是理所当然的事情。

问题出在佐织的身上。她似乎也对高垣智也抱有爱慕之心。虽然周围还没有人发现,留美却心中有数,这其中的道理一言难尽,也许是女性的直觉使然吧。

怎么偏偏在这个时候呢,留美有些苦恼。虽然在艺术世界里,人们常说谈恋爱会使表现力更为出众,但实际情况没有这么简单。

大部分人都会被爱情冲昏头脑，从此再也无法专注于修炼自身。特别是佐织，她目前还有很大的进步空间，正因如此，新仓夫妇才会对她的生活也严加管理，目的就是不让她为其他事情分心。在这一点上，他们的做法也让并木夫妇颇为满意。

然而，事情似乎还是朝留美担心的方向发展了下去。高中毕业后不久，佐织的身上发生了明显的变化。当时佐织并没有坦白与高垣智也交往的事情，但留美已经有所察觉了。她确信，二人之间已经发生过关系。

留美无法将此事告诉新仓，新仓也浑然不知。倘若知道了这个消息，他应该会受到很大的打击吧。新仓一直认为，自己的爱徒心里只有唱歌。

犹豫了一阵后，留美决定找佐织谈谈。被问到与高垣智也的关系时，佐织很干脆地承认了交往。"真的有这么明显吗？"她表情坦然，吐了吐舌头。

"现在正是关键时刻，希望你能稍微克制一下。"留美说，"我不是叫你们分手。等你作为专业歌手顺利出道，有了一定的成果之后，你就可以按照自己的意愿来决定接下来的人生了。但是，目前请自律一些，专心地练歌。你也很想成为一名专业歌手，不是吗？"

"嗯。"佐织沮丧地点了点头，但留美还是无法安心。她看起来并无悔改之意，也许只是觉得以后要瞒得更好一些，不让人发现她和异性交往的事情。

留美猜得没错。一次去涩谷办事时，她亲眼看到佐织挽着高垣智也的胳膊，两人开心地走在一起。当天，佐织借口要去探望生病的朋友，没去上发声练习课。

事后，留美对佐织进行了盘问，斥责她到底还想不想成为一名专业歌手。

然而,佐织的话令留美倍感意外。她说:"对我而言,和高垣智也在一起的时光与成为歌手的梦想同样重要。人为什么要实现梦想,不就是因为那样会获得幸福吗?对于现在的我来说,陪在智也的身边就已经很幸福了。为了另一种幸福而放弃眼前的幸福,您不觉得这样做很奇怪吗?"

面对意料之外的反驳,留美只觉得脑中一片混乱,甚至有些晕眩。不过是和一个毛头小子谈恋爱罢了,这种微不足道的事情,怎么能和名扬四海的伟大梦想相提并论呢?更何况新仓已经为这个梦想赌上了一生。在留美看来,佐织的行为践踏了丈夫的一片苦心。

留美诉说着他们夫妻二人如何看好佐织的才华,甚至近乎哀求地叮嘱她,千万不要辜负了他们的期待。

虽然佐织表示了理解,但具体理解到了什么程度,留美并不清楚。

从那以后,留美对佐织的日常生活更为在意了。她会在佐织不来练习的时候追问理由,如果听说佐织想要出门,还会打听她的具体去向。

过完年不久,新仓也说起佐织近来有些反常,还表示她在练习的时候无法投入。"我觉得差不多该准备出道了,可怎么到了这个阶段,她心思却有些散漫呢?不过我也知道早晚会有这么一个阶段,还是稍微教育教育她吧。"

新仓的话让留美很焦虑,她认为没有在生活上管好佐织,这都是她的责任。

直到有一天——

傍晚,留美打电话将佐织约了出来。尽管她只是表示有很重要的事情要说，佐织却似乎猜到了她的用意。听着佐织的语气，留美的眼前不禁浮现出她一脸不耐烦的样子。

对于见面的地点，留美有些犹豫，她并不想让她们之间的对话被别人听到。佐织也提议"不要在店里说了，还是找个公园之类的地方吧"。于是，她们将见面的地点定在了一个偏僻的小公园里。

留美去了之后才发现，公园里有些地方正在施工，不知道是不是这个原因，完全见不着一个人影。此外，这附近也没有什么民宅，整个公园都静悄悄的。

二人并排坐到长椅上后，留美便开门见山地说明了来意。"新仓都觉得你有些反常了，你和男朋友的交往也该收敛一点了吧？"

佐织默默地低下了头，很快又抬头看向留美。见佐织的眼神中闪烁着坚定的光芒，留美不禁有些吃惊。她突然有种不好的预感。

"我……放弃了。"佐织说道。

留美没有听懂她的意思。"放弃了？放弃什么？"

"我的意思是，"佐织舔了舔嘴唇，继续说道，"成为歌手的事，我放弃了。"

佐织的话并没有马上进入留美的脑中。虽然她听到了这句话，但本能让她拒绝理解其中的意思。

"你在说什么？"留美的声音有些颤抖，她感到全身的血液都在倒流，"这是在开玩笑吧？不要说这种玩笑话。"

佐织摇了摇头，脸上写满了平静。"我是认真的，不想再继续下去了。我已经决定朝其他方向发展了。"

"其他方向？除了当歌手，你还有什么别的打算吗？"

佐织的脸上浮现出淡淡的微笑。她接下来所说的话，是留美完全没有想到的。

"我要当妈妈了。我想生下这个孩子，组建一个幸福的家庭。"

"孩子？"留美的目光落在了佐织的肚子上，"难道你……"

"我今天早上做过检查了，结果是阳性。虽然我还没有告诉智也，不过我猜他也会很高兴的。毕竟他一直说想和我结婚。"

佐织兴高采烈的样子看起来像一个彻头彻尾的白痴。这个女孩到底在说些什么啊。"等一下，佐织，你好好想想，你真的知道自己在说些什么吗？为什么要在这个时候怀上孩子？你很快就要出道了……明明现在是关键时刻……"

"我不是都说了吗，我不出道了。这么看来，不知道在说些什么的人应该是您吧？"

见佐织咻咻地笑了起来，留美更是气不打一处来。"你怎么能……你怎么能做出这种事情？为了你，我们付出了多少心血，你知道吗？所有的努力都是为了把你培养成一名出色的歌手，我家那位也为你牺牲了一切……你就这么随随便便地放弃梦想，你觉得我们能接受吗？我们付出了这么多的努力，你都当成什么了？"

"对不起。"也许是见留美气势汹汹，佐织赶忙表示了歉意，"我很感谢你们二位。谢谢你们，希望这段经历能对我今后的人生有所帮助。"

"谁管你怎么样，我现在问的是我们夫妻的梦想该怎么办？我们都赌在了你的身上……"

听了留美的话，佐织皱起眉头，一脸不解地问道："您不觉得很奇怪吗？"

"奇怪？哪里奇怪？"

"为什么我必须要实现您和新仓老师的梦想？虽然新仓老师总是说，'留美没能做到的事，你能做到'，但我可没有什么心思去帮你们东山再起。我想更自由地唱歌，如果有了别的梦想，改变方向也没有关系。"

留美怒气冲冲地瞪着佐织。"你还真敢说出这么忘恩负义的话……"

"好了。"佐织冷着脸说道,"我会和新仓老师解释清楚,然后向他道歉。不过您要是想让我把孩子打掉,那肯定是不可能的。"

佐织掏出手机,留美一下子慌了起来。"你要干什么?"

"我要给新仓老师打个电话,把所有事情原原本本地告诉他。"

"等一下,你等一下!"留美想要夺过佐织的手机,这些话不能让新仓知道,她必须做些什么,"你再考虑考虑!求求你了,咱们来想想办法吧,一定会有其他办法的。孩子你要生就生,想当妈妈也可以,算我求求你了,不要放弃歌手这条路……"

"您别这样。我不是没办法才选择放弃的,我不过是更乐意走另一条路而已。请你们不要把梦想强加在我的身上,这样子太沉重了,让我很不舒服。"

在争夺手机的过程中,两个人都站了起来。

"不舒服?"留美瞪大了眼睛,"你这是什么话……"

"我就是这样的感觉,就像被跟踪狂盯上了一般喘不过气来。"

这句话使留美瞬间失去了理智。我们夫妻二人拼命做了这么多事,居然成了所谓的跟踪狂?

"你别欺人太甚!"留美使出全身的力气,狠狠地推了一把佐织。

似乎是绊到了什么,佐织的身体直直地向后倒了下去,一声闷响久久回荡在留美的耳边。

应该很快就会站起来吧,留美暗暗想道。她怒火冲天,甚至做好了准备,等佐织一站起来就狠狠地给她一个耳光。

然而佐织一动不动,手脚摊开躺在地上。留美呼喊着佐织的名字,探过头去看了看,只见佐织半睁着眼睛,任她怎么晃动都没有了反应。留美感到情况不妙，伸手探了探她的口鼻——已经没有了呼吸。

留美瞬间就意识到发生了什么——

佐织死了，是她杀了佐织！

留美的脑海中一片空白，接着极度慌乱起来。她手足无措，完全不知道该做些什么。等到她回过神来时，发现自己已经逃离了现场。她的思考几近停止，只想着该怎么向新仓解释。

留美在街上漫无目的地徘徊，心中的绝望感越发强烈起来。我恐怕会被警察抓起来吧？这下可要给新仓惹上大麻烦了，这个爱徒是新仓活着的全部意义，而我却亲手夺去了她的性命。

对于此事，留美无可辩驳。现在只能以死谢罪了，她想道。我该去哪儿了结自己，又该用什么方式了结自己呢？也许，跳楼自杀是最轻松的死法了。

就在她开始思考哪里有高层建筑时，远处突然传来了一阵救护车的警笛声。她想，佐织的尸体可能已经被人抬走了吧，现在那里恐怕已经乱成了一团。

不知不觉间，留美又朝那个公园走了回去。她的脑海中不禁浮现出警车集结的情景，正如她常常在悬疑剧中看到的那样。警方应该很快就能锁定凶手是谁吧？留美决定，一定要在那之前结束自己的生命。

然而走到公园附近后，留美没有发现什么异常，警车自然也不见踪影。难道说，救护车与这件事无关？

留美战战兢兢地走到推倒佐织的地方，两条腿哆哆嗦嗦地抖个不停。想到自己闯下了大祸，她的呼吸变得困难起来。

然而，原来的位置并不见佐织的尸体。想到也许是自己弄错了地方，留美赶忙看向了四周，但依然一无所获。

她的大脑再一次陷入了混乱。这到底是怎么一回事？佐织的尸体去哪儿了？

就在留美低头看向地面时，一个闪闪发亮的东西突然引起了她的注意。她将那个东西拾起，发现是一枚蝴蝶形状的金色发卡。她记得佐织的头上就戴着这个，看来是摔倒的时候掉落下来的。

留美不免觉得侥幸。也许佐织死了是自己的贸然判断，可能她只是单纯地晕过去了，可能后来她又清醒过来，自行离开了这里。如果不是这样，佐织一旦被人发现，警察肯定会赶过来的。

她越想越觉得这一推测很稳妥，于是试着给佐织的手机打了个电话。她想好了，如果对方接了，她一定要先为动手伤人的事情道歉。

然而电话并没有打通。佐织是不是故意不接，她心里也不太清楚。

带着烦躁的情绪，留美踏上了回家的路。明天安排了佐织的课，虽然她很可能会缺席，新仓会感到不满，不过这些事情都已经不重要了。现在，她只想尽快确认佐织平安无事。

当天晚上，新仓因为工作的关系回来得很晚，据说是去商量佐织出道的相关事宜了。看着丈夫兴高采烈的样子，留美难过不已。无论如何，她都无法将佐织放弃了歌手梦想的事情说出口来。

但与后来发生的事情相比，她的这份苦闷显然微不足道。当天深夜，并木祐太郎打来电话，使留美感到一阵深深的恐惧。挂断电话后，新仓告诉她："佐织傍晚的时候出了趟门，然后就再也没有回家了。"

留美顿时陷入了巨大的恐慌之中，完全不知道应该如何是好。然而在新仓看来，妻子之所以会有如此表现，不过是因为担心佐织的下落而有些心烦意乱罢了。他安慰留美道："别担心，她肯定会平平安安地回来的。"

第二天，佐织还是没有回来，警方就此展开了正式调查。留美虽然觉得必须把她和佐织之间的事情告诉警方，但始终都没能说出口来。她不忍心将佐织改变主意的事情告诉新仓，也想隐瞒自己的所作所为。留美妄自下了定论，佐织的失踪与她做的事没有什么关系。

就这样，佐织不见了。对于留美来说，一切都令人茫然不已。虽然看着丈夫失去梦想和目标的样子很心痛，可她还是觉得，当天晚上的事情似乎不说更好，于是一直保持着沉默。

三年多的时间过去了。随着时间的流逝，留美的记忆也逐渐模糊起来。尽管她忘不了这件事情，但也开始觉得，她与佐织之间的事情可能并不是真的，也许她只是把梦中的情景与现实混在了一起。

大约在半年以前，留美担心的事情还是发生了。原来佐织真的死了，警方发现了她的尸体，而发现尸体的地点——静冈县某小镇一处起火的垃圾囤积房，令留美颇感意外。

留美完全不知道发生了什么，只能和新仓一起关注着事态的发展。不久，一个姓莲沼的男子被警方逮捕，据说他很可能就是凶手。

留美不禁回忆起当天的情景。在她推倒佐织逃离现场之后，到底发生了什么呢？

然而，详细的情况依然无从知晓。那个姓莲沼的男子在被捕后一直闭口不言，据说最后还被放了出来。在得知这一情况时，新仓暴跳如雷，几近疯狂。"我真想亲手杀了他"，他开始常常把这句话挂在嘴边。

留美也觉得很奇怪。警方既然已经把人抓起来了，那应该是找到了切实的证据。如果是这样,为什么又要把人放出来呢?

但是此后不久的一通电话,彻底推翻了留美心中的困惑。打来电话的是一个男人,而且他一上来就自称是留美的恩人。

留美心中不悦,打算立刻挂断电话。

"挂了电话你可就惨了。三年前你对并木佐织做了什么,我可一清二楚。"对方似乎有所察觉,赶忙说道,"你应该听说过我的名字吧?我就是莲沼宽一,那个不仅替你担了杀人罪名,还差点坐牢的人。"

留美迟迟说不出话来。

莲沼压低嗓子,咻咻地笑了。"吃惊也是难免的啊。你可能以为那件事情已经过去了吧?也许还觉得事情已经和你无关了。但是你想错了,其实你还是事情的主角,而且接下来就要轮到你出场了,你这个杀害佐织的凶手。你应该还没忘吧?就是你一把推倒了佐织,让她当场送命的。我可是一直都看着呢,从头到尾,而且我还看见你逃离了现场。不过我没有报警,你猜我干了什么?我去把尸体搬走了,不仅搬走,我还藏到了一个没有人能找到的地方。也正因为这样,警察才一直都没来找过你,我说得对吧?而且你也应该没有受到警方的怀疑。这些都是因为我的默默奉献。话说到这个份上,你应该明白是怎么回事了吧?"

"为什么……你要把尸体藏起来?"

"啊?那我还是不藏更好?一旦发现尸体,警方就会开始调查,然后就会逮捕你这个凶手,难道这样就更好了吗?这样说来,那我还真是多此一举了。不过,我也不想失去这个做买卖的机会啊。"

"买卖?"

"对,买卖。你以为我只是出于一片好心,才会藏好尸体,保持沉默的吗?世界上怎么可能会有这种傻瓜?我是觉得能赚上一笔才这么做的。"

莲沼的一字一句就像是一块块漆黑的污物,渐渐覆盖了留美的全身。留美感到仿佛被深深的黑暗所包围,很快就要跌入无尽的深渊之中。

"没事的。"莲沼乐观的语气与她的绝望形成了鲜明的对比,"你不会被警察抓走,真相也不会见光。从今以后,不管是她的家属还是朋友,所有的人都会觉得人就是我杀的,不过前提是你要先同意这笔买卖。我猜你应该不会拒绝吧?"

听到这里,留美终于明白了莲沼的目的。"我……应该怎么做?"

"呵呵,"莲沼轻轻地笑了,"对你来说,非常简单。"

之所以会选择大吉岭红茶作为第二杯,是因为留美希望能用它强烈的香气提振一下精神。这次她没有往里面加入牛奶或者柠檬切片,而是直接品尝了起来。在喝完最后一口后,留美将杯子重新放回到杯托上。

"要求是一百万日元。"留美说道,"他让我先用自己的名义开一个账户,然后往里面存入一百万日元,再把银行卡和写有密码的纸条一并邮寄给他。"

"一百万日元……"汤川重复道,"这个数目相当微妙啊。虽然说这话可能不太合适,不过您应该会觉得比预期要少一些吧?"

"您说得很对。我本来以为他可能会要一两千万,甚至上亿日元。"

"如果他提出想要一亿日元,您打算怎么做呢?"

留美摇了摇头。"那我应该就无能为力了吧。"

"您会去找您先生商量吗?"

"也许吧。如果不这样,我可能就直接去找警方自首了。不,不对，可能——"留美稍稍顿了顿，继续说道，"我已经自杀了。"

"是啊。不管哪一种情况，都对莲沼没有任何好处。但是如果只要一百万日元，那就另当别论了。莲沼应该是觉得，对于一个富豪的妻子来说，一百万日元估计不用费什么功夫就能备妥。他已经料到，虽然你可能在受到威胁之后会有些不知所措，不过应该还是会先把钱付掉的。"

汤川说得非常正确。留美无言以对，默默垂下了头。

"您答应了他的要求，对吧？"

"是的。"留美的声音嘶哑而无力。

"他还要了第二次吗？"

"嗯，距离第一次威胁我也就过了一个月左右吧，而且还是要了一百万。"

"那一百万你也付给他了吧？"

"是的。我没有勇气自首，也没有勇气去找新仓商量，想着先把问题往后拖一拖再说。不过我也知道，这样的事情不能一直持续下去。特别是在莲沼回到菊野以后，我更是生不如死。"

"您和莲沼一直是通过电话联系的吗？你们有没有直接见过面呢？"

面对汤川的问题，留美回答得有些犹豫。"……只见过一次，他当时不是为了要钱。"

"不是为了要钱？"说完，汤川立刻就懂了留美的意思，"我明白了。关于这一点，您不必细谈。"

"谢谢。"留美答道。

就在莲沼回菊野前不久，他告诉留美有些事情需要面谈。于是，二人在东京的一家咖啡店里见了面。

"咱俩既然是共犯，自然要走得近一些才对。"莲沼说着，色眯眯的眼光在留美的身上四处游移，如同舔舐着她的身体。而后莲沼继续说道："你应该不会拒绝吧？"

大约一个小时以后，在一家廉价宾馆的房间中，留美将自己的身体交给了这个世界上最卑劣的男人。她彻底地放空了自己，只等待着这地狱般的时间尽快结束。在逃也似的与莲沼分开之后，他的那句话久久回荡在留美的耳边。"别看你上了年纪，感觉还是不错嘛。"她再一次认真地考虑到了寻死。

"就像您刚刚说的，正当我感到绝望的时候，新仓带回来一个出人意料的消息。听说了户岛社长的计划之后，我心里非常恐慌。要是莲沼说出真相，我马上就会陷入万劫不复的境地。不只是我，新仓的人生也会毁于一旦。可能是见我的反应有些奇怪，新仓便追问我到底发生了什么。我虽然有些犹豫，但已经无法再隐瞒下去，于是将所有事情都告诉了他。"

47

  新仓直纪将报纸从头到尾翻了一遍，并没有找到想看的报道。他真切地感觉到，发生在菊野这个小镇的案子，似乎正从人们的记忆中迅速消失。尽管"凶杀案嫌疑人被杀一案"之类的字眼在网络上一度频频出现，但世人是很健忘的。

  那可真是太好了，新仓暗暗想道。他希望所有人都已经对这个案子失去了兴趣。一个落魄的音乐家为被害的爱徒报仇，最后导致了嫌疑人的死亡——就这样结束一切吧。

  新仓将读完的报纸整齐地叠好，放到铺有地毯的地上。看守所里可以免费读报，这一点还是很不错的。

  他靠墙坐着，拿起一旁留美给他送来的数码音乐播放器，戴好耳机，按下了开关。虽然他的眼睛朝向入口的位置，不过只要坐着不动，不透明的板子便不会使他和别人的目光发生交会。这个房间的大小在四叠半左右，幸运的是，目前只有新仓住在这里。此前他已做好了和其他犯人同住的思想准备，现在也算是松了口气。

  耳边传来了熟悉的歌曲《我将永远爱你》，这首歌原本是乡村音乐风格，作为电影《保镖》的主题曲由惠特妮·休斯敦演绎后，在世界各地大受欢迎。

不过，新仓现在听的这首歌是由留美演唱的。当初录下这首歌的时候，她还只有二十多岁。

留美的嗓音优美通透，余韵悠长。佐织是一个天才，但留美的歌喉也丝毫不逊于她。时至今日新仓依然认为，都是因为自己能力不足，才会让留美的才华未能得到施展。

他闭上眼睛，努力想要记起他与留美二人在音乐之路上奋力前行的往事，可是脑海中浮现出来的，却总是那天问出佐织死亡真相时的事。

听着留美的哭诉，新仓产生了一种奇妙的感觉。他觉得不远处似乎还有另外一个自己，在客观地看着眼前的景象——一个至今一无所知的傻乎乎的丈夫，正听着妻子冲动之下的自白。也许人格解体症就是这么回事，新仓心里暗暗想着。

事后回忆起来，也许当时是因为事实太过残酷，精神还没能反应过来吧。

留美的话令新仓难以接受。听她说话时，新仓感到了一阵又一阵的晕眩。虽然他希望这些话全是胡言乱语，只是妻子在吓唬他而已，可是望着妻子哽咽诉说的样子，他又看不出其中有半分虚假。

听完妻子的叙述后，新仓没能立刻说出话来，他只觉得整个世界都颠倒了，自己也仿佛坠入了一片黑暗之中。

"对不起，对不起……"留美一边哭，一边无力地道歉。

新仓呆呆地望着妻子，另一个他也同样望着新仓。"为什么会这样……"新仓终于发出了声音，可他问出口的却是这样一个愚蠢的问题。为什么？留美不是拼命解释过原因了吗？佐织想要离开唱歌的道路，留美是为了制止她才那样做的。而留美又为什么想要制止佐织呢？因为留美觉得，将佐织培养成一名世界知名的歌手是他们，不，是她深爱的丈夫的毕生夙愿和人生意义。

"老公。"留美扬起头，她的双眼满是血丝，眼周红肿，两颊也被眼泪浸湿了，"我该怎么办？我还是去自首吧。"

虽然新仓也觉得应该这样做，但他还是没能说出口来。留美因为杀害佐织被捕，这样的事实他无论如何都无法接受。凶手难道不是莲沼宽一吗？他是凶手的事情尽人皆知。正因为他没有遭到应有的惩罚，大家才会想要一起动手来给他教训，难道不是这样吗？

这时，新仓的脑海中突然浮现出一个想法。

并木祐太郎打算借助液氮来问出真相，如果我们能阻止并木，然后取而代之杀了莲沼，不就行了吗？这个突如其来的变故应该会让并木和其他人都非常惊讶吧？不过我要是表示无论如何都想亲手报仇，他们估计也是可以理解的。

如果莲沼没有死，没有屈服于并木的威胁，也没有吐露真相，他肯定还会继续威胁留美。总之，这个问题迟早都要解决。

万一罪行败露，那也没有办法。如果因此而被捕也无所谓，世人也许还会对他新仓表示同情。但是留美杀死佐织的事，却是无论如何都要隐瞒到底的。

新仓的耳边回荡着留美的歌声。《我将永远爱你》——我将永远爱你，这也是他对于妻子的一片情思。

无论如何都要保护留美周全，他暗暗下定了决心。

48

"户岛告诉新仓的计划非常复杂,很多人牵涉其中,每个人的分工有限。不过,要对处于监禁状态的莲沼进行盘问的,只有并木一个人而已。新仓希望能想出什么方法来取代并木,然后再由他来亲自完成这部分的工作。"说到这里,留美注意到汤川的茶杯已经空了,"再给您来杯红茶吗?"她能如此发问,也许是已经做好了心理准备,情绪上也多少缓和了一些。

"不必了。"汤川轻轻地摆了摆手,"您请继续。"

"好的。"留美重又坐直了身子,"我们想到的方法就像您刚才所说的。我们觉得,如果并木食堂的客人在吃过饭后突然身体不适,想让人送到医院,并木应该不会坐视不管。"

"所以山田才会出现啊,"汤川眼里闪着光,"那她到底是谁呢?"

"其实,"留美说道,"我们也不知道她的真实姓名。"

"啊?"汤川瞪大了镜片后的双眼。

"我们就是找了个代理家属的业务。"

汤川皱起了眉头。"代理家属?什么意思?"

"有些商家也称之为家属出租。简单地说,就是按照委托人的要求，指派一个能够胜任的演员去扮演相关的角色。比如说，因为某些情况无法将真正的父母介绍给另一半的时候，就会有一男一女来帮忙假扮父母，而且还会表现得很恩爱。"

"居然还有这种业务……真是没想到啊。"

"除了假扮家属，要是因为工作失误需要上门道歉，也能帮忙假扮上司，还可以找人在图书签售会上排队当托儿。总而言之，他们可以找来各式各样的人帮忙演戏。"

"山田也是从事这一行业的演员吗？"

"是的。我们说是要对菊野商业街的店铺进行危机管理方面的突击检查……"

"原来如此。你们还真是花了心思啊。"

"计划比我们预想中的还要顺利。新仓到了管理室的时候，莲沼正在睡觉。弄出声响或是大声叫他起床之类的说法，其实都不是真的。新仓直接将液氮灌了进去。按照他的说法，液氮的威力远远超乎了他的想象。当时房间里没有听到任何声响，也没有痛苦的呻吟，等到液氮灌完之后开门一看，莲沼早已经停止了呼吸。"

"如果是在睡觉的时候被人灌入液氮，确实应该没机会醒来了。"

留美做了个深呼吸，看起来她的心情有所释然。

"我能说的就是这些了。不好意思，没有抓住什么重点。"

"不，我已经非常清楚了。"

"在警方那边，"留美说道，"希望我能说得再好一些，比如新仓是如何为我着想的……"

汤川的表情突然变得沉重。"您是准备自首吗？"

"您不就是来劝我自首的吗？"

"不是。"汤川赶忙摇了摇头，语气强硬得出乎意料，"我不是警察，也没有资格来要求您供述什么。一开始我就说了，我说的话是不会对你们不利的，而且我应该也说了，您是有选择的。"

"刚刚的这些话，警方那边……"

"我是不会告诉他们的。虽然这话听起来有些自负，不过只要我不主动去说，他们要想得出真相，恐怕是很困难的。"

留美舔了舔嘴唇，开口道："您会替我保密？"

"看着熟悉的人接连被送进监狱，我也同样很痛苦。而且目前这种情况，新仓会以故意伤人致死罪论处，三年以上有期徒刑应该在所难免。想到死的是莲沼那样的人，我觉得这样的刑罚就已经够了。而且……"汤川将目光移向一旁，继续说道，"我也有过一段痛苦的经历。曾经也发生过一件类似的事情，当时有一个男人为了保护深爱的女人，打算将所有罪名都揽到自己身上。但是因为我揭穿了真相，那个女人再也无法忍受良心上的谴责，最终导致男人的献身化为了泡影。那件事让我很难受，我不想让类似的事情再次发生。"在一脸严肃地说完这番话后，汤川摇了摇头，有些自嘲地笑了起来，"恐怕您会问我这次来到底是为了什么，既然不想劝您自首，那么我也没有必要特意来确认真相，我只要把一切都藏在心里就可以了。不过，如果有一件极其重要的事情只有我意识到了，连您都没有察觉，我还是无论如何都应该来告诉您。"

留美不明白学者想要表达的意思，她微微皱眉，歪着头问："是什么事呢？"

"在告诉您之前，我想先向您确认一件事情。"汤川说道，"您刚才提到佐织有一个绑头发的东西，对吧？一枚金色的蝴蝶形状的……"

"发卡？"

"对。您之前说发卡就掉在佐织倒下的地方，现在发卡还在您的手上吗？"

"嗯，在的……"

"您方便让我看一下吗？"

"您是要看那枚发卡吗？"

"是的。"汤川答道。

留美一头雾水，但还是站起身来。"您稍等。"

她走进夫妇二人的卧室，朝梳妆台走去。在打开最下面一层的抽屉后，留美将放在里面的一个小盒子取了出来。三年以来，她从来没有打开过这个盒子。虽然这件东西她并不知道该如何处理，不过也从来没有考虑过扔掉。

留美拿着盒子走回了客厅。"就是这个。"她将盒子递给汤川，同时吓了一跳——汤川已经戴上了一副白手套。

"那我就打开看了。"汤川打开盒盖，从里面取出发卡。发卡依然闪烁着金色的光芒，与三年前相比没有丝毫变化。

汤川仔仔细细地观察了一番，然后将发卡放回，盖好了盒子。他一边摘手套，一边满意地望向留美。"果然如我所料。"

"什么如您所料？"

"您说的都是真的，没有一句谎话。"

"是啊，都到这个时候了，我也没有必要撒谎。"

"但是，您所认为的事实并不一定都是真的。如果不知道这一点，也就无法做出改变命运的抉择。"汤川将摘下来的手套放到桌上，伸手推了推无框眼镜，而后重新望向留美，"接下来就让我来告诉您真相吧，我所推理出来的真相。"

49

草薙推开店门,只见汤川正坐在吧台一处靠里的位子上,与头发花白的店主闲聊着什么。一时间,二人齐齐望向草薙。"欢迎光临。"店主说道。

除了汤川之外,店里只剩下卡座上的一对情侣。草薙径直朝前走,在汤川的旁边坐了下来。"威凤凰威士忌,加冰。"他向店主说道。

"庆功酒吗?"汤川问道,"但愿不是浇愁酒。"

"两者都有吧。"草薙拿起一个纸袋,从里面取出一个细长形的包裹,放到汤川面前,"总之,先把这个给你。"

"什么东西啊?从形状来看,应该是瓶红酒吧。"

"这瓶红酒,本来是几年前就要给你的。"

"是 Opus One 吗?这酒不错,那我就不客气了。"汤川拿起包裹,塞进了身旁的包里。

店主将一只酒杯放到草薙面前。草薙刚一端起酒,汤川便将自己的杯子也靠了过去,两只酒杯叮的一声轻轻碰在了一起。

草薙喝了一口加冰的波本威士忌,瞬间感到一阵强烈的刺激感从舌头传到了喉咙，独特的酒香扑鼻而来。"新仓直纪翻供了。"

"哦？怎么翻供的？"

"你好像并不觉得意外啊。"

"我应该感到意外吗？"

草薙从鼻子里发出了哼的一声。"在新仓家盯梢的侦查员昨天就向我汇报了，说是他家来了访客。我看到他们发来的照片，才发现居然是你。你们两个人好像聊了一个多小时吧。今天一早，新仓留美就赶到菊野分局来探监了，还说想和丈夫单独聊聊，只要五分钟就好。本来探监是需要看守所的工作人员一同在场的，不过鉴于新仓已经招供，我和局长打了个招呼，特别批准了他们单独见面。所以，他们两个人在会见室里到底聊了些什么，我一概不知。结果在随后的审讯中，新仓直纪突然表示他之前的说法都是假的，他并不是一时失手害死了莲沼，而是带着强烈杀意的蓄意谋杀。他这话可真是吓到我了。一般来说，要是嫌疑人承认了杀人的罪名，大多都会表示自己是无心之失，哪会有人反过来承认自己是故意杀人的呢？这种情况我真是闻所未闻。"

"那杀人的动机呢？"

"据说是为了保护他的妻子。具体的情况，他让我们直接去问新仓留美本人。"

"你们问了吗？"

"当然问了，我们马上就把新仓留美叫到了警察局。她当时很镇定。在得知新仓直纪推翻口供之后，她看起来有些伤感，但似乎很快就下了决心，开始坦白。让我意外的是，她的供述很有条理，内容更是让我大吃一惊。"

新仓留美的话将警方目前勾勒出来的案情轮廓完全推翻。关于并木佐织遇害一案，真相与草薙他们的想象相去甚远。

然而，新仓留美的供词之中并没有出现任何矛盾和差错。或者说，正是因为有了她的解释，才使得草薙等办案人员此前未能明白的问题悉数得到了解决。

"我真是服了。"草薙举起了酒杯，"这几个月以来，我们这些人到底在查些什么啊？简直是浪费时间。我刚才之所以会说这杯酒既是庆功酒也是浇愁酒，原因就在于此。虽然案子应该算是破了，但我心里一点胜利的感觉都没有。在我看来，这就像明明作战计划完全错误，结果居然靠对方的一记乌龙球意外取得了胜利。"

"这有什么关系，赢了就是赢了。"

"那可不行。或许我们还有事情需要做。最让人想不通的是，为什么新仓夫妇要在这个阶段说出实情呢？今天早上他们二人的见面肯定有某种重要的意义，但关于见面的具体内容，无论是新仓直纪还是新仓留美，都表示关系到隐私，没有丝毫要透露的意思。所以……"草薙将身子探向汤川，"我觉得只能来问你了。新仓留美去找丈夫见面，是为了告诉他什么呢？而新仓直纪又是听妻子说了什么，才会立刻打定主意翻供呢？你应该是知道的吧？不，不对，应该全都是你想出来的，是你让他们改变了主意。我的话没错吧？"

汤川倾着杯子喝了口酒，随后摇了摇头道："不是我。"

"你撒谎。"

"我说的是真的。昨天我确实将有关案件真相的推理告诉了新仓太太，但是我这样做既不是想谴责他们，也不是要劝他们自首。我只是说出了一个连他们自己可能都不知道的真相而已。"

"什么真相？"

汤川深深地叹了口气，调整了一下呼吸。"与并木佐织之死有关的真相。"

草薙撇了撇嘴。"难道新仓留美的供述并不是真相？"

"她只是说出了她知道的事情而已，并不能保证一定是真的。"

汤川的话似乎不便外泄，草薙赶忙看了看四周。"咱们换个地方说吧？"

"就在这儿吧，不会有人听见的。"

草薙将脸凑了过去。"那你说吧。"

"问题就在于，"汤川开口道，"出血的时间。"

"出血？"

"你们之所以决定逮捕莲沼，不就是因为在他以前的工作服上发现了佐织的血迹吗？如果是颅骨凹陷性骨折这种重伤，引发大量出血是很正常的。这样一来，现场就会留下相应的痕迹。在佐织失踪的第二天，当地的警方展开了大规模的搜查。要是地面上真的留有血迹，势必会引起警方的重视。我之前让内海查阅了你们当时的资料，发现警方对案发的公园也进行了调查，但并没有留下类似的记录。还有就是留美所说的话。她说她因为失手杀了佐织而受到了很大的打击，所以离开了现场一段时间。随后她虽然又折返了回来，但在找到佐织的发卡之前，她并不知道准确的位置。这些证据表明，地面上其实并没有留下血迹吧？"

"没有血迹，那么，在那个时候……"他明白了汤川的意思，"在莲沼将佐织的尸体搬走的时候，佐织还没有出血？"

"你用到了尸体这个词。但是，她真的已经是一具尸体了吗？"

"佐织并没有死，其实她还活着——你的意思是，这种可能性也是有的？"

"我的意思是这种可能性很大。被推倒在地确实可能会立刻身亡，但也不是那么容易发生的。颅骨的凹陷性骨折也是这个道理，人类的颅骨其实并没有那么脆弱。虽然留美说佐织当时已经没有了呼吸,不过我觉得,这很有可能是她在惊慌失措之下产生的错觉。"

"如果真是这样,那么杀死佐织的真正凶手……"

"刚开始的时候,莲沼很可能也以为佐织已经死了,但如果在开车搬运佐织时,她突然醒来了呢?那么他好不容易想到的计划会彻底落空,佐织挣扎起来也很麻烦。"

"所以他就打了佐织的后脑勺,给了她致命的一击。"草薙说道,"出血应该就发生在这个时候吧?"

"是不是有这种可能?"

"这可不是什么可能不可能的了……喂,你这可是个重大发现啊。"草薙感到体温飙升。

"如果我是留美的辩护人,我就会用那个发卡作为证据。"汤川说道。

"发卡?"

"就是掉落在现场的一枚金色发卡。如果佐织倒地的时候就已经出血,发卡上应该会沾有血迹,要是分析后发现上面没有人血,那就可以提出主张,认为佐织的致命伤是由别人造成的。"

"这样啊。"

草薙看了看表,还没有到晚上十二点。他从衣服内侧的口袋里掏出手机,正要站起来,汤川一把抓住他的左手,将他拦了下来。

"这么晚了,让你的部下稍微休息会儿吧。发卡又不会跑,留美已经好好地保管起来了。"

说得也对,草薙转念一想,起到一半的身子又坐了回去。他将杯中的波本威士忌一饮而尽,随即招呼店主又续了一杯。

"这就是你刚刚说的,连新仓夫妇都不知道的真相吗?"

"是的。"汤川点了点头,"是否要将做过的事告诉警方,其实交给他们自己决定就好。但是如果不知道真正的真相，这样做就毫无意义，因此我才过去提醒了她。"

"所以新仓留美才会想和丈夫商量一下，在今天早上见了他……"

"其实留美也很苦恼。从目前这种情况来看，她的丈夫最多是故意伤人致死。然而一旦说出真相，新仓就要背上杀人的罪名了。不仅如此，留美也会受到法律的制裁。但是，如果一直保持沉默，莲沼的所作所为就永远不会为人所知。更重要的是，在他们两人看来，他们必须要赎罪，而且要通过一种正当合法的方式。"

"所以在最后的最后，他们两人还是打破了沉默。"

店主将杯子放到草薙的面前。草薙用指尖轻轻一弹，杯中的冰块瞬间发出了清脆的响声。

50

夏美在店门口挂好门帘,将"正在准备"的牌子翻到了"正在营业"的一面。仅仅是几个简短的动作,夏美却觉得好像完成了一件大事。

"啊,今天就要开门了啊。"夏美的身后传来一个女人的声音。她回头一看,原来是附近豆腐店的大婶。大婶身形富态,身上那件深紫色的毛衣开衫似乎稍微有些紧。

"是呀,今后也请您多多关照。"

"加油,支持你们。"大婶和蔼地笑了起来,"我过阵子就来吃饭。"

"谢谢,恭候您的光临。"夏美将双手叠在身前,低头鞠了一躬。

大婶说了声再见便转身离开了。望着她的背影,夏美轻轻地舒了口气,心里踏实了许多。

这段时间以来,因为祐太郎受到警方的频繁传唤,并木食堂一直都没有开门营业。夏美一时间不免有些担心,觉得再这样下去可能就要彻底关门了——如果店主被捕入狱,这家店不可能再开得下去。

祐太郎以杀人共同正犯及杀人预备犯之名受到追究。在杀人共同正犯这一点上，鉴于祐太郎无法预料到新仓直纪的行为，所以罪名没有成立，剩下的便是杀人预备犯。

从结果上来看，用于杀掉莲沼的液氮是祐太郎拜托户岛准备的，他本打算借此威胁莲沼，但并未决定是否要取莲沼性命。在祐太郎看来，一切都要等听完莲沼供出的内容后再决定。

问题在于他的说法是否会被认可。事实上警方也怀疑祐太郎早已认定莲沼就是杀害佐织的凶手，他只是单纯想在动手杀人之前听到莲沼亲口承认而已。

针对上述质疑，祐太郎对审讯官这样说道：

"确实，您要是这样想我也没有办法。但是我让修作帮忙准备液氮时，真的没有想好下一步该怎么做。像杀人这么可怕的事情，我觉得自己是下不了手的。但我要是从那家伙……从莲沼的嘴里听到了佐织遇害的情形，我可能也真会考虑动手，具体的就到时候再说吧……我就是这么打算的。"

虽然不太清楚别人在听到这番话时会作何感想，不过夏美确信父亲并没有说谎。祐太郎原本就是一个小心沉稳的人。不过，他肯定也在为自己的胆怯懊恼不已——杀害女儿的男人明明近在咫尺，他却始终没有办法拿起菜刀拼死一搏。

这样的情况似乎也传到了审讯官的耳中。他们决定，放弃将祐太郎以杀人预备犯之名移送检方。时隔数日，并木食堂终于迎来了开门营业的那一天。

夏美听说，户岛似乎也不会被判以严重的罪名。毕竟从头到尾他只是想给祐太郎帮忙，并不是为了新仓才准备的液氮。虽然使用氦气瓶伪造不在场证明确实不应该，但因为当时户岛并不知道真相，估计也不会被追究责任。

听说餐馆重新开张，户岛肯定会赶过来吧，到时候还很可能摆出一副若无其事的表情。夏美也想早点看到户岛一如往常那般豪爽与磊落的态度。

不过，这次的案子确实非同小可。

自从新仓直纪招供以来，接连又传出了很多令人震惊的消息。一时间，夏美弄不清楚到底发生了什么，也不知道到底什么是真什么是假。

事已至此，祐太郎也终于对夏美她们说出了实情。虽然真智子已经知道了大概的情况，但并不清楚计划的全貌。

用液氮威胁莲沼，让他吐露实情——祐太郎的话使夏美大为震惊。更让她意外的是计划的具体内容。她没有想到，在当时那场巡游中，竟发生了这样的事情。

不久，祐太郎也被刑警传唤过去，毕竟计划是他首先提出来的。于是夏美认为案子应该快了结了。

然而，实际情况并非如此。案子非但没有结束，反而转向了一个令人意想不到的方向。

首先，他们原以为和案子并无关联的新仓留美被抓了起来。而警方随后公布的新仓夫妇的供述内容，让夏美大吃一惊。新仓居然故意杀掉莲沼，而且动机是留美受到了莲沼的威胁。不仅如此，威胁的砝码居然还与佐织的死密切相关。

夏美觉得难以置信。新仓留美看起来那么温柔，怎么会是她杀害了佐织？可是如果事情是假的，她又怎么会受到威胁呢？

茫然之间，夏美与父母挨过了一个又一个不眠之夜。终于，又过了一段时间，草薙主动找到了他们。

"对警察而言，这原本是违反规定的行为。但如果要一直等到判决结束，我又觉得对于你们来说实在残忍，所以我还是来了。

我接下来所说的内容,请无论如何都不要外传。"在说了这样一番开场白之后,草薙便开始讲述新仓夫妇供述的大致内容。

对于夏美来说,草薙平淡的话语之中充满了各种令人震惊的消息。本来佐织想要放弃唱歌一事就让夏美很意外了,在听到佐织这样做的理由竟是因为怀上了高垣智也的孩子后,夏美简直不敢相信自己的耳朵。"真的是这样吗?""您没有骗人吧?"并木夫妇一遍遍地问着草薙,似乎与夏美一样惊讶不已。

草薙告诉他们,他认为新仓留美应该没有说谎。

随后,草薙的目光重新落回到记事本上,他继续不动声色地讲述着案件的经过。在说到新仓留美怒火中烧,一把推倒了佐织的时候,他突然加快了语速,似乎是想将这段快速带过。

而在说到莲沼开始威胁留美时,草薙转而提到了新仓直纪的口供。听到妻子坦白后,新仓便决定要除掉莲沼了。

"以上就是我们目前调查到的全部情况。"草薙合上本子,"您这边有什么问题吗?"

夏美茫然地看着父母。在听到这么多令人意外的消息之后,他们二人似乎也一时间停止了思考。

"还有件事我想补充一下。"草薙严肃地说道,"今天,物证分析结果出来了。我指的是一枚发卡。"

草薙解释了一下能否从发卡上检测出血液所代表的含义,然后继续说道:"从结论上来说,目前并未检测出血液残留。我们在发卡上找到了极其微量的皮脂和皮屑,在经过DNA鉴定之后,已经证实这个发卡确实是佐织曾经佩戴过的。"

"也就是说,"祐太郎问道,"在被新仓留美推倒的时候,佐织只是失去了知觉,而杀她的人其实还是莲沼?"

"这一点无法确定。"草薙的语气很谨慎,"不过到了法庭上,辩方应该会主张这种可能性。"

这句话让夏美颇感欣慰,毕竟她并不想对新仓留美心怀怨恨。

"这事就这样结束吧。"草薙走后,祐太郎说道,"想太多也没有什么意义,到头来只会变成让别人难堪的牢骚话。剩下的就交给警方和检方吧,咱们尽全力准备重新开业,都明白了吧?"

真智子默默地点了点头,夏美也跟着点了点头。也许父亲说得没错。

想到那天的事,夏美不自觉轻抚着刚洗过的门帘,暗暗给自己打起气来。

夏美推开格子门,正准备回到店里,一个人影突然从左边快步走来,闯入了她的视野。夏美定睛看了看,不由得一愣。

是高垣智也。上一次见到对方,已经不记得是什么时候了。

"你们如期开业了啊。"智也望着门帘感慨道。

夏美昨天给智也发了一条短信,告诉他如果一切顺利,餐馆明天就可以开业了。"太好了,加油。"虽然她很快就收到了回复,不过从字面上看,夏美觉得对方似乎有些冷淡。

"智也……我以为你不会再来我们店里了。"

智也的目光从门帘移向夏美。"为什么啊?"

"我怕你过来会想起很多不开心的事和痛苦的事……"

智也沉下脸来,微微收了收下巴。"也许吧。不管再过多少年我都不会忘记的。如果佐织还活着,如果她生下了那个孩子……这些我都不会忘记。"

夏美吃惊地望向智也。"这话你是听谁说的?"

"前两天被警方传唤的时候,他们找我进行了确认,问我知不知道佐织怀孕了。我当时非常吃惊,因为我从来都没有听说过这件事。"

"那事情的真相呢？他们告诉你了吗？"

"算是告诉了吧。"智也低下了头，"太令人难以置信了，我吓了一跳。"

"是啊……"

"你也知道了吗？"

"嗯，调查负责人已经来过了，和我们说了很多。"

"哦。"智也叹息道，"说实话，对于今天要不要过来，我也有些犹豫。但是如果今天不来，明天可能就更不好意思来了。其实从我家走到车站，最近的路就是从这家店门前经过。可是明知如此，却要在以后的人生中避开这个地方，光是想想就让我觉得非常压抑。既然这样，还不如像以前一样该来就来，给自己增加一些快乐的回忆。我就是这么想的。"

看着智也清澈的眼神，听着他爽朗的谈吐，夏美懂得了姐姐对他的爱慕之情。和这个人在一起的话，就算两个人的日子不算优渥，应该也能积极乐观地生活下去吧。佐织得知自己怀孕的时候，肯定高兴得跳了起来，也正是这一瞬间的喜悦，将她心中的歌手梦想彻底吹散了。

"怎么了？"见夏美一直没有说话，智也有些诧异地问道。

"没什么。"夏美摇了摇头，赶忙答道，"谢谢。你快请进吧。"

将智也带到位子上后，夏美朝着厨房喊道："开始进客人啦！"

祐太郎隔着柜台探出头来，见来的人是智也，他的神情顿时有些严肃，随后走了出来。

"好久没有见到您了。"智也问候道。

"智也，"祐太郎摘下围裙，"给你也添麻烦了。"

"没有，您别这么说，什么麻烦不麻烦的……"智也摆着手道。

"别瞒我了，你肯定也被警察叫去了好几次吧？"

"啊，嗯……是的。不过也没有几次……搬运液氮的事情，我都已经说了。"

祐太郎露出嫌弃的表情，咂了咂嘴。"我听说是修作那家伙找到你的，我其实不想把你卷进来的。"

"我觉得他这样做是考虑到了大家都想要报仇的心情，而且如果当时没有叫我，我肯定会不甘心的。"

"智也说他都已经听警方说了，"夏美在一旁插话道，"姐姐怀孕的事他也知道了。"

"哦。"祐太郎小声答道。

"并木先生，"智也站起身来，深深地鞠了一躬，"真的很对不起。当初是我先提出想要结婚的。虽然这是我的肺腑之言，但彻底改变了佐织的一生。对她来说，当时是一个非常关键的时期，我应该再谨慎一些的。"他似乎很后悔让佐织怀孕。

"智也，抬起头来。"祐太郎平静地说道，"我其实很感谢你。确实，如果佐织没有怀孕，她可能就不会放弃唱歌的道路，可能也不会死。但是，这件事和她的心情不能混为一谈。她怀了你的孩子，肯定打心眼里为要当妈妈感到高兴。想到女儿已经体会到了这样的喜悦，哪怕只是短短的一瞬，我们作为父母也感到很欣慰。哎，我说得没错吧？"祐太郎回过头去，征求真智子的意见。

真智子红着眼眶，重重地点了点头。"我们完全没有恨你的意思，反而觉得是我们太失职了。佐织得知怀孕的时候，心里肯定既高兴又苦恼吧，可是她却没有马上来找我这个当妈妈的商量，我想她肯定是不愿意让我担心。我其实一直在反省，我应该做一个更值得孩子信赖的妈妈才对。"

智也默默地站定在那儿，似乎不知道该如何作答。

这时，推拉门哗啦一声开了。夏美朝门口望去，汤川正走进店来。

见所有人都看向了自己，汤川一时间露出了些许不解的神色。他看着夏美道："你们在忙吗？"

"没有没有，"夏美摆着手道，"欢迎您来，快请随便坐吧！"

"不用了，今天我就是来向大家道个别而已。"汤川望向祐太郎道，"我在这边这家机构的研究工作已经告一段落，可能有些日子不能前来叨扰了，所以来和你们告别一下。"

"啊？"夏美失声问道，"真的吗？"

"那真是太可惜了，"并木祐太郎同样遗憾地说道，"原本还想跟您好好地聊一次呢，我有太多的事情想要向您请教了。"

"是吗？那就等下次有机会时我们再聊。"

汤川向众人鞠了一躬，转身走出了店外。

"可真是个怪人啊。"智也再次坐回到位子上。

"是啊。直到最后，我们也没弄清楚他到底和刑警有什么关系。"说着，祐太郎和真智子一起走回了厨房。

夏美打开推拉门，冲出了店外。她望着汤川渐渐远去的背影，赶忙追了上去。"教授！"夏美呼喊道。

汤川停下脚步，转过头来，脸上写满了疑惑。

"您就告诉我吧，"夏美说道，"您的真实身份是什么啊？"

"真实身份？"汤川皱起眉头，"我就是个物理学家啊。"

"骗人，您其实是侦探吧？"

汤川惊讶得向后仰了仰身子。"你说什么？"

"毕竟莲沼刚被放出来时，您就到并木食堂来了。现在案子结了，您又要走了。我觉得这也太巧了，我们大家都说，这次的案件侦破工作肯定有您的功劳，您简直就像大侦探波洛一样。"

"虽然我觉得很荣幸，不过你们确实太抬举我了。"

"难道不是吗?"

"确实是因为碰巧赶上研究告一段落,我才要离开这里的。不过,我之所以会常去并木食堂,也不能算是一种偶然。"

"您的意思是……"

"我和户岛社长是一样的。"

"一样的?"

"我们都是为了帮好友了却一桩心事。常去并木食堂坐坐,和这个镇上的人打打交道,也许能帮助我获取一些线索。"

"您说的好友……难道就是与警方有关的人吗?"

汤川没有作答,只是意味深长地笑了笑,迈步准备离开。

"教授,您还会再来吧?"

汤川露出思索的表情,随即说道:"等我下次再来的时候,也得让我吃上那道超级美味的炖菜拼盘啊。"

夏美重重地点了点头。"一言为定。"

物理学家微微一笑,伸出食指推了推眼镜,随后又迈着轻快的步子向前走去。

图书在版编目(CIP)数据

沉默的巡游 /（日）东野圭吾著；边大玉译. -- 海口：南海出版公司，2020.3
（东野圭吾作品）
ISBN 978-7-5442-8066-2

Ⅰ. ①沉… Ⅱ. ①东… ②边… Ⅲ. ①长篇小说－日本－现代 Ⅳ. ①I313.45

中国版本图书馆CIP数据核字(2019)第164886号

著作权合同登记号　图字：30-2019-057

CHIMMOKU NO PARADE by HIGASHINO Keigo
Copyright©2018 HIGASHINO Keigo
All rights reserved.
Original Japanese edition published by Bungeishunju Ltd. in 2018.
Chinese (in simplified character only) translation rights in PRC reserved by ThinKingdom Media Group Ltd., under the license granted by HIGASHINO Keigo, arranged with Bungeishunju Ltd., Japan through BARDON CHINESE CREATIVE AGENCY LIMITED, Hong Kong.

沉默的巡游
〔日〕东野圭吾　著
边大玉　译

出　　版	南海出版公司　（0898）66568511
	海口市海秀中路51号星华大厦五楼　邮编 570206
发　　行	新经典发行有限公司
	电话(010)68423599　邮箱 editor@readinglife.com
经　　销	新华书店
责任编辑	张　锐
特邀编辑	张逸兰　崔　健
营销编辑	柳艳娇　范雅迪　李鹏举　李　畅
装帧设计	韩　笑
内文制作	王春雪
印　　刷	北京盛通印刷股份有限公司
开　　本	850毫米×1168毫米　1/32
印　　张	12.5
字　　数	291千
版　　次	2020年3月第1版
印　　次	2023年5月第20次印刷
书　　号	ISBN 978-7-5442-8066-2
定　　价	59.00元

版权所有，侵权必究
如有印装质量问题，请发邮件至 zhiliang@readinglife.com